na era
do amor
e do
chocolate

BIRTHRIGHT: LIVRO TRÊS

na era do amor e do chocolate

GABRIELLE ZEVIN

tradução
CLÁUDIA MELLO BELHASSOF

Título Original
IN THE AGE OF LOVE AND CHOCOLATE
Birthright: Book the Third

Copyright © 2013 *by* Gabrielle Zevin
Todos os direitos reservados.

Excerto de "Sweetness", *by* Stephen Dunn;
de *New and Selected Poems 1974-1994*,
copyright © 1994 *by* Stephen Dunn, reproduzido
com autorização de W.W. Norton & Company, Inc.

Direitos para a língua portuguesa reservados
com exclusividade para o Brasil à
EDITORA ROCCO LTDA.
Av. Presidente Wilson, 231 – 8º andar
20030-021 – Rio de Janeiro, RJ
Tel.: (21) 3525-2000 – Fax: (21) 3525-2001
rocco@rocco.com.br | www.rocco.com.br

Printed in Brazil/Impresso no Brasil

preparação de originais
MARIANA MOURA

CIP-Brasil. Catalogação na fonte.
Sindicato Nacional dos Editores de Livros, RJ.

Zevin, Gabrielle
Z61e   Na era do amor e do chocolate / Gabrielle Zevin; tradução: Cláudia Mello Belhassof. Primeira edição – Rio de Janeiro: Rocco Jovens Leitores, 2015.
    (Birthright; 3)

Tradução de: In the age of love and chocolate
ISBN 978-85-7980-239-3

1. Romance infantojuvenil americano. I. Belhassof, Cláudia Mello. II. Título. III. Série.

15-19240   CDD: 028.5   CDU: 087.5

Este livro obedece às normas do
Acordo Ortográfico da Língua Portuguesa.

Para aqueles com coração de porco-espinho,
que acreditam no amor mas não querem
deixar de desejar outras coisas também.

Muitas vezes a doçura vem
como um empréstimo, permanece

até dar sentido ao que significa estar vivo,
    depois retorna para sua fonte de
escuridão. No meu caso, não importa

por onde ela andou ou por qual estrada amarga
    viajou
para chegar tão longe, para ter um gosto tão bom.

                      – Stephen Dunn, "Doçura"

Sumário

A ERA DO CHOCOLATE

I. relutante, eu me torno madrinha; sobre a amargura do cacau 11

II. oficialmente sou adulta; tenho pensamentos desagradáveis sobre meus amigos e minha família; sou comparada ao elemento argônio 26

III. peço a ajuda de um velho amigo; cedo a um momento de dúvida; enfrento a pista de dança; beijo um bonitão qualquer 46

IV. passo de infame a famosa; como consequência, inimigos se tornam amigos 72

V. evito que a história se repita; experimento formas antigas de tecnologia 76

VI. faço o discurso fúnebre mais curto do mundo; dou uma festa; sou beijada direito 88

VII. tenho uma ideia; mergulho num relacionamento por motivos dúbios 101

VIII. ganho mais dois colegas de quarto 109

IX. amplio os negócios; vejo meu irmão com outros olhos; ouço Theo expor as dificuldades de um relacionamento com... o *cacau* 116

X. volto a Chiapas; Natal na Granja Mañana; uma proposta, ou melhor, a segunda pior coisa que aconteceu comigo numa plantação de cacau 124

XI. eu quase sigo os passos do meu pai 132

XII. recebo uma visita inesperada; uma história é contada; um pedido é renovado 145

XIII. tenho pensamentos; estou errada em quase tudo 163

XIV. vou a uma formatura 165

XV. continuo a testar formas antigas de tecnologia; discuto o uso e o significado de LOL 172

XVI. acredito que estou tomando uma decisão muito bem pensada e calculada; tenho arrependimentos imediatos; faço o melhor possível para ignorá-los 177

XVII. por um breve tempo, cuido dos negócios em casa; a vida continua sem mim 191

XVIII. um novo luto 198

XIX. juro ficar sozinha 205

A ERA DO AMOR

XX. depois de jurar ficar sozinha, nunca fico sozinha 213

XXI. estou fraca; reflito sobre a natureza transformadora da dor; meu caráter está definido 220

XXII. experimento o verão; como um morango; aprendo a nadar 233

XXIII. me despeço do verão numa série de episódios desconfortavelmente emotivos 251

XXIV. penso sobre o amor no trem de volta a Nova York 264

XXV. volto ao trabalho; sou surpreendida pelo meu irmão; me torno madrinha de novo! 265

XXVI. descubro onde os adultos ficam; defendo minha honra mais uma vez antes do fim 273

XXVII. uma última experiência com tecnologias antigas; descubro o que é um emoticon e não gosto 289

XXVIII. vejo uma tulipa em janeiro; subo no altar; como meu bolo 291

A ERA DO CHOCOLATE

1. relutante, eu me torno madrinha; sobre a amargura do cacau

Eu não queria ser madrinha, mas minha melhor amiga insistiu. Tentei resistir:

– Estou lisonjeada, mas os padrinhos devem ser bons católicos. – Na escola, aprendemos que madrinhas e padrinhos são responsáveis pela educação religiosa da criança, mas eu não ia à missa desde a Páscoa e não me confessava havia mais de um ano.

Scarlet me olhou com a expressão ressentida que adquiriu no mês após dar à luz seu filho. O bebê estava começando a ficar agitado, e ela o pegou no colo.

– Ah, claro – disse Scarlet numa sarcástica e arrastada voz de bebê –, Felix e eu adoraríamos ter uma boa e honrada católica como madrinha, mas, *malheureusement*, a pessoa que nos resta é Anya, que todo mundo sabe que é uma católica muito, muito má. – O bebê resmungou. – Felix, o que sua mãe pobre, solteira e adolescente tem na cabeça? Ela deve estar tão exausta e sobrecarregada que seu cérebro parou de funcionar. Porque ninguém no mundo todo jamais foi pior do que Anya Balanchine. Pode perguntar a ela. – Scarlet segurou o bebê na minha direção. O bebê sorriu. Era uma criatura feliz, com bochechas vermelhas, olhos azuis e cabelo louro. E, espertamente, não disse nada. Sorri de volta, mas, verdade seja dita, eu não me sentia muito confortável perto de bebês. – Ah, é verdade. Você ainda não sabe falar, bebezinho. Mas um dia, quando você for mais velho, peça à sua madrinha para contar a história da péssima católica... não, apaga isso... péssima pessoa que ela foi. Ela cortou fora a mão de alguém! Fez negócios com um homem terrível e preferiu essa parceria ao garoto mais legal do mundo. Ela foi para a cadeia. Para proteger o irmão e a irmã, mesmo assim. Quem, tendo outras opções, quer uma delinquente juvenil como madrinha? Ela jogou uma bandeja de lasanha quente na cabeça do seu pai, e algumas pessoas até acharam que ela tentou envenená-lo. E, se tivesse conseguido, você nem estaria aqui...

– Scarlet, você não deveria falar essas coisas na frente do bebê.

Ela me ignorou e continuou conversando com Felix:

– Dá para imaginar, Felix? Sua vida provavelmente será arruinada porque sua mãe foi uma idiota ao escolher Anya Balanchine como sua madrinha. – Ela se virou para mim. – Está vendo o que estou fazendo? Estou agindo como se fosse um fato concreto você ser a madrinha, porque é *mesmo*. – E virou-se para Felix. – Com uma madrinha como ela, você provavelmente vai direto para o mundo do crime, meu homenzinho. – Ela beijou as bochechas gorduchas dele e depois o mordiscou um pouquinho. – Quer provar?

Balancei a cabeça.

– Você que sabe, mas está perdendo uma coisa deliciosa – disse ela.

– Você ficou muito sarcástica depois que virou mãe, sabia?

– Fiquei? Então, é melhor você fazer o que eu digo sem discutir.

– Não tenho nem certeza se ainda sou católica – falei.

– *AMD*, a gente ainda está falando disso? *Você é a madrinha*. Minha mãe está me obrigando a fazer um batizado, então você vai ser a madrinha e ponto.

– Scarlet, eu realmente fiz umas coisas.

– Eu sei, e agora Felix também sabe. É bom a gente começar com as cartas na mesa. Eu também fiz umas coisas. *Obviamente.* – Ela deu um afago na cabeça do bebê, depois apontou para o quartinho de bebê minúsculo montado no apartamento dos pais de Gable. O quartinho costumava ser uma despensa e era bem apertado para conter nós três e os diversos itens que compõem a vida de um bebê. Ainda assim, Scarlet tinha feito o melhor possível com o quarto em miniatura, pintando nuvens e um céu azul-claro nas paredes. – Que diferença isso faz? Você é minha melhor amiga. Quem mais seria madrinha?

O tom da voz de Scarlet aumentou para um registro desagradável, e o bebê começou a se agitar.

– Você realmente está dizendo que não vai topar? Porque não me importa quando foi a última vez que você foi à missa. – A bela sobrancelha da Scarlet estava franzida, e ela parecia prestes a chorar. – Se não for você, não tem mais ninguém. Então, por favor, não seja neurótica. Fique ao meu lado na igreja e, quando o padre, minha mãe ou qualquer outra pessoa perguntar se você é uma boa católica, minta.

* * *

No dia mais quente do verão, na segunda semana de julho, fiquei de pé ao lado de Scarlet na St. Patrick's Cathedral. Felix estava em seu colo, e nós três suávamos o suficiente para resolver o problema da falta de água no mundo. Gable, o pai do bebê, estava do outro lado de Scarlet, seguido pelo irmão mais velho dele, Maddox, o padrinho. Maddox era uma versão de Gable mais educada, com pescoço mais largo e olhos menores. O padre, talvez consciente de que estávamos prestes a desmaiar de calor, fez observações breves e sem gracejos. Estava tão quente que ele nem sentiu necessidade de mencionar que os pais do bebê eram adolescentes. Foi um batismo padrão e sem firulas. O padre perguntou a mim e a Maddox:

– Vocês estão preparados para ajudá-los em suas tarefas como pais cristãos?

Respondemos que sim.

E aí as perguntas foram direcionadas a nós quatro:

– Vocês rejeitam Satã?

Respondemos que sim.

– É desejo de vocês que Felix seja batizado na fé da Igreja Católica?

– É – respondemos, mas, nesse ponto, todos teríamos concordado com qualquer coisa para acabar logo com a cerimônia.

Ele despejou água benta na cabeça de Felix, o que fez o bebê soltar um risinho. Imagino que a água deve tê-lo refrescado. Eu mesma ia achar bom um pouquinho de água benta.

Depois do batizado, voltamos para o apartamento dos pais de Gable para comemorar. Scarlet convidou algumas pessoas que estudavam conosco, entre elas meu recente ex-namorado, Win, que eu não via há umas quatro semanas.

A festa parecia um funeral. Scarlet foi a primeira de nós a ter um bebê, e ninguém parecia saber como se comportar nessa situação. Gable jogava drinking games com o irmão na cozinha. Os outros alunos da Holy Trinity conversavam entre si em tons educados e baixos. Os pais de Scarlet e Gable, nossos anfitriões solenes, ficaram num canto. Win fez companhia a Scarlet e ao bebê. Eu poderia ter ido até eles, mas queria fazer Win atravessar a sala para chegar a mim.

– Como está a boate, Anya? – perguntou Chai Pinter. Ela era uma fofoqueira terrível, mas basicamente inofensiva.

– Vamos abrir no fim de setembro. Se estiver na cidade, passa lá.

– Claro. Aliás, você parece exausta – disse Chai. – Está com olheiras. Você, tipo, está perdendo o sono por medo de fracassar?

Eu ri. Se não fosse possível ignorar Chai, era melhor rir dela.

– Na verdade, não estou dormindo porque é muito trabalho.

– Meu pai disse que noventa e oito por cento das boates de Nova York fracassam.

– Uma bela estatística – comentei.

– Ele pode ter falado noventa e nove por cento. Mas, Anya, o que você vai fazer se não der certo? Vai voltar para a escola?

– Talvez.

– Você pelo menos terminou o ensino médio?

– Fiz o supletivo na última primavera. – Preciso dizer que ela estava começando a me irritar?

Ela diminuiu o tom de voz e passou os olhos pela sala em busca de Win.

– É verdade que Win terminou com você porque você se associou com o pai dele?

– Prefiro não falar sobre isso.

– Então é verdade?

– É complicado – respondi. Era bem verdade.

Ela olhou para Win, depois me lançou um olhar triste.

– Eu jamais abriria mão *daquilo* por uma parceria de negócios – disse ela. – Se esse garoto me amasse, eu diria: *Que negócio?* Você é uma pessoa bem mais forte do que eu. Estou falando sério, Anya. Eu te admiro muito.

– Obrigada – falei. A *admiração* de Chai Pinter tinha conseguido me fazer lamentar todas as decisões que tomei nos últimos dois meses. Ergui o queixo de um jeito decidido e endireitei os ombros. – Sabe, acho que vou dar um pulo na varanda para tomar um ar fresco.

– Está uns quarenta graus lá fora! – gritou Chai atrás de mim.

– Eu gosto de calor – falei.

Abri a porta de correr e saí na tarde de intenso calor. Sentei numa espreguiçadeira empoeirada com uma almofada que estava soltando espuma. Meu dia não tinha começado à tarde, com o batismo de Felix, mas horas antes na boate. Eu estava acordada desde cinco da manhã, e até mesmo o precário conforto daquela espreguiçadeira velha foi suficiente para me fazer dormir.

Embora eu não costumasse sonhar, tive um sonho muito estranho, no qual eu era o bebê de Scarlet. A sensação de estar nos braços dela me inundou. Nesse momento, eu me lembrei de como era ter uma mãe, me sentir segura e ser amada mais do que tudo no mundo. E, no sonho, Scarlet de alguma forma se transformou na minha mãe. Nem sempre eu conseguia ver o rosto da minha mãe, mas, nesse sonho, eu a via muito claramente – seus inteligentes olhos cinzentos, seu cabelo castanho-avermelhado, a forte linha rosa de sua boca e as delicadas sardas espalhadas pelo nariz. Eu tinha me esquecido das sardas, e isso me deixou ainda mais triste. Ela era linda, mas tinha cara de quem não aturava besteiras de ninguém. Eu entendia por que meu pai a desejara apesar de saber que ele deveria ter se casado com qualquer pessoa *além* dela, qualquer uma, menos uma policial. *Annie*, minha mãe sussurrou, *você é amada. Se permita ser amada*. No sonho, eu não parava de chorar. Talvez seja por isso que os bebês choram tanto: o peso de tanto amor é simplesmente demais.

– Ei – disse Win. Sentei e tentei fingir que não estava dormindo. (*OBS.: Por que as pessoas fazem isso? O que há de tão vergonhoso em dormir?*) – Estou indo embora. Queria falar com você antes de ir.

– Você não mudou de ideia, imagino. – Não olhei nos olhos dele. Mantive a voz calma e tranquila.

Ele negou com a cabeça.

– Você também não. Meu pai às vezes fala da boate. Os negócios continuam, eu sei.

– Então, o que você quer?

– Eu queria saber se posso passar na sua casa para pegar umas coisas que deixei lá. Vou para a fazenda da minha mãe em Albany e só volto para cá pouco antes de partir para a faculdade.

Meu cérebro cansado tentou extrair sentido dessas palavras.

– Partir?

– É, decidi fazer faculdade em Boston. Não tenho mais motivos para ficar em Nova York.

Isso era novidade para mim.

– Bem, boa sorte, Win. Espero que você se divirta *muito* em Boston.

– Eu deveria ter te consultado? – perguntou ele. – Você nunca me consultou sobre nada.

– Que exagero!

– Seja sincera, Anya.

– O que você teria dito se eu contasse que ia chamar seu pai para trabalhar comigo? – perguntei.

– Você nunca vai saber – respondeu ele.

– Eu sei a resposta! Você teria sido contra.

– Claro que sim. Eu teria aconselhado até o Gable Arsley a não trabalhar com meu pai, e eu nem gosto dele.

Não sei por quê, mas agarrei a mão de Win.

– Que coisas suas estão comigo?

– Algumas roupas e meu casaco, e acho que sua irmã pode ter pegado um dos meus chapéus, mas ela pode ficar com ele. Deixei meu exemplar de *O sol é para todos* no seu quarto e posso querer ler de novo algum dia. Mas, principalmente, preciso do meu tablet para a faculdade. Acho que está debaixo da sua cama.

– Não precisa ir até lá. Posso colocar tudo numa caixa. Levo para o trabalho, e seu pai leva para você.

– Se é assim que você quer.

– Acho que seria mais fácil. Não sou a Scarlet. Não gosto de cenas dramáticas e sem sentido.

– Como preferir, Anya.

– Você é sempre tão educado. Isso é irritante.

– E você nunca se abre. Formamos um péssimo casal, na verdade.

Cruzei os braços e virei-me de costas para ele. Eu estava com raiva. Não sabia muito bem por quê, mas estava com raiva. Se eu não estivesse tão cansada, acho que teria conseguido disfarçar melhor minhas emoções.

– Por que você foi à festa de lançamento da boate se não ia nem *tentar* me perdoar?

– Eu *estava* tentando, Anya. Queria ver se conseguia relevar a situação.

– E?

– Não consigo.

– Consegue. – Achei que ninguém podia ver a gente, mas eu não teria me importado de qualquer maneira. Joguei os braços ao redor de Win, empurrei-o para o lado da varanda e pressionei meus lábios nos dele. Só precisei de alguns segundos para perceber que ele não estava retribuindo o beijo.

– Não consigo – repetiu ele.

– Então é isso. Você não me ama mais?

Por um instante, Win não respondeu. Depois, balançou a cabeça.

– Não o suficiente para superar isso, acho. Eu não te amo tanto.

Em outras palavras: *Ele tinha me amado, mas não o suficiente.*

Eu não podia contra-argumentar, mas tentei mesmo assim.

– Você vai se arrepender – comentei. – A boate vai ser um tremendo sucesso, e você vai se arrepender de não ter estado ao meu lado. Porque, se você ama alguém, ama até o fim. Você ama mesmo quando a pessoa erra. É isso que eu penso.

– Devo te amar não importa como você age, não importa o que você faz? Eu não conseguiria me respeitar se me sentisse assim.

Ele provavelmente estava certo.

Eu estava cansada de me defender e de tentar convencê--lo a ver as coisas do meu ponto de vista. Olhei para o ombro de Win, que estava a menos de quinze centímetros do meu rosto. Seria tão fácil relaxar o pescoço e aninhar minha cabeça naquele espaço aconchegante entre seu ombro e seu queixo que parecia especialmente projetado para mim. Seria tão fácil dizer que a boate e os negócios com o pai dele eram erros terríveis e implorar para ele voltar comigo. Por um segundo, fechei os olhos e tentei imaginar como seria meu futuro com Win. Vejo uma casa em algum lugar fora da cidade – ele tem uma coleção de discos antigos, e eu talvez aprenda a cozinhar outro prato além de macarrão com ervilha congelada. Vejo nosso casamento – numa praia, Win está usando um terno azul enrugado, e nossas alianças são de ouro branco. Vejo um bebê de cabelo preto – dou a ele o nome de Leonyd, em homenagem ao meu pai, se for um menino, ou Alexa, em homenagem à irmã de Win, se for uma menina. Vejo tudo, e é tudo tão sedutor.

Seria muito fácil, mas eu me odiaria. Eu tinha a chance de construir algo, fazer o que meu pai nunca conseguiu. Eu não podia abrir mão disso, nem por esse garoto. Ele, sozinho, não era suficiente.

Assim, endireitei o pescoço cansado e mantive os olhos fixos à frente. Ele ia embora, e eu ia deixar.

Da varanda, ouvi o bebê começar a chorar. Meus antigos colegas de turma entenderam as lágrimas de Felix como um sinal de que a festa tinha acabado. Pela porta de vidro, vi todo mundo ir embora. Não sei por quê, mas tentei fazer uma piada.

– Parece o pior baile de formatura do mundo – falei. – Talvez o segundo pior, se contarmos com o baile do segundo ano. – Toquei de leve na coxa de Win, no lugar onde meu primo tinha atirado durante o pior baile do mundo. Por um segundo, pareceu que ele ia rir, mas depois recuou a perna para afastar minha mão.

Win me puxou para si.

– Tchau – sussurrou ele com uma delicadeza que eu não ouvia em sua voz havia um bom tempo. – Espero que a vida te dê tudo o que você deseja.

Eu sabia que era o fim. Em contraste com as outras vezes que discutimos, ele não parecia irritado. Parecia resignado. Parecia que já era alguém muito distante.

Um segundo depois, ele me soltou. E foi embora.

Virei-me de costas e observei a cidade enquanto o sol se punha. Eu tinha feito minhas escolhas, mas não poderia vê-lo se afastando.

Esperei uns quinze minutos antes de voltar para o apartamento. Nesse momento, as únicas pessoas que restavam eram Scarlet e Felix.

– Adoro festas – disse Scarlet –, mas esta foi horrível. Não diga que não foi, Annie. Você pode até mentir para o padre, mas é tarde demais para começar a mentir para mim.

– Vou te ajudar a limpar – falei. – Onde está Gable?

– Saiu com o irmão – disse ela. – Depois vai para o trabalho. – Gable tinha um emprego que soava horrível, servente de hospital, e isso envolvia trocar comadres e limpar o chão. Foi o único emprego que conseguiu, e acho que foi nobre ele ter aceitado. – Acha que foi um erro ter convidado o pessoal da Trinity?

– Acho que deu tudo certo – respondi.

– Vi você conversando com Win.

– Nada mudou.

– Fico triste em saber – comentou ela. Limpamos o apartamento em silêncio. Scarlet começou a passar o aspirador, e foi por isso que não percebi de imediato que ela tinha começado a chorar.

Fui até o aspirador e o desliguei.

– O que foi?

– Eu me pergunto que chance nós temos se você e Win não conseguem se ajeitar.

– Scarlet, foi um namoro de escola. Esses romances não foram feitos para durar.

– A menos que você seja burra e engravide – disse Scarlet.

– Não foi isso que eu quis dizer.

– Eu sei. – Scarlet suspirou. – E sei por que você vai abrir a boate, mas tem certeza de que Charles Delacroix vale essa confusão toda?

– Tenho. Já expliquei isso antes. – Liguei o aspirador. Eu dava golpes longos e irritados no tapete, aspirando a minha raiva. Desliguei o aparelho de novo. – Sabe, não é fácil fazer o que estou fazendo. Não tenho nenhuma ajuda. Ninguém está me apoiando. Nem o sr. Kipling. Nem meus pais nem a vovó, porque estão mortos. Nem a Natty, porque ela é uma criança. Nem o Leo, porque está na cadeia. Nem a família Balanchine, porque eles acham que estou ameaçando o negócio deles. E, sem dúvida, nem o Win. Ninguém. Estou sozinha, Scarlet. Estou mais sozinha do que jamais estive em toda a minha vida. E eu sei que foi opção minha. Mas fico magoada quando você escolhe o lado do Win em vez do meu. Estou usando o sr. Delacroix porque ele é a conexão que tenho com a cidade. Eu preciso dele, Scarlet. Ele faz parte do meu plano desde o começo. Não há ninguém que possa substituí-lo. Win está me pedindo a única coisa que não posso dar. Você não acha que eu gostaria de poder?

– Sinto muito – disse ela.

– E não posso ficar com Win Delacroix só para a minha melhor amiga não desistir do amor.

Os olhos de Scarlet se encheram de lágrimas.

– Não vamos discutir. Sou uma idiota. Me ignore.

– Detesto quando você se chama de idiota. Ninguém acha isso de você.

– Eu acho isso de mim mesma – disse Scarlet. – Olhe para mim. O que eu vou fazer?

– Bem, para começar, vamos terminar de limpar este apartamento.

– Depois disso, eu quis dizer.

– Depois vamos pegar o Felix e ir até minha boate. Lucy, a mixologista, vai trabalhar até tarde, e tem um monte de bebidas com cacau para experimentarmos.

– E depois?

– Não sei. Você vai descobrir. Mas é o único jeito que eu conheço de seguir em frente. Você escreve uma lista e faz as coisas que estão nela.

* * *

– Ainda está amargo – falei para a mixologista recém-contratada enquanto lhe devolvia o último copo de uma série. O cabelo louro-branco de Lucy fora cortado à máquina e tinha olhos azul-claros, pele pálida, a boca em forma de arco e o corpo comprido e atlético. Quando ela estava de jaleco e chapéu de chef, eu a achava parecida com uma barra de Balanchine Branco. Eu sempre sabia quando Lucy estava na cozinha, porque, mesmo do meu escritório, do outro lado do corredor, eu podia ouvi-la resmungando e xingando. Os palavrões pareciam fazer parte de seu processo criativo. Eu gostava muito dela. Se não fosse minha funcionária, talvez fosse minha amiga.

– Acha que precisa de mais açúcar? – perguntou Lucy.

– Acho que precisa... de alguma coisa. Está ainda mais amargo do que o anterior.

– Esse é o gosto do cacau, Anya. Estou começando a achar que você não gosta do sabor do cacau. Scarlet, o que você acha?

Scarlet deu um gole.

– Não é doce de um jeito óbvio, mas, definitivamente, dá para perceber a doçura – descreveu ela.

– Obrigada – disse Lucy.

– Essa é a Scarlet – disse eu. – Sempre à procura da doçura.

– E talvez você esteja sempre em busca da amargura – brincou Scarlet.

– Bonita, inteligente e otimista. Queria que você fosse minha chefe – comentou Lucy.

– Ela não é tão radiante quanto parece – disse para Lucy. – Uma hora atrás, eu a vi chorando enquanto aspirava a casa.

– Todo mundo chora quando passa o aspirador – declarou Lucy.

– Não é? – concordou Scarlet. – As vibrações me deixam emotiva.

– Mas é sério – falei. – No México, as bebidas não eram tão escuras.

– Talvez você devesse contratar seu amigo do México para vir fazê-las, então. – Minha mixologista tinha estudado no Instituto Culinário da América e no Le Cordon Bleu, e não aceitava críticas muito bem.

– Ah, Lucy, você sabe que eu te respeito muito. Mas as bebidas precisam estar perfeitas.

– Vamos perguntar ao bonitão – sugeriu Lucy. – Com sua permissão, Scarlet.

– Não vejo por que não – disse Scarlet. Ela mergulhou o dedinho na panela e deu para o Felix lamber. Ele provou hesitante. Primeiro, sorriu. Lucy começou a ficar intoleravelmente orgulhosa.

– Ele sorri para tudo – retruquei.

De repente, sua boca se encolheu na forma de uma rosa ressecada.

– Ah, me desculpa, bebê! – disse Scarlet. – Sou uma péssima mãe.

– Viu? – falei.

– Acho que cacau é um sabor sofisticado demais para o paladar de um bebê – disse Lucy. Ela suspirou e jogou o conteúdo da panela na pia. – Amanhã nós tentamos de novo – acrescentou. – Fracassamos de novo. Fazemos melhor.

II. oficialmente sou adulta; tenho pensamentos desagradáveis sobre meus amigos e minha família; sou comparada ao elemento argônio

– Há um milhão de motivos plausíveis para um negócio fracassar, Anya – explicou Charles Delacroix. Ele tinha provado ser um parceiro de negócios decente, mas gostava de falar. – O fracasso é a única parte que as pessoas lembram. Por exemplo, ninguém lembra que o homem que deveria ser promotor público da cidade de Nova York foi derrotado por uma menina de dezessete anos.

– Foi isso que aconteceu? – perguntei. – Pelo que me lembro, o homem que *não se tornou* promotor público tinha uma obsessão insensata pela vida amorosa do filho, e seus oponentes se aproveitaram disso.

O sr. Delacroix balançou a cabeça.

– Como um leão derrotado por um minúsculo carrapato – disse eu. – Além disso, não tenho mais dezessete anos.

– Eu estava esperando você dizer isso. – Ele levou os dedos à boca e assobiou como se estivesse chamando um táxi. O som ecoou pela boate, que ainda não tinha muitos móveis.

Vários membros da minha recém-contratada equipe apareceram com um bolo de aniversário. Feliz aniversário, Anya estava escrito em cor-de-rosa.

– Você se lembrou – falei.

– Doze de agosto de 2066. Como se eu pudesse me esquecer do seu décimo oitavo aniversário. Chega de viagens para o Liberty Children's.

Os funcionários cantaram e bateram palmas para mim. Ainda não nos conhecíamos muito bem, mas eu era a chefe, então eles não tinham escolha. Fiquei feliz quando a alegria compulsória terminou e todos voltaram ao trabalho. Eu não gostava de ser o centro das atenções, e havia muitas coisas para fazer antes da inauguração dali a um mês. Eu já tinha contratado (e demitido) empreiteiros, garçons, designers, chefs, relações-públicas, médicos, seguranças e planejadores de eventos. Havia uma série infindável de documentos para obter da prefeitura, apesar de a maioria ser de responsabilidade do sr. Delacroix. Eu aceitara (sem sucesso) fazer as pazes com meu primo Fats e a Família, e tinha (com sucesso) negociado cacau a um bom preço com meu amigo Theo Marquez, na Granja Mañana. Havia azulejos, toalhas de mesa e cores de tinta para escolher; fogões para serem arrendados; cardápios e comunicados à imprensa a serem redigidos. Havia tarefas glamorosas, como agendar a coleta de lixo e escolher papel higiênico para os banheiros.

– Baunilha – observei, olhando para o bolo fatiado. – Não é de chocolate.

– Não podemos permitir que você se queime por pequenas indiscrições. Agora você é adulta. Na próxima vez que se meter em confusão, você vai para a Rikers – disse ele. – Estou indo para casa. Jane e eu temos planos. Me prometa que vai encontrar um nome até amanhã. Temos que começar a espalhar a novidade.

Nomear a boate estava sendo difícil. Eu não podia usar o *meu* nome porque isso associaria o negócio ao crime organizado. Algo com *cacau* e *chocolate* também não podia ser, embora fosse necessário que as pessoas soubessem que podiam conseguir chocolate aqui. O nome precisava ser divertido e empolgante, mas não ilegal. Eu ainda gostava da ideia provavelmente boba de que deveria ter algo a ver com saúde.

– Sinceramente, não estou nem perto – falei.

– Assim não dá. – Ele olhou para o relógio. – Ainda tenho um tempinho antes de Jane me matar. – E se sentou de novo. – Vamos falar dos cinco principais.

– Número um: Theobroma's.

– Não. Difícil de pronunciar. Difícil de soletrar. Ridículo.

– Número dois: Proibição.

O sr. Delacroix balançou a cabeça.

– Ninguém quer uma aula de história. Além do mais, parece político. Não queremos parecer explicitamente políticos.

– Três: Companhia do Cacau Medicinal.

– Está piorando. Eu já falei que não dá para usar *medicinal* no nome de uma boate. Isso sugere pessoas doentes, hospitais e surtos de bactérias. – Ele deu de ombros.

– Se você vai vetar todas as opções, não sei por que eu devo continuar.

– Porque você tem que fazer isso. Precisamos de um letreiro, Anya.

– Tá bom. Quatro: Corações da Escuridão.

– Isso é uma referência a algo? É meio pretensioso. Mas gosto de 'escuro'... 'escuro' é bom.

– Cinco: Nibs.

– Nibs. Tá brincando?

– É um subproduto do cacau – expliquei.

– Parece sujo e esquisito. Confie em mim. Ninguém jamais vai frequentar uma boate chamada Nibs.

– Essas são todas as minhas sugestões, sr. Delacroix.

– Anya, acho que podemos nos tratar pelo primeiro nome agora.

– Estou acostumada com sr. Delacroix – disse eu. – Sinceramente, é meio presunçoso você me chamar de Anya.

– Quer que eu a chame de srta. Balanchine?

– Ou senhora. Tanto faz. Sou sua chefe, não sou? – Depois do que ele me fez passar em 2083 (prisão, veneno), eu me sentia no direito de fazer uma gracinha.

– Parceira, eu diria. Ou conselheiro jurídico da boate *sem nome* de Manhattan. – Ele fez uma pausa. – A sra. Cobrawick é uma mulher formidável. Quando você estava no Liberty, ela não te ensinou nada sobre respeitar os mais velhos?

– Não.

– Aquela instituição é um desperdício do terreno em que se encontra. Voltando à discussão. Que tal Quarto Escuro?

Pensei no nome.

– Não é dos piores.

– Claro que temos a inevitável referência à fotografia. Mas é meio diabólico. Faz referência ao que estamos vendendo. E chegamos a um ponto em que precisamos escolher um nome.

Sabe como a publicidade funciona, não sabe, Anya? Você repete a mesma mensagem várias e várias vezes numa voz bem alta. Mas, para isso, precisamos ter algo a dizer.

– O Quarto Escuro – falei. – Está decidido.

– Ótimo. Vou tirar a noite de folga, então. Feliz aniversário, *senhora*. Planos para mais tarde?

– Vou a uma peça com minha melhor amiga, Scarlet, e com Noriko. – Além de ser a esposa do meu irmão, Noriko trabalhava como minha assistente.

– O que vocês vão ver?

– A Scarlet comprou os ingressos. Espero que seja uma comédia. Detesto chorar em público.

– É uma boa estratégia. Eu também tento não fazer isso – disse ele.

– A menos que seja útil para seus interesses, imagino. Como está seu filho? – perguntei como quem não quer nada. Nós nunca conversávamos sobre Win. Fazer essa pergunta, por si só, era um pequeno presente para mim mesma.

– Ah, sim, ele. Mudança de planos. O garoto decidiu fazer faculdade em Boston – informou o sr. Delacroix.

– Ele me disse. – Eu tinha encaixotado os pertences dele, mas ainda não havia conseguido levá-los para o trabalho.

– Imagino que ele venha nos visitar nos feriados e nos verões – disse o sr. Delacroix. – Jane e eu sentiremos falta dele, claro, mas Boston não é muito longe.

– Bem, mande lembranças minhas, por favor.

– Você pode ir lá em casa falar com ele pessoalmente. O pai dele não vai se opor.

– Acho que acabou entre a gente, sr. Delacroix – contei. – Ele não entende nosso negócio.

O sr. Delacroix assentiu com a cabeça.

– É, imaginei que não entenderia. Ele é orgulhoso e mimado demais.

Eu queria saber se Win falava de mim, mas perguntar seria humilhante demais.

– Relacionamentos nem sempre são feitos para durar eternamente – comentei, tentando parecer sábia. Se eu repetisse isso muitas vezes, talvez começasse a acreditar. – Não foi isso que você sempre me disse?

– A vida não é fácil para quem é ambicioso, Anya.

– Não sou ambiciosa – falei.

– Claro que é. – Sua boca mostrava surpresa, mas os olhos estavam seguros de um jeito irritante. – Eu sei bem.

– Obrigada pelo bolo – agradeci.

Ele estendeu a mão para eu apertar.

– Feliz aniversário.

Pouco depois de o sr. Delacroix sair, peguei um ônibus de volta para meu apartamento.

A verdade era que eu não sentia saudade daquele garoto.

Talvez sentisse saudade da imagem dele.

(OBS.: *Não, não era só da imagem. Era dele. Eu sentia saudade daquele garoto idiota, mas do que adiantava? Eu não tinha o direito de sentir saudade dele. Eu tinha feito minha escolha. Perdoem as mentiras açucaradas que eu contei a mim mesma – eu ainda era muito jovem. E, quando somos jovens, não sabemos bem do que estamos abrindo mão.*)

(OBS.: O que eu quis dizer é que você pode fazer uma escolha, ficar razoavelmente satisfeita com ela e ainda assim se arrepender daquilo de que abriu mão. Talvez seja como pedir uma sobremesa. Você chegou à decisão final: torta quente de manteiga de amendoim ou delícia de morango. Você escolhe a torta, e ela está deliciosa. Mas você ainda sonha com aqueles morangos...)

(OBS.: Então, sim, de tempos em tempos, eu pensava nos morangos.)

Noriko e eu estávamos esperando do lado de fora do teatro havia meia hora.

– Devemos entrar sem ela? – O inglês da Noriko tinha melhorado um bocado desde que ela chegara aos Estados Unidos havia quatro meses e meio.

– Vou ligar para ela do orelhão – falei. Não havia tido tempo de adquirir um celular. A partir de hoje, eu tinha permissão legal para ter um aparelho.

Scarlet atendeu no quinto toque.

– Onde você está? – perguntei.

– Gable deveria cuidar do Felix, mas não apareceu. Não posso ir. Vão à peça sem mim. Sinto muito mesmo, Annie – disse Scarlet.

– Não se preocupe – falei.

– Me preocupo, sim. É seu aniversário, e eu queria ver a peça. Posso encontrar com você mais tarde? A gente pode sair para dançar ou beber alguma coisa.

– Para ser sincera, estou trabalhando desde as seis da manhã. Quero ir para casa dormir.

– Feliz aniversário, meu amor – disse Scarlet.

A peça que Scarlet escolheu era sobre um velho e uma jovem que trocam de corpo um com o outro num casamento. O marido da mulher tem que aprender a amá-la, apesar de ela estar no corpo de um homem velho. E, no fim, todo mundo aprende várias lições sobre amor e aceitação e sobre como não importa o corpo em que você está. Era romântica, e eu não estava no clima, algo que achei que a Scarlet teria imaginado.

Quando os atores agradeceram, receberam aplausos de pé, mas eu fiquei sentada. Os romances eram uma mentira. Tão mentirosos que me davam raiva. Os romances eram uma questão de hormônios e ficção.

– Buuu – sussurrei. – Buuu para essa peça idiota. – Ninguém me ouviu. Havia aplausos demais. Eu podia vaiar o quanto quisesse. Achei isso libertador.

E a pior parte era que eu nem gostava de teatro. Scarlet adorava teatro e nem se preocupou em aparecer. E também não era a primeira vez que ela faltava a um encontro comigo. Eu sinceramente não sabia por que ainda me dava o trabalho de combinar coisas com ela.

– Buuu para Scarlet. Buuu para o teatro.

Noriko estava chorando e batendo palmas como uma maluca.

– Sinto saudade do Leo – disse ela. – Sinto muita saudade do Leo.

Talvez Noriko sentisse saudade do Leo, mas, naquele momento, eu estava cética. Os dois mal falavam o mesmo idioma. Eles se conhecem há pouco mais de um mês quando decidiram se casar. E estávamos falando do meu irmão.

Ele era um cara legal, mas... eu estava trabalhando com Noriko o verão todo. Ela era inteligente, e, sem querer ser má, Leo não era.

Descongelei algumas ervilhas e estava quase virando a página do meu pouco memorável aniversário de dezoito anos quando o telefone tocou.

– Anya, quem fala é a srta. Bellevoir. – Kathleen Bellevoir era professora de matemática da Natty na Holy Trinity, mas no verão trabalhava no acampamento de gênios. – Aconteceu um problema com a Natty, e gostaria de avisar que ela vai para casa amanhã.

Coloquei a mão sobre o coração.

– O que houve? Ela está doente?

– Ah, não, nada assim. Mas aconteceu um incidente. Vários incidentes, na verdade. Todos os funcionários decidiram que é melhor ela voltar para casa mais cedo. Estou ligando para garantir que você esteja aí quando ela chegar.

– Que tipo de incidentes? – perguntei.

Todas as coisas que a Natty fez:
1. Não participou dos laboratórios de ciências e matemática
2. Desrespeitou funcionários e outros colegas
3. Foi pega com chocolate no acampamento
4. Foi pega no quarto de um garoto tarde da noite
5. Fugiu, roubou a van do acampamento e dirigiu até cair numa vala

O último e mais recente incidente marcou o fim oficial da paciência dos diretores do acampamento de gênios.

– Ela se machucou? – perguntei.

– Alguns ferimentos e hematomas. A van está bem pior. Adoro sua irmã, e ela fez tanto sucesso aqui no último verão que todo mundo, inclusive eu, tentou fazer vista grossa quando ela começou a dar trabalho. Eu devia até ter ligado para você antes.

Eu queria gritar com a srta. Bellevoir por não cuidar bem da Natty, mas eu sabia que isso não era racional. Mordi o lábio, que estava rachado e começou a sangrar.

Natty chegou ao apartamento às seis da tarde do dia seguinte, um domingo. Minha irmã estava bem machucada. Tinha manchas roxas no rosto e na testa e um corte profundo no queixo.

– Ai, Natty – falei.

Ela abriu os braços como se fosse me abraçar, mas depois fechou a cara.

– Pelo amor de Deus, Annie, não me olha desse jeito. Você não é minha mãe. – Ela saiu correndo para o quarto e fechou a porta com força.

Dei-lhe dez minutos antes de bater.

– Vai embora!

Virei a maçaneta, mas a porta estava trancada.

– Natty, a gente precisa conversar sobre o que aconteceu.

– Desde quando você quer conversar? Você não é a srta. Lábios Travados? A srta. Guarda Tudo Para Si?

Arrombei a porta da Natty com o prego que a gente guardava para usar no quarto do Leo (agora de Noriko).

– Vai embora! Você pode, por favor, me deixar em paz?

– Não – falei.

Ela puxou o lençol sobre a cabeça.

– O que aconteceu neste verão?

Ela não respondeu.

Eu não entrava no quarto de Natty havia algum tempo. Era como se duas pessoas morassem ali: uma criança e uma mulher. Havia sutiãs e bonecas, perfumes e lápis de cera. Um dos chapéus do Win, um Fedora cinza, estava pendurado num gancho na parede. Ela sempre gostou dos chapéus dele. Perto do espelho havia uma tabela periódica, e eu notei que ela havia circulado alguns elementos.

– O que significam os círculos? – perguntei.

– São meus preferidos.

– Como você escolhe?

Ela saiu de baixo das cobertas.

– Hidrogênio e oxigênio são bem óbvios. Eles fazem água, que é a fonte da vida, se você se importa com esse tipo de coisa. Gosto do Na, sódio, e do Ba, bário, porque são minhas iniciais. – Ela apontou para o Ar, que não estava circulado. – O argônio é totalmente inerte. Nada o afeta, e ele tem dificuldade para formar componentes químicos, isto é, relacionamentos. Ele é solitário. E não pede nada para ninguém. Ele me faz lembrar você.

– Natty, isso não é verdade. As coisas me afetam. Estou chateada neste momento.

– Está? É difícil dizer, Argônio – comentou Natty.

– Talvez a questão seja que não importa o que aconteceu com você no acampamento. Verão é verão. O verão nunca é a vida real.

– Não?

Balancei a cabeça.

– Você teve um verão ruim. Só isso. As aulas começam daqui a algumas semanas. É seu penúltimo ano, e acho que vai ser ótimo para você.

– Está bem – disse ela depois de um tempo.

– Tenho que ir até a boate, mas volto mais tarde – falei.

– Posso ir?

– Outra hora – respondi. – Acho que você precisa descansar. Você está péssima, diga-se de passagem.

– Acho que pareço durona.

– Perturbada, talvez.

– Criminosa. Uma verdadeira Balanchine.

Dei um beijo na testa de Natty. Nunca fui boa com palavras. No caminho entre meu coração, meu cérebro e minha boca, as frases ficavam deturpadas e totalmente enroladas. A intenção – o que eu queria dizer – nunca ficava clara. Meu coração pensava: *Eu te amo.* Meu cérebro alertava: *Que vergonhoso. Que bobeira. Que perigo.* Minha boca dizia: *Por favor, vai embora*, ou, pior ainda, fazia uma piada sem sentido. Eu sabia que precisava me esforçar mais por Natty.

– Não, você não é nada disso – disse eu. – Você é a garota mais incrível e inteligente do mundo.

Em vez de pegar o ônibus, fui andando até a boate. Já estava escuro e era um pouco tarde para andar sozinha, mas até mesmo Argônio, a Aparentemente Inabalável, precisava clarear as ideias de vez em quando. Eu estava na metade do caminho, quase no Columbus Circle, quando começou a chover. Meu cabelo ficou eriçado, mas não me importei. Eu adorava

Nova York na chuva. O cheiro de coisas podres desaparecia, e as calçadas pareciam quase limpas. Guarda-chuvas coloridos se abriam como tulipas de cabeça para baixo, e as janelas dos arranha-céus vazios brilhavam, pelo menos à noite. Na chuva, não parecia possível ficar sem água ou que alguém que você ama pudesse ir embora para sempre. Eu acreditava na chuva.

Conforme eu andava, pensava na Natty e me perguntava se eu tinha falado e feito as coisas certas. Quando tinha a idade dela, eu estava mal. Meus pais tinham morrido, e a condição de saúde da vovó piorava a cada dia. Na escola, minha única amiga era Scarlet. Eu era obcecada com a ideia de que todo mundo estava me provocando, e talvez alguns estivessem mesmo. Eu entrava em brigas o tempo todo. (Pensando bem, é incrível eu não ter sido expulsa da Holy Trinity anos antes.) Aos catorze, eu também não era atraente – tinha uma cabeça enorme, cheia de cabelo, um rosto muito redondo e peitos que ainda estavam no processo de descobrir como se tornar seios. Quando fiz quinze anos, minha aparência melhorou, e foi nesse ano que comecei a namorar Gable Arsley, meu primeiro namorado de verdade e o primeiro garoto que disse que eu era bonita. Está vendo, a chuva era tão inteligente que conseguia até me fazer ter uma boa lembrança de Gable.

Eu estava subindo os degraus que levavam à boate quando um homem saiu da escuridão e agarrou minha mão.

– Anya, onde está Sophia? – Ele me puxou com força para trás de uma das estátuas de leão sem cabeça que guardavam a entrada.

Era Mickey Balanchine, meu primo e marido de Sophia Bitter. Ele tinha emagrecido, e, mesmo no escuro, sua pele parecia amarelada. Eu não o via desde que ele e Sophia tinham ido embora da cidade de uma hora para outra meses antes.

– Não sei do que você está falando. – Tentei livrar minha mão da dele, mas Mickey me puxou para mais perto. Eu sentia o cheiro de seu hálito, enjoativo de tão doce e estranhamente repelente. Me fazia lembrar cheiro de couro molhado.

– Fomos à Suíça para a inauguração de uma nova fábrica da Bitter – disse ele. – Estávamos no hotel e, um dia, ela desceu para tomar café com o guarda-costas e não voltou. Eu sei que você acha que ela tentou te matar...

Interrompi:

– Ela tentou, não foi?

– Mas ela ainda é minha esposa, e eu preciso encontrá-la.

– Escute, Mickey, o que você diz não faz sentido. Não vejo você nem ela há meses e não tenho a menor ideia de onde ela está.

– Acho que você a sequestrou em retaliação.

– Sequestrá-la? Eu não a sequestraria. Estou abrindo um negócio. Não tenho tempo de sequestrar ninguém. Acredite se quiser, não penso nela há meses. Tenho certeza de que alguém como ela tem outros inimigos além de mim.

Mickey puxou uma arma e a colocou nas minhas costelas, perto do meu coração.

– Você tem mil motivos para desejar mal a Sophia, mas a única forma de ajudarmos um ao outro é você me contar onde ela está.

– Mickey, por favor. Não tenho a menor ideia. Eu sinceramente...

Comecei a tentar pegar o facão que eu mantinha na mochila durante os meses de verão. Sem casaco, eu não podia prender uma arma ao cinto, ficava visível demais. Nunca consegui comprar uma bainha para ele.

– Mickey Balanchine, bem-vindo de volta – disse outra voz. – Tem uma arma apontada para sua nuca, então sugiro que você solte a sua. – O sr. Delacroix estava empurrando um objeto contra a cabeça do Mickey, mas, mesmo no escuro, não parecia uma arma. Era uma garrafa. Seria de vinho? – A menos que tenha mais alguém com você, sugiro que solte a arma. Você é um contra dois, e sei que a srta. Balanchine deve estar se coçando para pegar aquele facão sobre o qual ela acha que ninguém sabe.

– Estou sozinho – admitiu Mickey enquanto abaixava a arma devagar.

– Muito bom – falou o sr. Delacroix.

– Não quero machucá-la – disse Mickey. Ele tossiu, e o som era profundo e perturbador. – Só quero informações. – Mickey colocou a arma no chão, e eu a peguei. Apesar do que parecia, eu não estava especialmente feliz com a interferência do sr. Delacroix. Eu não acreditava que meu primo ia atirar em mim nem queria o sr. Delacroix envolvido com a Família. Sinceramente, seu ato de heroísmo me irritou. Percebi o que havia por trás. Eu já sabia, quando o contratei, que o sr. Delacroix tinha interesse em si mesmo acima de tudo, e parecia falso ele fingir que não era assim. Além do mais, eu não precisava de um herói: eu era a heroína da minha vida havia algum tempo.

– Se isso é verdade, entre e discuta o assunto como uma pessoa civilizada – disse o sr. Delacroix a meu primo. – Estamos todos ficando ensopados, e você vai pegar uma pneumonia se ficar aqui fora por muito tempo.

– Está bem – concordou Mickey.

Lá dentro, fui até a guarita para pedir a Jones, o chefe de segurança da boate, que acompanhasse Mickey.

O grupo agora tinha mais uma pessoa. Subimos as escadas e percorremos a boate para chegar a meu escritório. Destranquei a porta e falei para Jones e Mickey esperarem ali dentro. Depois, voltei ao corredor para dispensar o sr. Delacroix. Ele me deu uma toalha fina que devia ser da cozinha da boate.

– Você precisa de um guarda-costas – disse ele. – Não estarei por perto para te salvar...

Eu o interrompi:

– Ainda bem que você disse isso, sr. Delacroix. Eu gostaria de lembrar que você não foi contratado para ser herói.

– Herói? – perguntou ele. – *Contratado*?

– Contratado – repeti. – Você é meu funcionário.

– Seu sócio. Acho que estou por dentro dos contratos que *eu* analisei.

– Minha participação neste negócio é muito maior que a sua, e eu não preciso de sua permissão para nada.

Ele me olhou com uma expressão neutra.

– Ótimo, Anya. O que a senhora deseja?

– Conselho jurídico – respondi. – Nada mais.

– Então entendo quais são minhas responsabilidades... Se eu a vir à noite, digamos que esteja escuro e chovendo muito, e você estiver sendo atacada por um homem que eu reconhecer como o primo da *mafiya* que pode ou não ter tentado matar você e sua família, o protocolo diz que eu devo... – ele deu de ombros – ... olhar para o outro lado e deixar você morrer?

– Sim, mas...

Dessa vez, foi *ele* que me interrompeu:

– Ótimo. Que bom que isso foi esclarecido.

– Eu não teria morrido. Ainda não morri. Até sobrevivi a um envenenamento, se é que você consegue acreditar.

– Seja como for, como seu conselheiro jurídico e *apenas com essa incumbência*, pois não quero ir além, acho que seria bom você ter um guarda-costas.

– Você está entendendo tudo errado. Estou dizendo que precisamos de limites. Nossos papéis precisam ser definidos. Valorizo sua necessidade de saber de tudo, mas não concordamos que seria melhor para a boate e para você se houver alguns assuntos, especialmente os que envolvem a Família, que você não soubesse?

Ele refletiu sobre minha pergunta por um instante.

– Como quiser. O que aconteceu com aquela mulher gigante que costumava seguir você para todo lado?

– Dispensei a Daisy.

– Por quê?

– Já que estou tentando fazer tudo conforme a lei, achei que não passaria uma boa impressão com uma guarda-costas. E ainda acredito nisso. Não vou andar pela cidade acompanhada de um guarda-costas como uma gângster de quinta categoria. Você sabe perfeitamente bem que as aparências importam.

– Você parece decidida – disse ele. – Não concordo, mas entendo o raciocínio.

– Boa noite, sr. Delacroix.

Fui para meu escritório. Mickey e Jones estavam apertados no sofá de dois lugares. Sequei o cabelo com a toalha que o sr. Delacroix me deu, depois dei a toalha ao Mickey para ele usar também.

– É seu namorado? – Mickey apontou com a cabeça para o corredor.

– Namorado?! Está brincando? Aquele é Charles Delacroix. Você deve se lembrar dele, de quando concorreu a promotor público em 2083.

– Ah, sim, ele.

– Ele perdeu e agora é conselheiro jurídico da minha boate.

– Bacana – comentou Mickey.

– Namorado?! – Fiquei irritada com a ideia de que alguém pudesse achar que Charles Delacroix era meu namorado. – Isso é nojento, Mickey. Ele deve ter o dobro da minha idade, talvez mais. É velho o suficiente para ser meu pai. E é pai do Win. Lembra do meu ex-namorado, Win?

– Ei, eu não julgo o modo como as pessoas vivem suas vidas. – Seus olhos estavam vidrados e sem foco. Parecia que ele estava prestes a desmaiar, e eu precisava conseguir informações antes disso.

– Você sabia do plano para matar Natty, Leo e eu? – perguntei.

– Não, eu estava tão no escuro quanto você. Quando descobri que Sophia estava envolvida, já tinha acontecido. Ela me convenceu a fugir, senão a Família ia me matar. Ela disse que você era a Balanchine mais famosa e mais amada de todos, e que a Família com certeza ia ficar do seu lado e ter a alegria de amarrar a ponta solta que eu representava. Ela insistiu que todo mundo ia achar que *eu* tinha orquestrado a trama porque era eu quem mais tinha a ganhar se os filhos de Leonyd Balanchine estivessem fora de cena. Por isso fugi com ela. Talvez tenha sido burrice, mas não tive tempo para pensar, e ela ainda é minha esposa. Mas, menos de um mês depois, um velho amigo me contou que você deixou Fats Medovukha assumir a Família, e aí eu soube que Sophia devia estar mentindo.

– Quem mais estava envolvido?

– Yuji Ono, obviamente. – Mickey tossiu com tanta força que eu achei que ele fosse sufocar. Pensei ter visto sangue na toalha que lhe dei. – Eles estavam apaixonados, sabia?

Havia boatos, mas tudo que eu sabia com certeza era que Yuji e Sophia tinham sido colegas de escola.

– Mais alguém?

– Não. Não que eu saiba. Ninguém importante.

– Simon Green?

– O advogado?

O filho bastardo do meu pai, eu quis dizer.

– Tantos advogados – disse Mickey. – Simon não é o pior. – Ele tossiu mais uma vez, e parecia que seus pulmões estavam cheios de bolas de gude.

– O que há de errado com você? – perguntei.

– Acho que peguei alguma coisa enquanto estava no exterior.

– Algo contagioso? – quis saber Jones. Meu chefe de segurança raramente sentia necessidade de fazer comentários.

– Não sei – respondeu Mickey.

Jones se afastou de Mickey o máximo que o sofá de dois lugares permitia.

– Por que você está procurando a Sophia? Se alguém a sequestrou, você deveria deixar isso pra lá. Deixe-a ir embora – sugeri.

– Tenho assuntos inacabados com ela. Preciso encontrá-la.

– Quer me contar que assuntos são esses?

– Se ela não foi sequestrada, acho que armou para mim. Ela me tirou de Nova York para o Fats poder assumir. Talvez ela achasse que você ia assumir, não sei. Não consigo entender. – A chuva tinha refrescado a noite de verão, mas Mickey estava coberto de suor. – Ela... – Ele tossiu de novo, mas dessa vez expectorou um coágulo enorme de cuspe sangrento que quicou na minha mesa como uma bola de borracha.

– Mickey, você não está bem – falei, apesar de isso estar mais do que evidente. – Quer um copo d'água?

Mickey não quis, ou devo dizer que *não conseguiu* responder. Seus olhos reviraram, e seu corpo entrou em convulsão.

Jones me olhou sem emoção.

– Devo levá-lo para o hospital, srta. Balanchine?

– Não vejo opção. – Eu não tinha um amor especial por meu primo, mas também não queria que ele morresse no meu escritório.

Três dias depois, Mickey Balanchine estava morto. Viveu menos de um ano a mais que o pai dele. A causa oficial da morte foi um tipo incrivelmente raro de malária, mas as causas oficiais das mortes sempre estão erradas.

(OBS.: Por vários motivos, suspeito de envenenamento.)

III. peço a ajuda de um velho amigo; cedo a um momento de dúvida; enfrento a pista de dança; beijo um bonitão qualquer

– O lema dos médicos é nunca fazer o mal – disse o dr. Param.
– Bem, um pouquinho de chocolate nunca fez mal a ninguém, e eu assino quantas receitas você quiser.

Ele tinha sessenta e dois anos e estava perdendo a visão, o que o deixava incapaz de realizar cirurgias e, portanto, disposto a aceitar um cargo no Quarto Escuro. Os sete outros médicos que eu contratei também tinham seus motivos para trabalhar na minha boate: o principal e comum a todos eles era a necessidade de dinheiro. O cacau podia ser usado para tratar tudo, de fadiga a dores de cabeça, de ansiedade a pele flácida. No entanto, a política não oficial da boate era dar receitas para qualquer pessoa que quisesse, desde que fosse maior de idade. Por esse serviço, pagávamos bem e esperávamos que nossos médicos não tivessem muitos escrúpulos. Disse ao dr. Param que ele estava contratado.

– Estamos vivendo num mundo confuso, srta. Balanchine. – Ele balançou a cabeça. – Lembro quando o chocolate se tornou ilegal...

– Sinto muito, dr. Param. Ficarei superinteressada em discutir isso com você em outra hora. – A boate ia inaugurar no dia seguinte, e eu ainda tinha muitas coisas para fazer. Levantei-me e apertei a mão dele. – Por favor, informe o tamanho de seu uniforme para Noriko.

Desci até o bar recém-construído e o atravessei para chegar à imaculada cozinha. Eu nunca tinha visto uma cozinha tão límpida em Manhattan. Parecia ter vindo de um anúncio do início do século XXI. Lucy, a mixologista, e Brita, a chocolateira de Paris que eu tinha contratado, estavam com a testa franzida diante de uma panela borbulhante.

– Anya, prove isso – disse Lucy.

Lambi a colher.

– Ainda está muito amargo – avaliei.

Lucy xingou e jogou o conteúdo da panela na pia dupla. Elas estavam trabalhando na nossa bebida especial. O cardápio estava quase pronto, mas eu sentia que devíamos ter uma bebida da casa. Eu esperava que fosse tão marcante quanto as bebidas que eu tinha tomado no México.

– Continue tentando. Acho que você está chegando lá.

Atrás delas, eu podia ver a despensa onde estava estocado meu suprimento de semanas da Granja Mañana, a fazenda de cacau em que passei o inverno anterior. Pensando bem, eu deveria ter trazido as *abuelas* ou, pelo menos, Theo para ensinar as receitas às minhas chefs.

Voltei ao bar, onde o sr. Delacroix me esperava.

– Quer ler a entrevista no *Daily Interrogator*? – perguntou ele.

– Não faço questão.

O sr. Delacroix tinha insistido para contratarmos um relações-públicas e um estrategista de mídia. Eu tinha dado inúmeras entrevistas nas duas últimas semanas e, nesse período, aprendi que Argônio, a Inabalável, não sabia falar de si mesma.

– Está ruim? – falei.

– Escute, demora um pouco para alguém aprender a dar entrevistas.

– Deveria ter sido você – falei. Ele tinha sido entrevistado algumas vezes, mas insistiu que eu deveria ser o rosto do negócio. – Eu me sinto uma idiota falando de mim mesma.

– Você não pode pensar desse jeito. Você não está falando de si mesma. Está contando às pessoas que está envolvida num grande projeto.

– Mas elas perguntam sobre partes da minha vida a respeito das quais não me sinto à vontade para falar. – A dificuldade era esta: eles achavam que nada ultrapassava os limites, enquanto eu, que era reservada por natureza, achava que tudo era demais. Eu não queria falar do meu passado: isso incluía o assassinato da minha mãe e do meu pai, meus parentes em geral, o tempo que passei no Liberty, o porquê de eu ter sido expulsa da escola, o fato de meu irmão estar na cadeia, o fato de meu ex-namorado ter sido envenenado e o fato de meu outro ex ter sido baleado. – Sr. Delacroix, eles querem desencavar histórias antigas que não têm nada a ver com a boate.

– Ignore as perguntas. Discuta o que você *quer* discutir. Esse é o segredo, Anya.

– Acha que a boate pode fracassar porque dou péssimas entrevistas?

– Não. A ideia é boa demais para fracassar. As pessoas virão. Eu acredito nesse empreendimento. De verdade.

Eu queria passar os dedos pelo cabelo, mas me lembrei de que não tinha cabelo. A estrategista de mídia achou que seria uma boa ideia eu mudar o visual antes da inauguração da boate. Meus cachos se foram porque me disseram que eles me deixavam com cara de pré-adolescente revoltada, e não com cara de proprietária – nas palavras dela – "da boate mais quente da cidade de Nova York!". Em vez disso, meu cabelo estava curto, repicado e liso, com relaxamento químico e chapinha reforçada. Eu não queria, mas suspirei.

– Você sente falta dos cachos, coitadinha.

– Pare de zombar de mim, sr. Delacroix – falei. – De qualquer maneira, já tive cabelo curto antes. É só cabelo.

E *era* mesmo, mas eu chorei depois de cortar. O cabeleireiro virou a cadeira para fazer a grande revelação. Vi no espelho uma alienígena que parecia ter que se esforçar para sobreviver no planeta hostil em que sua nave tinha caído. Eu parecia vulnerável, a pior aparência que eu gostaria de ter. *Quem era aquela garota?* Certamente não podia ser Anya Balanchine. Não podia ser eu. Numa demonstração que eu considerava tão diferente de mim, a ponto de ser perturbadora, afundei a cabeça tosada nas mãos e chorei. Que vergonha. As pessoas choram em funerais; elas não choram por causa de um corte de cabelo.

– Você odiou – disse o pobre cabeleireiro.

– Não. – Respirei tremendo e tentei inventar uma desculpa para meu comportamento. – É que... Bem, meu pescoço está muito frio.

Por sorte, só o cabeleireiro testemunhou meu momento de fraqueza.

– Sempre esqueço. As meninas são sensíveis em relação ao cabelo. Quando minha filha estava no hospital... – O sr. Delacroix se interrompeu com um aceno irônico da cabeça. – Essa não é uma história que eu quero contar agora. – Ele me analisou. – Gosto do seu cabelo novo. Eu gostava do cabelo antigo também, mas o novo não está ruim.

– Que incentivo! – comentei. – *Não está ruim.*

– Agora tenho um assunto bobo, mas potencialmente inadequado, para tratar com você. – Ele fez uma pausa. – Em sua sabedoria infinita, a estrategista de mídia acha que seria bom para a boate se você aparecesse na inauguração de amanhã acompanhada.

– Não pela minha irmã, imagino eu.

– Acho que estão dispostos a arrumar alguém adequado se você não tiver ninguém em vista.

– Imagino que Win já esteja na faculdade – brinquei.

– Ele partiu semana passada.

– E, além disso, ele me odeia.

– É, isso também – disse ele. – Não me tornei promotor público de Nova York, mas consegui destruir aquele namorico de escola.

– Parabéns.

Para ser sincera, não havia ninguém para me acompanhar. Eu estava trabalhando, não saindo com caras. E eu não tinha um bom relacionamento com meus ex-namorados.

– Não quero um encontro arranjado – falei por fim. – Eu estava planejando ir com minha irmã, e acho que é isso que vou fazer.

– Tudo bem, Anya. Vou informar à equipe. Aliás, eu disse a eles que você daria essa resposta. – O sr. Delacroix começou a andar em direção à porta.

– Você sempre achou que poderia prever meus movimentos.

Ele voltou até mim.

– Não. Eu não previ isto.

Ele fez um gesto para o espaço ao redor, que, nas últimas semanas, tinha começado a parecer uma boate. O chão estava polido. O teto com pintura de nuvens tinha sido restaurado. Cortinas de veludo prateado cobriam as janelas, do teto ao chão, e as paredes estavam pintadas de um marrom-chocolate profundo. Um bar de mogno tinha sido montado ao longo de um dos lados do salão e também um palco. Um tapete vermelho seria colocado naquela tarde. A única coisa que faltava? Clientes pagantes.

– *Isto* é enorme – disse ele. – Não fique até tarde e tenha uma boa noite de sono, se conseguir.

Apesar dos conselhos do sr. Delacroix, naquela noite eu fiquei deitada na cama sem dormir. Como era meu costume, torturei a mim mesma pensando em tudo o que poderia dar errado. Foi quase um alívio quando meu celular tocou. Era Jones.

– Desculpe por acordá-la, srta. Balanchine. Houve um ato de vandalismo. Alguém derramou ácido, pelo menos achamos que é ácido, no estoque de cacau.

Quando cheguei, Jones me levou até a despensa. Todo o estoque de cacau estava encharcado de um produto químico que podia ser cloro ou ácido. Havia buracos queimados nos sacos, e eu via bolos escuros de cacau úmido que pareciam lama.

– Não é bom ficar muito tempo aí dentro – disse Jones. – Não tem muita ventilação.

Meus olhos já estavam úmidos. Eu precisava pensar. Não seria fácil encontrar cento e dez quilos de cacau bruto para a inauguração daquela noite.

Eu estava quase saindo da despensa quando vi uma embalagem de Balanchine Special Dark numa prateleira. Não muito sutil, pensei. Evidentemente, sutileza não era o foco.

Fazia tempo que eu não tinha muitas notícias de Fats, que agora era o chefe da família Balanchine. Na festa de pré-lançamento em junho, ele me ameaçou dizendo que a inauguração da boate traria consequências. Acho que era disso que estava falando. Eu sabia que teria que lidar com ele em algum momento. Nesse meio-tempo, triagem. Peguei o celular para ligar para meu fornecedor de cacau no México.

– Anya, é insano ligar uma horas dessas. É cedo demais para eu falar inglês – disse Theo ao atender.

– Theo, estou numa enrascada.

– Eu falo muito sério quando digo que posso matar por você. Sou pequeno, mas durão.

– Não, seu garoto ridículo. Não preciso que você mate por mim. – Expliquei o que tinha acontecido. – Queria saber se algum local por aqui poderia ter, digamos, cento e dez quilos de cacau para hoje à noite.

Theo demorou alguns segundos para responder:

– Isso é um desastre. Minha próxima entrega só chega aí em *miércoles*. Não dá para conseguir uma quantidade tão grande de cacau em nenhum lugar de seu país, e, mesmo que você conseguisse, não poderia ter certeza da qualidade. – Ele gritou para a irmã: – *Luna, despiértate! Necesitamos un avión!*

– *Un avión?* – Meu espanhol tinha atrofiado nos meses que se passaram desde que voltei da Casa Marquez. – Espera, um *avião?*

– Sim, Anya, eu vou até aí. Não posso deixar você inaugurar seu negócio com um cacau de má qualidade. Em Chiapas, agora são cinco da manhã. Luna acha que consigo chegar em Nova York à tarde. Tem como você arrumar um caminhão para me encontrar?

– Claro. Mas, Theo, um avião de carga é muito caro. Não posso deixar você e sua família absorverem esse custo.

– Eu tenho dinheiro. Sou um rico barão do chocolate mexicano. Faço isso para você em troca de... – ele parou para pensar num número – ... cinquenta por cento dos seus lucros na primeira semana.

– Cinquenta por cento é meio alto, Theo. Além do mais, você não deveria ter negociado antes? Já pediu a Luna para providenciar o avião, não foi?

– É verdade, Anya. Que tal quinze por cento até eu recuperar os custos do avião, do combustível e do cacau?

– Theo, agora você está pedindo pouco demais. A boate pode fracassar, e aí você não vai receber nada.

– Eu acredito em você. Eu te ensinei tudo que você sabe, não foi? Além do mais, isso me dá a chance de visitar Nova York, e eu posso te ajudar se você quiser. Não seria má ideia ver você. Seu cabelo já cresceu?

Respondi que ele teria que ver quando chegasse.

– Theo, *buen viaje*.

– Muito bom, Anya. Você ainda se lembra de alguma coisa em espanhol.

Não voltei para o apartamento, pois sabia que não ia conseguir dormir. Fiquei sentada no escritório, na cadeira do meu pai, a mesma onde ele foi assassinado, e pensei. E se o avião caísse? E se eu fracassasse e todo mundo risse de mim? Pensei em Sophia Bitter, Yuji Ono, Simon Green e, obviamente, Fats. E se eles estivessem certos em rir? E se minha ideia fosse idiota e eu fosse uma garota estúpida por acreditar que poderia construir algo novo? E se o sr. Kipling também estivesse certo? O que eu sabia sobre administrar um negócio? E se o cacau chegasse, nós fizéssemos as bebidas e ninguém aparecesse? E se as pessoas aparecessem, mas odiassem o cacau e se recusassem a aceitá-lo como chocolate? E se eu tivesse que demitir as pessoas que tinha acabado de contratar? Onde elas iam trabalhar? Aliás, onde eu ia trabalhar? Eu tinha um diploma de equivalência do ensino médio, nenhuma perspectiva de fazer faculdade e uma ficha criminal. E se eu ficasse sem dinheiro? Quem pagaria os estudos de Natty? E se eu perdesse o apartamento? E se, aos dezoito anos, eu estragasse minha vida toda? Para onde iria? Eu estava totalmente sozinha e feia, com um cabelo curto idiota.

E se eu tivesse dito ao garoto que amava para ir embora e tudo não valesse de nada?

Eu não falava muito sobre Win, nem mesmo com Scarlet, mas ainda sentia falta dele. Claro que sentia. Em momentos como este, eu sentia sua perda com uma intensidade especial.

Fazia três meses e meio que tínhamos terminado de vez, e foi assim que eu entendi o que acontecera.

Eu não era inocente. Eu sabia o que tinha feito. Sabia por que estava errada (e por que ele também estava errado). Nós nos conhecemos no ensino médio, então nossa chance de ficarmos juntos por muito tempo provavelmente era bem pequena, mesmo que não tivéssemos começado com o pé esquerdo.

Sim, fiz minhas escolhas. E escolher a boate significou não escolher Win. Eu o tinha sacrificado por uma causa que eu acreditava ser maior. Mas, querido Deus, se acha que deixar Win ir embora não me custou nada, você está errado. Sei que tenho uma personalidade forte, que tenho a tendência de parecer séria e seca. Mais do que a maioria das pessoas, é da minha natureza esconder o que é mais sagrado no meu coração. Mas, embora meus sentimentos possam ser escondidos, isso não significa que não sejam vividos.

Eu sentia falta do cheiro de Win (pinho, citrus), de suas mãos (palmas macias, dedos longos), de sua boca (aveludada, lisa) e até mesmo de seus chapéus. Eu queria falar com ele, compartilhar minhas ideias e beijá-lo. Eu sentia falta de ter alguém que me amasse, não por ser da minha família, mas porque me achasse irresistível, única e que definitivamente valia a pena.

E, assim, não consegui dormir.

* * *

O cacau chegou por volta das duas horas, e Theo veio junto.

– Seu cabelo está horrível!

– Achei que você fosse gostar.

– Detestei. – Ele andou ao meu redor. – Por que as meninas torturam tanto seus cabelos?

– Foi uma decisão comercial – contei a ele. – E, se você continuar falando disso por muito tempo, corre o risco de magoar meus sentimentos.

– Anya, nós ficamos separados por tempo suficiente para você esquecer como sou tolo? Me ignore. Hum, talvez o cabelo... talvez não esteja tão ruim. Talvez eu esteja me acostumando. Espero que você também esteja. – Ele me beijou no rosto. – Pelo menos o lugar está lindo. Vamos ver a cozinha.

Quando Theo e eu trouxemos os sacos de cacau bruto, os funcionários aplaudiram, e Lucy até beijou Theo. Ele era muito beijável. Ela preparou para ele a bebida da casa, que ainda estava em fase de testes. Theo provou, engoliu devagar, deu um sorriso para Lucy e sussurrou no meu ouvido:

– Anya, isso não está bom. Você não pode servir isso.

Expliquei para Theo que nenhum mixologista americano tinha experiência em bebidas com cacau, já que a substância era proibida. Estávamos fazendo o melhor possível, dadas as circunstâncias.

– Estou falando sério. Isso tem gosto de terra. O cacau exige mais refinamento. Precisa ser provocado, estimulado. Estou aqui. Deixa eu te ajudar. – Ele arregaçou as mangas e colocou um avental.

Olhou para Lucy.

– Escute, não quero desrespeitar você, mas temos um jeito diferente de preparar o cacau no México. Você se importa se eu te mostrar?

– Estou trabalhando nessa bebida há meses – protestou Lucy. – Sem falar que eu tenho um diploma especial em Bebidas e Massas pelo Instituto Culinário da América. Duvido muito que você consiga criar uma receita melhor numa única tarde.

– Eu só quero ajudar minha amiga te mostrando algumas técnicas. Trabalhei com cacau a vida inteira, então é com humildade que lhe digo que sei algumas coisas.

Lucy deu um passo para o lado, apesar de não parecer muito feliz em deixar Theo assumir a cozinha.

– Ok, está bem. *Gracias.* Muito obrigado por me deixar usar sua cozinha. Preciso de casca de laranja, canela, açúcar mascavo, frutos de roseira-brava, leite de coco... – Ele enumerou uma longa lista de ingredientes, e os subchefs deram um jeito de consegui-los.

Vinte minutos depois, Theo tinha finalizado sua tentativa de elaborar a bebida especial da boate.

– O Theobroma – disse ele. – Vocês precisam comprar orquídeas para colocar nos copos.

Dei um gole. O sabor era parecido com chocolate, mas não tão pesado. O cacau era forte, mas quase sutil. O que sobressaía era o gosto de coco e de fruta cítrica. Era fresco e tinha exatamente os sabores que eu desejava.

– Sabe, Theo, não é muito fácil achar orquídeas por aqui – falei.

Theo estava me encarando.

– Mas o que você achou da bebida?
– É boa. É muito boa – respondi.
Lucy bebeu hesitante, mas, quando terminou, tirou o chapéu de chef para Theo. E fez um sinal de positivo para mim. Levantei o copo e disse:
– Ao Theobroma! A bebida especial do Quarto Escuro!

– Precisamos sair em vinte minutos, ou vamos nos atrasar! – gritei enquanto entrava correndo no apartamento.
Eu tinha ido em casa trocar de roupa e pegar a Natty. Larguei as chaves no hall e fui para a sala de estar, onde minha irmã estava no sofá com um garoto que parecia mais velho. Eles não devem ter me ouvido entrando e se separaram assim que me viram, o que os fez parecerem culpados – acho que nem estavam fazendo nada. Ainda assim, a visão de minha irmãzinha com uma companhia masculina era um escândalo, para dizer o mínimo.
– Natty, quem é seu amigo?
O garoto se levantou e, com um jeito de homem adulto, se apresentou.
– Sou Pierce. Eu estava um ano atrás de você na Trinity. Natty e eu fazemos aula de ciências juntos.
Semicerrei os olhos para ele.
– Bom te ver, Pierce. – O garoto era conhecido e parecia simpático o bastante. No entanto... apesar de estar apenas um ano à frente da Natty, Pierce era velho demais para namorar minha irmã. Virei-me para Natty. – Precisamos sair em vinte minutos. Pode pedir ao Pierce que vá embora para podermos nos arrumar?

Pierce mal tinha saído pela porta quando Natty se virou para mim com raiva.

– O que foi isso? Por que você foi tão grossa com ele?

– Por que você acha? Ele tem pelo menos dezoito anos.

– Dezenove. Passou um semestre trabalhando com petróleo.

– Você tem catorze. Ele é velho demais para você, Natty.

– Você está sendo muito injusta. Estou no terceiro ano. Ele está no quarto.

– Mas você deveria estar no primeiro. – Ela havia pulado dois anos.

– Não posso fazer nada se sou nova demais para a minha turma. E cinco anos não são nada.

– Ele é seu namorado? – perguntei.

– Não! – Ela suspirou. – Sim.

– Natty, está proibida. Você não pode namorar um cara de dezenove anos. Ele é um homem, e você ainda é uma criança. E os homens têm expectativas.

– Você me proíbe?! – gritou ela. – Você nunca está presente. Você não tem o direito de me proibir nada.

– Tenho, sim, Natty. O estado de Nova York diz que eu sou sua guardiã legal, e posso, sim, te proibir de fazer qualquer coisa se eu quiser. Se você descumprir isso, vou ligar para os pais de Pierce e deixar claro que, se ele tentar alguma coisa com você, vou prestar queixa. Sabe o que é estupro qualificado?

– Você não faria isso!

– Faria, sim, Natty. Não me provoque. – Eu me sentia absurda mesmo enquanto falava isso.

Natty tinha começado a chorar.

– Por que você se tornou tão horrível?

– Não quero ser horrível – falei. – Estou tentando proteger você.

– Me proteger do quê? De ter amigos? De ter uma vida? Não tenho amigos na escola, sabia? Sou, tipo, uma esquisita. Sério, Pierce é meu único amigo lá, Annie.

Olhei para minha irmã e percebi que não tinha ideia do que estava acontecendo com ela.

– Natty, escute. Precisamos nos arrumar. Podemos conversar sobre isso depois. Me desculpa por não passar muito tempo aqui. Eu quero muito saber o que está acontecendo na sua vida.

Natty fez que sim com a cabeça. Ela foi para o quarto dela, e eu fui para o meu. Não dava mais tempo de tomar banho.

Para a inauguração, o pessoal do marketing tinha escolhido para mim um vestido branco liso, bem justo, feito de uma mistura elástica de seda e lã. O vestido tinha um grande decote nas costas, com várias tiras horizontais. Na frente, havia um corte em "V" extremo que terminava na região mais baixa do meu decote. O vestido não deixava nada para a imaginação. Alguém me disse que a cor deveria transmitir inocência, mas que o decote dizia que o Quarto Escuro era o lugar mais excitante de Nova York. O que o vestido me dizia era: nudez.

Fiz chapinha no cabelo, passei um batom vermelho e um delineador preto, calcei os sapatos pretos estilo *bondage* que Scarlet escolheu e fui até o quarto de Natty.

Minha irmã estava deitada na cama, a cabeça debaixo das cobertas.

– Annie – disse ela –, não estou me sentindo bem.

– Você precisa se arrumar. O carro vai chegar daqui a dois minutos, e você é minha acompanhante.

Ela colocou a cabeça para fora.

– Ah, você está linda.

– Obrigada, mas, sério, Natty, você precisa se apressar. Não posso me atrasar.

Natty não se mexeu.

– Se está fazendo isso porque está com raiva de mim, acho que é incrivelmente infantil.

– Sou uma criança. Não foi o que você disse antes? – Comecei a puxar as cobertas, e ela puxou de volta com mais força.

– Por favor, Natty. Vamos lá.

– Não quero ir.

– Quero que você vá.

– Você não quis antes. E agora eu tenho que aparecer lá? Sua irmãzinha obediente? Eu não tinha nada a ver com a boate, então gostaria de continuar não tendo.

Eu não tinha tempo para isso.

– Ótimo. Não vá – falei e fui embora.

Os degraus da boate já estavam lotados de gente. Eu via fotógrafos e jornalistas enfileirados no tapete vermelho, se preparando para a chegada dos VIPs. Nosso bombardeio à imprensa tinha funcionado. Agora teríamos que ver se as pessoas iam mesmo aparecer. Uma jornalista me chamou:

– Anya Balanchine! Tem um minuto para uma entrevista com o *New York Daily Interrogator*?

Eu estava de péssimo humor depois da discussão com Natty e não gostava de dar entrevistas. Mas eu era adulta, e isso significa fazer coisas que eu não queria. Afastei o mau humor, sorri e fui até a repórter.

– Isto é fantástico! – disse a repórter, entusiasmada. – O burburinho está o máximo! Como se sente sendo a garota que está trazendo, sozinha, o chocolate de volta para a cidade de Nova York?

– Bem, não é chocolate em si. É cacau. O cacau é...

A repórter me interrompeu:

– Em pouco menos de dois anos, você deixou de ser a mais infame adolescente da cidade de Nova York para se tornar a dona de boate mais audaciosa que a cidade conheceu na última década. Como foi que isso aconteceu?

– Voltando à outra pergunta. Eu não diria que fiz isso sozinha; recebi muita ajuda. Theo Marquez e Charles Delacroix, por exemplo, foram fundamentais. – Theo estava lá dentro, mas, de onde eu estava, pude ver o sr. Delacroix descendo os degraus. Ele estava falando com outro grupo de repórteres. E era muito mais habilidoso do que eu.

Embora a sociedade tivesse me custado o relacionamento com Win, o sr. Delacroix foi uma escolha acertadíssima como sócio. Ele conhecia todo mundo na cidade e sabia como o governo funcionava. Como eu esperava, as pessoas acreditaram quando ele falou que nosso empreendimento estava em conformidade com a lei.

– Interessante – disse a repórter. – Delacroix já foi um grande inimigo e agora parece ter se tornado seu maior aliado.

Segui o conselho do sr. Delacroix e conduzi a conversa para o que *eu* queria falar.

– Depois de provar as bebidas de cacau de Theo Marquez, talvez você ache que *ele* é meu maior aliado – comentei. Respondi mais algumas perguntas e depois agradeci à repórter pelo seu tempo.

Quando entrei, dei uma passada rápida pelo ambiente. Os médicos estavam em seus nichos. Os candelabros, acesos. A banda, aquecendo. Os ventiladores de teto mantinham os salões frescos e carregavam o aroma suave e melancólico do chocolate – quero dizer, do *cacau* – de um ambiente para o outro. Pela primeira vez na minha vida, tudo parecia certo no mundo.

Entrei no escritório. Eu não dormia havia quase vinte e quatro horas e estava pensando em tirar um cochilo quando o sr. Delacroix entrou no escritório.

Ele me analisou por um segundo.

– Você parece muito sonolenta. Acorde, Anya Balanchine. As portas serão abertas daqui a dez minutos, e ainda temos muito para fazer e ver.

– Tipo o quê?

O sr. Delacroix estendeu a mão para ajudar a me levantar da cadeira, e eu o segui até uma janela com vista para a escada externa a leste da boate.

Ele abriu uma cortina de veludo vermelho.

– Olha – disse ele.

Todos os espaços nos degraus estavam ocupados por um mar de pessoas. A fila para entrar se estendia pela calçada. Não consegui ver onde terminava.

– Eles ainda nem experimentaram – sussurrei.

– Não importa – disse ele.

Estava sorrindo, e isso era raro. Pude ver um pouco de seu filho naquele sorriso e não consegui evitar o desejo de que Win estivesse aqui.

Ele continuou:

– Você está dando algo que eles queriam, algo de que sentiam falta. Desse jeito simples, você está devolvendo a eles a plenitude. Houve uma época em que eu mesmo queria fazer essas coisas. – Ele fez uma pausa. – Eu não deveria falar isso, mas tenho certeza de que seus pais teriam orgulho de você.

– Como pode ter certeza? Com base em quais evidências você conclui que meus pais teriam orgulho?

Ele riu de mim.

– Ah, você nunca consegue aproveitar um momento agradável, não é? Nunca consegue deixar as coisas pra lá. Deve ser exaustivo aí dentro da sua cabeça.

– Por favor. Eu gostaria de saber. Você não diz nada sem ter considerado seu ângulo, então me conte seu raciocínio para a teoria de que meus pais sentiriam orgulho. Ou isso foi apenas uma baboseira política? Foram apenas palavras bonitas saídas da boca de um baixo funcionário público numa cerimônia de inauguração? – A falta de sono tinha me deixado mal-humorada, e isso pode ter saído mais cruel do que eu pretendia.

– Acho que eu deveria me sentir ofendido. – Ele franziu a testa. – Tudo bem, uma prova do orgulho dos pais mortos. Posso inventar alguma coisa. Sua mãe era policial, não era?

Fiz que sim com a cabeça.

– Seria um exagero dizer que ela teria orgulho de você por descobrir como fazer os negócios de seu pai ficarem dentro da lei?

– Talvez ela ficasse irritada porque estou driblando a lei.

O sr. Delacroix continuou:

– E seu pai. No fim da vida, ele estava tentando modernizar a Balanchine Chocolate, não estava? Os russos o mataram por isso. Você mal saiu do ensino médio e já deu conta de fazer o que seu pai não conseguiu. E sem derramar sangue.

– *Ainda.*

– Você está muito bem-humorada. De qualquer maneira, acho que já apresentei bons argumentos para provar que seus pais teriam ficado absolutamente encantados com você, minha sócia. – Ele me estendeu a mão, e eu a apertei.

Copos foram quebrados. Bebidas foram derramadas. Houve socos ocasionais. Meninas choraram no banheiro. Homens e mulheres foram embora com pessoas diferentes daquelas com quem chegaram. Ficamos sem cacau – precisaríamos aumentar o estoque –, e apenas metade das pessoas que queriam entrar conseguiu passar pela porta. Estava sujo e barulhento, e eu amei tudo mais do que jamais teria ousado desejar.

Um pequeno milagre: eu, que sempre me preocupava, parei de me preocupar. Ainda que tenha sido perto do fim da noite, quando Lucy me arrastou para a pista de dança, onde algumas mulheres que trabalhavam na boate estavam dançando juntas. Eu gostava delas, embora fossem minhas funcionárias e não minhas amigas. (Na verdade, eu mal tinha visto minha melhor amiga naquela noite – ela foi embora cedo, me dando um beijo na bochecha e sussurrando um pedido de desculpas relacionado à babá de Felix.)

– Eu não danço! – gritei para Lucy.

– Você está usando um vestido que foi feito para dançar! – gritou ela de volta. – Você não pode usar um vestido desses e não dançar. Seria um crime. Vem, Anya.

Elizabeth, que trabalhava na assessoria de imprensa, acenou para mim e disse:

– Se você não dançar com a gente, vamos pensar que é esnobe e falar mal de você pelas costas.

Noriko também estava com elas.

– Anya! É tolice inaugurar uma boate e não dançar.

Eram argumentos válidos, então fui para a pista. Noriko me abraçou e me beijou.

Anos atrás, eu tinha ido com Scarlet, que adorava dançar, à Little Egypt, na parte elegante da cidade. E eu disse a ela:

– Quanto mais eu penso sobre a dança, menos entendo.

– Pare de pensar – dissera ela. – Esse é o segredo.

Naquela noite, no Quarto Escuro, finalmente entendi o que ela queria dizer. Dançar era meio que se entregar ao sentimento, ao som, ao presente.

Eu estava dançando havia algum tempo quando um homem de uns vinte e poucos anos, com lábios grossos e olhos sensuais, entrou no círculo.

– Você dança bem – disse ele.

– Nunca me disseram isso – comentei com sinceridade.

– Acho difícil de acreditar. Posso dançar com você?

– Estamos num país livre – respondi.

– Lugar interessante, não é?

– É. – Percebi que ele não fazia ideia de que eu era a dona. E não me importei com isso.

– Garota, esse vestido é absurdamente sexy – disse ele.

Fiquei vermelha. Eu estava prestes a dizer que aquele vestido não fazia meu estilo e que outra pessoa o tinha escolhido para mim, mas mudei de ideia. Até onde ele sabia, eu era exatamente o que aparentava ser. Uma garota sexy num vestido sexy, que tinha ido a uma boate para se divertir com os amigos. Coloquei a mão no pescoço dele e o beijei. Ele tinha lábios escuros e grossos, que pareciam estar pedindo para serem beijados.

– Uau – disse ele. – Posso saber seu nome?

– Você parece legal e é incrivelmente bonito, mas não estou procurando um namorado.

– *Pour la liberté!* – exclamou Brita, dando um soco no ar.

– Liberdade! Liberdade! – ecoou Lucy. Eu nem sabia que elas estavam prestando atenção.

– Claro – disse ele. – Eu entendo.

Dançamos mais algumas músicas, depois ele foi embora.

Era muito estranho beijar um homem e saber que ele não significava nada para mim, saber com certeza que eu nunca mais iria vê-lo, que aquilo que eu sentia naquele momento exato não se repetiria. Como era diferente de beijar Win – aqueles beijos pareciam ter consequências, tinham até certo peso. Mas, quando beijei aquele rapaz, minha única obrigação era para com o presente. Sempre tentei ser uma boa menina e, até aquela noite, nunca me ocorreu que eu poderia beijar algumas pessoas sem ter que namorar, e que isso, na verdade, não tinha problema algum. Talvez até fosse desejável.

Eu ainda estava na pista de dança quando uma certa mão agarrou a minha. Era Natty.

– Eu não podia perder sua grande noite – disse ela. – Me desculpe por não ter te contado sobre Pierce.

Dei um beijo no rosto dela.

– Vamos conversar sobre isso depois. Estou feliz por você ter vindo. Vem dançar comigo, está bem?

Ela sorriu, e nós dançamos pelo que pareceram horas. Esqueci que eu tinha um corpo capaz de ficar cansado. Só notei as bolhas no pé no dia seguinte.

O sol tinha começado a nascer quando Natty e eu finalmente fomos para casa. Ela me perguntou se poderíamos parar na nossa igreja, o que não era um desvio muito grande do caminho.

Quando tinha dezesseis anos, eu ainda estava convencida de que a religiosidade poderia proteger a mim e aos meus familiares da dura realidade deste mundo e do fato de que todas as vidas levam à morte. Aos dezoito, depois de tudo que aconteceu comigo, eu não acreditava em mais nada.

Ainda assim, não me importava se minha irmã acreditasse. Na verdade, eu achava a ideia reconfortante.

Na St. Patrick's, acendemos velas para nossa mãe, nosso pai, para vovó e Imogen.

– Eles estão cuidando de nós – disse Natty.

– Você acredita mesmo nisso? – perguntei.

– Não sei, mas quero acreditar. E, mesmo que não estejam, acho que acreditar não pode fazer mal.

* * *

Acordei à tarde. Meu negócio funcionava em horários de vampiros, e, naquele primeiro ano à frente do Quarto Escuro, minha vida toda, talvez adequadamente, se passaria numa série de quartos escuros. Fui devagar até a sala de estar, onde encontrei Theo sentado no sofá. Seus olhos não poderiam estar mais brilhantes. Eu tinha dito que ele poderia ficar no antigo quarto da vovó enquanto durasse sua estadia em Nova York.

– Anya, estou esperando por você há horas e horas. – Devia estar mesmo; o trabalho de Theo na fazenda exigia que ele acordasse ao amanhecer, e devia ser difícil sair da rotina. – Escute, temos questões para discutir.

– Eu sei – falei, amarrando o roupão. – Mas talvez possamos tomar café da manhã antes.

– Já passou da hora do almoço – disse Theo. – Sua cozinha é o lugar mais triste que eu já vi. – Ele tirou uma laranja do bolso e me deu. – Coma isso. Eu trouxe de casa.

Peguei a laranja e comecei a descascá-la.

– Eu já agendei os carregamentos de cacau do próximo mês – contou Theo. – Analisando seus livros e vendo como foi a noite passada, acredito que você tenha subestimado a demanda pela metade.

– Vou aumentar o pedido. Obrigada, Theo. – Arrumei as cascas de laranja numa pilha organizada.

– Não estou sendo bonzinho, Anya! Quero trabalhar para sua boate. Não, mentira. Quero trabalhar *com* você. Eu vi quanto sucesso a boate pode fazer, e, se você quiser continuar assim, vai precisar de alguém para fornecer o cacau. E, na cozinha, você também precisa de um supervisor com conhecimento profundo de cacau. Posso fazer as duas coisas.

– O que está dizendo, Theo?

– Estou dizendo que quero ser seu sócio. Quero ficar aqui em Nova York e me tornar diretor de operações do Quarto Escuro.

– Theo, não vão sentir sua falta na fazenda?

– Não vamos falar sobre isso. Finge que você não sabe nada sobre mim. Finge que somos desconhecidos. Mas, não, eles não vão sentir minha falta. Vou ganhar muito dinheiro fornecendo cacau para você, e Luna cuida de boa parte da fazenda desde que fiquei doente no ano passado. – Ele olhou para mim. – Escute, Anya, você precisa de mim. E não porque sou o garoto mais bonito que você conhece. Mas eu notei algumas coisas ontem à noite. Delacroix consegue dinheiro para você. Ele conversa com a imprensa. Cuida da parte jurídica. Mas você faz um pouco disso e todo o resto também. Não estou te criticando, mas seu negócio é novo e você precisa de alguém para ajudar com a cozinha e os suprimentos. Posso garantir que tudo que a gente sirva seja delicioso, seguro e da mais alta qualidade. Teria sido um desastre ontem à noite se não fosse por mim...

– Você é sempre tão modesto.

– Quero organizar sua boate para nunca mais faltar nada no estoque. Não importa o que aconteça, *la plaga, el apocalipsis, la guerra*, o Quarto Escuro vai continuar servindo bebidas.

– O que você ganha com isso?

– Eu forneço o cacau e ofereço meus serviços em troca de dez por cento do negócio. Além do mais, quero fazer parte disso. Quero construir algo com minhas próprias mãos. É empolgante aqui. Meu coração bate num ritmo alucinado!

– Ele pegou minha mão melada de suco de laranja e a levou até o coração. – Sente, Anya. Sente como ele bate. Ontem à noite, eu estava muito cansado, mas não consegui dormir. Esperei a vida toda para fazer parte de algo assim.

Sua proposta não parecia absurda. O cacau era uma das nossas maiores despesas, e Theo tinha sido indispensável desde sua chegada. (Só fazia um dia mesmo?) Se eu estava com um pé atrás, provavelmente era porque eu considerava pouquíssimas pessoas como verdadeiras amigas, e Theo era uma delas.

– Não quero estragar nossa amizade se o negócio não der certo – argumentei.

– Anya, nós somos iguais. Não importa o que aconteça, sei o risco que estou assumindo e não vou culpá-la. Além do mais, sempre seremos amigos. Eu poderia odiar você do mesmo jeito que poderia odiar minha irmã. Quero dizer, minha irmã Luna. Não Isabelle. Essa eu poderia odiar de verdade. Você sabe como ela é.

Ele estendeu a mão grossa de fazendeiro, e eu a apertei.

– Vou pedir ao sr. Delacroix para redigir a papelada – concordei.

Era o certo. Theo Marquez tinha me ensinado tudo que eu sabia sobre cacau, e, sem ele, o Quarto Escuro provavelmente não existiria.

IV. passo de infame a famosa; como consequência, inimigos se tornam amigos

Na noite anterior ao meu aniversário, eu tinha sido seriamente alertada pelo sr. Kipling para não esperar que a boate fosse um sucesso imediato – ou mesmo que chegasse a fazer sucesso.

– Bares são negócios delicados – dissera o sr. Kipling. – Boates são piores ainda. Nesta economia, você sabe qual é a taxa de fracasso das boates?

Chai Pinter não tinha dito que era de noventa e nove por cento? Mas esse número parecia alto.

– Não tenho certeza – respondi.

– E é exatamente isso que me preocupa, Annie – falou o sr. Kipling. – Você não tem ideia de onde está se metendo. A taxa de fracasso é de oitenta e sete por cento. E a maioria das pessoas não é tola o suficiente para inventar de abrir uma boate.

No entanto, o sr. Kipling tinha se enganado sobre o Quarto Escuro. Por algum motivo, a ideia bombou desde o primeiro instante. Já na inauguração, todas as mesas foram ocupadas, e as filas aumentavam a cada noite. Pessoas de quem eu não ouvia falar havia anos me procuraram para tentar conseguir mesas. A sra. Cobrawick, do Liberty, ia fazer cinquenta anos e queria comemorar o aniversário no Quarto Escuro. Era uma mulher abominável, mas uma vez ela me ajudou. Dei-lhe uma mesa perto da janela e até mandei uma rodada de Theobromas por conta da casa. A promotora pública Bertha Sinclair queria levar a amante, mas precisou entrar pelos fundos para evitar a imprensa, que sempre estava na porta da frente. Eu também não gostava muito de Bertha Sinclair, mas era bom ter amigos poderosos. Consegui para ela nossa mesa mais discreta. Fui contatada por pessoas com quem eu havia estudado, professores (alguns dos quais tinham votado a favor da minha expulsão), amigos do meu pai e até mesmo os policiais que me investigaram por ter envenenado Gable Arsley em 2082. Eu disse sim para todos. Meu pai costumava dizer: *Generosidade, Anya. É sempre um bom investimento.*

    Durante toda a minha vida tinham falado de mim por causa do meu pai, mas agora, pela primeira vez, eu me tornava a protagonista da história. Em vez de ser identificada como uma "princesa da *mafiya*", eles me chamavam de "a queridinha das boates", "empresária com cabelo de corvo" e até mesmo "criança prodígio do cacau". As pessoas queriam saber o que eu estava vestindo, quem cortava meu cabelo, quem eu estava namorando. (Falando nisso, eu não estava namorando ninguém.) Quando eu andava pelas ruas, às vezes as pessoas me reconheciam, acenavam para mim e me chamavam pelo nome.

    Durante esse período, a Família ficou em silêncio. Eu tinha me preparado para outros contratempos como a destruição do suprimento de cacau, mas nada aconteceu.

No fim de outubro, Fats entrou em contato comigo. Perguntou se poderia ir até a boate para uma reunião, e eu concordei.

Fats veio acompanhado apenas de mais uma pessoa: Mouse, a garota que compartilhava o beliche comigo no Liberty.

– Mouse – cumprimentei. – Como você está?

– Muito bem – respondeu ela. – Obrigada por me recomendar para Fats.

– Ela se tornou indispensável – disse Fats. – Confio em Mouse para tudo. A melhor contratação que já fiz, se quer saber a verdade. Você tem um bom faro, Annie.

Eles se sentaram no sofá de dois lugares no meu escritório, e Noriko trouxe bebidas. Perguntei o que poderia fazer por eles.

– Bom – disse Fats –, mudei de ideia e não quero mais que haja sangue ruim entre nós. Você claramente está fazendo um grande sucesso aqui, e eu sou o tipo de pessoa que sabe admitir quando erra.

Eu me recostei na cadeira do meu pai. Não senti necessidade de mencionar o suprimento de cacau que fora destruído. Eu sabia que tinha sido ele, e ele sabia que eu sabia. Melhor seguir em frente.

– Obrigada – falei.

– De agora em diante, você tem cem por cento do meu apoio. Mas tem uma coisa que você precisa saber.

– O quê?

– Os Balanchiadze, os Balanchine da Rússia, estão furiosos com você.

– Por quê?

– Porque eles veem seu negócio como uma ameaça. Se as pessoas vierem à sua boate para obter cacau, talvez percam o gosto pelo chocolate do mercado negro. O fato de você, filha de Leonyd Balanchine, ser o rosto desse novo tipo de negócio os ameaça ainda mais. Eles ficam me pressionando para eu sabotar você, mas não vou fazer isso. Fiz isso uma vez, mas você já deve saber.

Fiz que sim com a cabeça.

– Desde então, fiz tudo que estava ao meu alcance para deixar você em paz. Mouse e eu. E vou continuar assim até morrer ou outra pessoa se tornar chefe desta Família. Além disso, quero dizer que estou orgulhoso de você, garota. Me desculpe por ter demorado a perceber. Espero que isto não soe presunçoso, mas talvez você tenha aprendido um pouco comigo sobre como gerenciar uma boate. Você e seus amigos passavam muito tempo no meu bar clandestino.

– Talvez – falei. Entrelacei as mãos e as coloquei sobre a mesa. – O que você quer de mim?

– Nada, Anya. Só queria que você soubesse o que estava acontecendo e que não tivesse mais nada a temer em relação a mim.

Ele se levantou, depois me beijou nas duas bochechas.

– Você se saiu bem, garota.

v. evito que a história se repita; experimento formas antigas de tecnologia

É uma verdade universalmente conhecida que, quando alguma coisa dá certo numa parte de sua vida, outra parte certamente vai desmoronar.

Eu estava numa reunião com Lucy e Theo quando meu celular tocou. Não fazia muito tempo que eu o tinha – não é permitido ter celular até os dezoito anos –, e eu sempre me esquecia de desligar o toque. Dei uma olhada no identificador de chamadas: Escola HT. Por um instante, me perguntei o que eu tinha feito de errado. Virei-me para o grupo.

– Me desculpem, mas a escola da minha irmã está me ligando.

Fui até a janela para atender a ligação.

– Precisamos que você venha buscar Natty. Ela foi suspensa – disse o sr. Rose, secretário da Holy Trinity.

Pedi licença, corri para a rua e peguei um táxi até a escola. Enquanto passava pelo conhecido caminho até a sala do diretor, parei na entrada para ver o estado de minha irmã.

Natty ainda estava usando o uniforme branco da esgrima, mas uma única gota de sangue na manga estragava a visão perfeita. Ela não estava sentada numa posição de mocinha. As pernas estavam espalhadas e abertas numa postura agressiva, como se quisessem criar uma barreira entre ela e todo mundo. Ela estava encolhida – o corte no ombro era visível e provavelmente a deixava para baixo. Um arranhão atravessava seu rosto. Os olhos estavam orgulhosos e assassinos. Acho que você pode adivinhar quem ela me lembrou.

Outra garota estava saindo do escritório com o nariz vermelho e sangue seco ao redor das narinas. Sua mãe estava com o braço sobre seus ombros.

– Sua irmã é um animal – disse-me a mãe.

Eu não sabia o que tinha acontecido, mas não ia deixar aquela mulher insultar Natty.

– Isso não é adequado – falei. – Parece que as duas se machucaram.

– Todo mundo sabe que tipo de gente vocês se tornaram – comentou a mãe.

Ela estava saindo. Eu deveria ter deixado ela ir embora, mas no último minuto gritei:

– Ah, é, que tipo de gente?!

– Escória – respondeu ela.

Comecei a fechar os dedos em punho, mas depois lembrei que eu era adulta e uma proeminente empresária e estava acima dessas bobagens violentas. Relaxei a mão. Enquanto eu estava ocupada escolhendo o caminho mais nobre, Natty atacou a mulher. Eu mal consegui segurá-la.

– Vá embora – falei para a mulher. – Vá.

– Antes que você fale alguma coisa – disse Natty –, essa garota me atacou primeiro.

– O que aconteceu?

– Eu estava na aula do sr. Beery, e a gente estava estudando a Proibição.

Meu Deus, eu já estava vendo onde isso ia acabar.

– E aí ele disse: "Os melhores criminosos são aqueles que decidem usar a lei a seu favor. Por exemplo, a irmã de Natty..." E aí eu comecei a gritar na cara do sr. Beery que você é o oposto de uma criminosa. E ele me mandou para a sala do diretor.

Por que a escola não tinha demitido esse cara?

– Natty – argumentei –, você não pode brigar com todo mundo que decidir me xingar.

Ela revirou os olhos verdes para mim.

– *Eu sei*, Anya.

– Eu não entendo. Como foi que a outra menina se envolveu?

– Meu almoço é depois da aula do sr. Beery, e em seguida tenho Esgrima para Iniciantes. Durante toda a aula de esgrima, essa garota ficou fazendo piadinhas sobre como eu sou um bebezão e não sei me controlar e que Pierce deve gostar de bebês. Ela é ex dele, por isso me odeia. E aí a gente começou a treinar uma com a outra, ela continuou a falar besteira, e eu tirei a máscara dela e lhe dei um soco na cara. Ela tirou a minha, e foi assim que eu fui arranhada.

O secretário colocou a cabeça para fora do escritório.

– Balanchines. O diretor vai recebê-las agora.

A cena com o diretor foi a mesma que eu estrelei muitas vezes. Natty foi suspensa por uma semana. Se suas notas não fossem tão maravilhosas, é provável que a punição teria sido pior.

Deixei Natty em casa.

– Tenho que voltar ao trabalho. A gente conversa sobre isso mais tarde. Não quero que você vá a lugar algum. Entendeu?

– Tanto faz.

– Estou do seu lado, Natty, e, mais do que isso, eu entendo você. Lembra meu primeiro dia no terceiro ano?

– Você jogou uma travessa de lasanha na cabeça de Gable Arsley. – Ela riu um pouquinho. – Ele também mereceu.

– Mereceu, mas eu não devia ter feito isso. Eu devia ter ido até ele, aos pais dele, à vovó ou ao sr. Kipling com minha queixa. Por favor, Natty, olhe para mim. Violência ou brigas nunca melhoraram nada na minha vida ou na de outras pessoas.

– Eu preciso de um sermão seu agora tanto quanto de um tiro na cabeça. – Natty suspirou. – Por que a gente é assim? Por que somos tão descontroladas?

– Porque coisas horríveis aconteceram conosco quando éramos pequenas. Mas depois fica mais fácil, Natty, juro por Deus. E vai ser mais fácil ainda para você, porque você é muito mais inteligente do que eu. Sem falar que seu cabelo é naturalmente liso.

– O que isso tem a ver?

– Você tem ideia de como é trabalhoso deixar meu cabelo liso? Eu brigo o tempo todo com o frizz. Não sei por que ainda não matei ninguém. – Dei um beijo no rosto dela. – Tudo vai ficar bem, você vai ver.

– Estou cansada, Annie. Vou cochilar um pouco, se você não se importar. – Não tive grandes certezas de que a conversa ajudou, mas achei que poderia fazer melhor mais tarde.

Quando cheguei em casa naquela noite (ou devo dizer *manhã* – eram quase três da manhã), Natty não estava lá. Tinha deixado uma mensagem no meu tablet, que ela sabia que eu não carregava mais comigo: *Saí com Pierce*. Já havia passado muito do toque de recolher, e ela tinha explicitamente ignorado minhas instruções.

Andei de um lado para outro no hall e tentei decidir o que fazer. Por ser menor de idade, Natty não tinha celular, e, se eu chamasse a polícia, ela se complicaria com a lei. Procurei o número de Pierce no quarto dela. Encontrei um pacote de camisinhas na mesa de cabeceira – minha irmãzinha estava transando com esse garoto? Até certo ponto, eu nem queria saber. Por fim encontrei o número de Pierce na gaveta da escrivaninha.

Ele atendeu sonolento.

– Pierce.

– Alô, Pierce. Minha irmã está com você?

– Está, sim. Vou passar o telefone para ela.

– O que é? – disse Natty.

– Está brincando comigo? Onde você está? Tem ideia de que horas são? – Eu nem estava tentando não gritar.

– Relaxa, Anya. Estou com Pierce...

– Isso é óbvio.

– Eu caí no sono aqui. Não é nada demais. Nada aconteceu. Vou para casa de manhã.

– Está de sacanagem? Você tem catorze anos! Não pode passar a noite na casa do seu namorado.

Ela desligou na minha cara. Fui até a sala e joguei o celular no sofá, sem perceber que havia alguém deitado ali.

– Ai! – gritou Theo. – O que há de errado com você?

– Não é da sua conta. – Eu não queria tocar nesse assunto com ele. – Quando é que você vai arrumar um lugar para ficar?

– Quando minha chefe malvada me der uma folga – disse Theo.

– Por que você está aqui? Nenhum encontro hoje? – Theo era popular em Nova York, para dizer o mínimo. Eu não sabia como encontrava tempo, mas ele saía com uma garota diferente a cada noite.

– Não, hoje é dia do meu sono de beleza. – Theo me devolveu o celular.

– Sorte sua.

No quarto, eu nem tentei dormir. Encarei o teto, esperando que as rachaduras no gesso me dessem alguma ideia sobre o que fazer. Pensei em mim mesma, deitada nesta cama aos dezesseis anos, quando tudo começou a dar muito errado. O que a Anya de dezesseis anos ia querer que alguém fizesse por ela?

Esperei até as cinco da manhã para telefonar para o sr. Kipling.

– Preciso encontrar uma nova escola para Natty. Algo rígido, mas com um bom ensino. Algum lugar longe daqui.

O sr. Kipling foi rápido. Algumas horas depois, ele comunicou que tinha encontrado uma escola de freiras em Boston que estava disposta a aceitá-la no meio do semestre.

– Tem certeza, Anya? – perguntou o sr. Kipling. – É uma decisão importante, e você não pode se precipitar.

Entrei no quarto de Natty e separei umas roupas. Eu estava fechando a mala quando ela entrou. Olhou para mim e para a mala pronta.
– O que é isso?
– Olha – comecei –, nós duas sabemos que eu não estou sendo uma boa guardiã para você agora. Estou ocupada demais para te vigiar...
– Eu não preciso ser vigiada!
– Precisa, sim, Natty. Você é uma criança, e tenho medo de não fazer nada agora e sua vida toda ser arruinada. Olha o que aconteceu com a Scarlet.
– Pierce não é nem um pouco parecido com Gable Arsley!
– Estou vendo você cometer erros, agora que está com ele. Indo pelo mau caminho. – Respirei fundo. – Eu disse antes que não quero que você termine como a Scarlet, mas a pessoa com quem eu não quero que você se pareça... – era muito difícil admitir – ... sou eu.
Minha irmã me olhou com uma expressão muito triste.
– Annie! Annie, não diga isso! Olha a boate que você abriu.
– Eu não tive escolha. Fui expulsa da escola. Talvez pareça que minha vida está dando certo agora, mas quero que você tenha mais opções do que eu. Não quero que você termine trabalhando numa boate. Não quero que você tenha alguma coisa a ver com o chocolate ou com nossa Família podre. Eu acredito, de verdade, que você está destinada a conseguir coisas melhores.

Natty secou os olhos com a manga.

– Você está me fazendo chorar.

– Sinto muito. Essa escola que o sr. Kipling encontrou para você tem um ótimo programa de ciências, muito melhor que o da HT. – Tentei manter a voz animada. – E não seria ótimo estar num lugar onde ninguém sabe nada sobre você? Um lugar onde ninguém tem ideias preconcebidas.

– Para de tentar me comprar, Anya. Talvez você me queira fora do seu caminho. Talvez queira que eu seja o problema de outra pessoa por um tempo.

– Isso não é verdade! Tem alguma ideia de como eu vou ficar terrivelmente sozinha sem você? Você é minha irmã, e não existe ninguém nesta porcaria de distopia que eu ame mais do que você. Mas estou com medo, Natty. Medo de estragar tudo. Não sei quais são as coisas certas a fazer por você neste momento. Eu mal sei o que é certo para mim mesma a maior parte do tempo. Eu queria que o papai estivesse vivo. Ou a mamãe ou a vovó. Porque eu só tenho dezoito anos e não tenho ideia do que dizer, do que você precisa. O que eu sei é que gostaria que alguém tivesse me tirado de Nova York quando eu estava cheia de problemas na Holy Trinity. Queria que alguém tivesse me levado para longe do sr. Beery e de pessoas como ele e também dos nossos parentes.

Ela brigou comigo no caminho de táxi até a Penn Station, na bilheteria (para alegria de uma equipe de jovens atletas – eu vi o saco de bolas, mas não identifiquei o esporte), e agora estava brigando comigo na área de espera debaixo dos sinais de embarque. Um mendigo cutucou minha irmã e disse: "Dá um tempo para ela." *Ela* era eu, por sinal, e até os sem-teto sabiam que eu precisava de defesa contra a adolescente agressiva.

– Eu não vou – disse Natty. – Não importa o que você diga, não vou entrar naquele trem. – Ela estava com os braços cruzados e o lábio inferior formando um bico. Sua aparência condizia exatamente com o que ela era: uma adolescente que odiava o mundo e todas as pessoas. De minha parte, achei que eu parecia uma criança fingindo ser adulta na peça da escola.

– Você vai – falei. – Lá no apartamento você concordou em ir. Por que está mudando de ideia agora?

Os alto-falantes anunciaram que o trem de Natty para Boston estava pronto para embarque. Ela estava chorando e fungando, e eu ofereci meu lenço. Ela assoou o nariz e se empertigou.

– Como você vai me obrigar a entrar no trem? – perguntou ela numa voz calma. – Você não pode me forçar. Sou mais alta que você e provavelmente mais forte também.

O truque fora revelado. O leão tinha percebido a impotência do treinador.

– Não posso, Natty. Tudo que posso dizer é que eu te amo, e acho que isso é para seu bem.

– Bem, eu acho que você está errada – disse ela. Encaramos uma à outra. Eu não pisquei, nem ela. Um segundo depois, ela deu meia-volta e saiu batendo o pé em direção à escada que levava ao trem.

– Tchau, Natty! – gritei atrás dela. – Eu te amo! Me liga se precisar de alguma coisa.

Ela não respondeu nem se virou para trás.

* * *

Uma semana depois, ela me ligou, soluçando:

– Por favor, Anya. Por favor, me deixa voltar para casa.

– O que aconteceu?

– Não posso fazer nada aqui. Tem toneladas de regras, e é pior ainda para mim porque sou nova na escola. Se você me deixar voltar para casa, vou ser boazinha, juro. Sei que estava errada antes. Eu não devia ter passado a noite com Pierce. Eu não devia ter desrespeitado você ou o sr. Beery.

Endureci.

– Espera mais umas duas semanas.

– Não posso, Anya! Vou morrer. É sério: eu vou morrer.

– Eles estão fazendo alguma maldade com você? Porque, se estão, você precisa me contar.

Ela não respondeu.

– Isso tudo é por causa do Pierce? – perguntei. – Você está com saudade dele?

– Não! Isso é... você não sabe de tudo. Você não sabe de nada!

– Fica até o Dia de Ação de Graças. Você pode vir para casa no feriado e visitar o Leo.

Ela desligou na minha cara.

Desejei poder vê-la. Desejei que a escola não fosse tão longe ou que eu não estivesse tão ocupada com a boate. Se pelo menos eu conhecesse alguém em Boston, pensei.

Eu conhecia, claro, mas não queria ter que falar com *ele*. Também não queria pedir nada a ele.

Na verdade, eu nem tinha o número do celular dele.

Peguei meu tablet na gaveta. Só estudantes usavam tablets, mas, diferentemente de mim, Win ainda estudava. Embora a gente nunca tivesse trocado muitas mensagens via tablet (ninguém da minha idade fazia isso; mensagens de texto era o tipo de coisa que nossos avós ou bisavós faziam), naquele momento, aquela antiga forma de tecnologia me chamou a atenção. Parecia mais respeitosa e fácil do que ter que falar.

>**anyaschka66**: *Você está aí? Você usa isso?*

Ele não respondeu por quase uma hora.

>**win-win:** *Não muito. O que você quer?*
>**anyaschka66:** *Você está na faculdade?*
>**win-win:** *Sim.*
>**anyaschka66:** *É em Boston, certo? Está gostando?*
>**win-win:** *Sim e sim. Na verdade, preciso ir para a aula daqui a pouco.*
>**anyaschka66:** *Você não me deve nada, mas preciso de um favor. Natty está numa escola nova em Boston, e eu queria saber se você pode ir visitá-la por mim. Ela pareceu chateada na última vez que nos falamos. Sei que estou pedindo demais...*
>**win-win:** *Ok, pela Natty,* ok. Onde é?*
>**anyaschka66:** *Sacred Heart, em Commonwealth.*

(**"Pela Natty" – ou seja*, *não* por mim.)

No dia seguinte, ele me mandou outra mensagem.

win-win: *Vi N. hoje à tarde. Ela está bem. Gosta das aulas e das outras meninas. Talvez esteja com um pouco de saudade de casa, mas vai sobreviver. Deixei ela roubar meu chapéu.*
anyaschka66: *Obrigada. Muito obrigada.*
win-win: *Sem problemas. Preciso ir.*
anyaschka66: *Talvez, se você vier para o Dia de Ação de Graças, poderia dar uma passada na minha boate. A gente poderia botar o papo em dia. A bebida é por minha conta.*
win-win: *Não vou para casa no Dia de Ação de Graças. Vou visitar a família da minha namorada em Vermont.**
anyaschka66: *Parece divertido. Eu nunca fui a Vermont. Que legal. Estou muito, muito feliz por saber.***
win-win: *Meu pai disse que você está fazendo o maior sucesso. Parabéns, Annie. Parece que você conseguiu tudo o que queria.****
anyaschka66: *É. Bem, obrigada. Obrigada de novo por ter visitado a Natty. Feliz Dia de Ação de Graças, se eu não te encontrar. Acho que provavelmente não vou.*
win-win: *Se cuida.*

(*Vermont? Essa foi rápida. Se bem que talvez não. Tinham se passado uns cinco meses e meio desde que nos despedimos. Eu esperava que ele se tornasse um monge?*)*

(**Talvez houvesse um motivo para essas mensagens no tablet, afinal. Eu estava feliz por ele não ouvir minha voz nem ver meu rosto quando falei que estava muito, muito feliz por ele.*)*

(***Nem preciso dizer que não consegui tudo.)

vi. faço o discurso fúnebre mais curto do mundo; dou uma festa; sou beijada direito

Dois dias antes do Natal, recebi um telefonema de Keisha, esposa do sr. Kipling.

– Anya – disse ela, chorosa –, o sr. Kipling morreu.

O sr. Kipling tinha cinquenta e quatro anos. Ele teve um ataque cardíaco quando eu estava no terceiro ano do ensino médio. Pouco mais de dois anos depois, um segundo ataque cardíaco acabou com sua vida. As taxas de mortalidade no meu círculo sempre foram altas, mas aquele ano foi pior que os outros. Perdi Imogen em janeiro, meu primo Mickey em setembro e, agora, o sr. Kipling. Praticamente uma perda a cada estação do ano.

Talvez seja por isso que eu não chorei quando Keisha me deu a notícia.

– Sinto muito mesmo – disse eu.

– Estou ligando porque queria saber se você pode falar algumas palavras no funeral.

– Esse não é meu ponto forte. – Eu não me sentia confortável com demonstrações públicas de emoção.

– Mas significaria muito para ele. Ele estava tão orgulhoso de você e da boate. Guardava todos os artigos sobre você.

Fiquei surpresa ao ouvir isso. Nos últimos nove meses de sua vida, o sr. Kipling e eu tínhamos brigado, principalmente por causa da minha decisão de inaugurar a boate da qual ele aparentemente estava "tão orgulhoso". (Havia outros motivos.) No entanto, desde a morte do meu pai, em 2075, até eu me tornar adulta no último verão, o sr. Kipling havia supervisionado todas as decisões financeiras que tomei e algumas decisões pessoais também. Às vezes, eu não tinha certeza se seus conselhos eram bons, mas ele sempre deu o melhor de si e nunca desistiu de mim, mesmo quando parecia que o mundo torcia contra. Eu sabia que ele me amava. E eu também o amava.

Noriko; Leo, que enfim tinha saído da prisão; e Natty, que estava de volta do Sacred Heart, me acompanharam até a St. Patrick's. Fui a terceira a falar – depois de Simon Green e de um homem chamado Joe Burns, que aparentemente era parceiro de squash do sr. Kipling, mas antes de sua filha, Grace, e seu irmão, Peter. Quando chegou minha vez, as palmas das minhas mãos e minhas axilas estavam úmidas. Apesar de ser inverno, eu tinha me arrependido muito de ter colocado um vestido preto de lã.

Levei meu tablet para o palanque.

– Oi – comecei. – Fiz algumas anotações. – Liguei o tablet, o que pareceu demorar uma eternidade, e olhei o que tinha escrito:

1. Sr. K. = melhor amigo do meu pai. Fazer piada sobre como é difícil ser o melhor amigo de um chefe do crime?
2. Sr. K., história engraçada sobre ele ser careca?
3. Sr. K., talvez não o melhor advogado, mas fiel. Uma história sobre isso?
4. O sr. K. honrava seus compromissos.

E era isso que eu tinha. Escrevi essas anotações quando cheguei em casa depois de uma noite cansativa no trabalho. Elas fizeram sentido naquele momento, mas, quando eu estava de pé na St. Patrick's, pareceram muito inadequadas. Desliguei o tablet. Eu teria que falar com o coração, algo que tentava evitar.

– Não sei o que dizer – falei, sendo boba. – Ele era... – as anotações inúteis passaram pela minha cabeça: *careca?*, *melhor amigo do meu pai?*, *um advogado medíocre?* – ... um homem bom. – Meu pé estava tremendo, e eu podia ouvir minha respiração. – Obrigada.

Enquanto eu andava pela nave da igreja, não consegui olhar nos olhos de Keisha Kipling. Sentei no banco, e Natty apertou minha mão.

Depois do funeral, Simon Green, que eu normalmente tentava evitar, se aproximou de mim e de meus irmãos. Natty o abraçou.

– Ele era como um pai para você – disse ela com generosidade. – Você deve estar arrasado.

– Sim. Obrigado, Natty. – Simon tirou os óculos e os limpou na camisa. Fez um sinal de positivo com a cabeça para mim. – Anya – disse ele –, posso falar com você por um instante?

Eu preferia não fazer isso, mas que escolha eu tinha?

– É difícil falar essas coisas – começou Simon quando estávamos do lado de fora.

Cruzei os braços. Eu já não estava gostando de seu tom de voz.

– O sr. Kipling deixou a empresa para mim, mas, infelizmente, sua lista de clientes é muito pequena. Não sei se vou conseguir mantê-la de pé. Claro que você pode dizer não, mas eu queria saber se você tem um emprego para mim no Quarto Escuro.

– O Quarto Escuro já tem um advogado – expliquei. Além do mais, eu não queria Simon por perto.

– Eu sei. Só falei isso porque seu negócio cresceu muito. Talvez, se crescer mais, você precise de outro advogado. E um homem como Charles Delacroix não pode achar que vai ser conselheiro jurídico de uma boate para sempre.

– Aprendi que é inútil tentar especular sobre o que Charles Delacroix está pensando.

– Ok, Annie. Já vi que te chateei. Mas não pode me culpar por perguntar.

Eu sabia que estava sendo indelicada.

– Escute, Simon, não é nada pessoal, são negócios.

– Claro, Annie. Eu entendo. – Ele fez uma pausa. – Estou vendo que Leo saiu da prisão.

Isso não foi dito como quem não quer nada, mas como um lembrete da obrigação que eu poderia ou não ter em relação a Simon por conta da maneira como meu irmão voltou do Japão na última Páscoa. Se Simon tivesse sido direto, eu o teria respeitado mais.

– Se minha situação mudar, eu entro em contato.

* * *

E foi assim que cheguei ao fim de 2084. Era tentador me concentrar nos pontos fracos (as mortes, a perda de Win, as discussões com minha irmã etc. etc. etc.), mas, pela primeira vez na vida, escolhi não fazer isso. A parte da tragédia de alguma forma fez meus triunfos serem ainda mais doces. Meu negócio estava prosperando; eu tinha estabelecido relações com Fats e a Família; eu estava do lado certo da lei pela primeira vez na vida; eu tinha mais dinheiro do que o suficiente; tinha me tornado madrinha; e minha habilidade de andar de salto alto estava cada vez maior.

E talvez isso explique por que sua heroína mal-humorada decidiu se comportar de um jeito totalmente diferente: no Réveillon, dei uma festa no Quarto Escuro.

Coloquei um cartaz do lado de fora que dizia: FECHADO PARA FESTA PARTICULAR. Em seguida, abri as portas da boate e aumentei o som.

Aquela foi a primeira noite que Leo esteve na boate.

– O que você acha? – perguntei.

Ele agarrou minha cabeça com as mãos e me beijou na testa, nas bochechas e no alto da cabeça.

– Eu sinceramente não consigo acreditar que minha irmãzinha fez isso sozinha!

– Tive ajuda – falei. – Noriko. E Theo. E o sr. Delacroix.

– Você é uma irmã fantástica. Ei, Annie, posso trabalhar aqui também?

– Claro – respondi. – O que você gostaria de fazer?

– Não sei. Quero ser útil.

Eu ia pensar em alguma coisa. Talvez eu pudesse juntá-lo à meticulosa Noriko. Ainda estava pensando nisso quando Natty agarrou minha mão.

– Win está aqui! Eu chamei. Vamos falar oi.

– O quê? Quem está aqui? – Eu não tinha certeza se tinha ouvido direito por causa da música alta.

– Quando a gente estava voltando de trem de Boston, eu disse que ele *tinha* que conhecer sua boate porque era maravilhosa. Argumentei que, já que essa era a razão básica para vocês dois terem terminado, ele provavelmente não poderia seguir em frente numa boa se não viesse.

– Natty, você não devia ter feito isso – falei.

– Sério, achei que ele não viria, mas está aqui.

Passei os dedos no cabelo. Ele não tinha me visto depois do corte.

Natty me levou a uma mesa perto das janelas. Win estava mesmo lá, junto com a mãe, o sr. Delacroix e uma garota mais ou menos da minha idade. Eu sabia, sem que ninguém me falasse, que aquela era a namorada de Vermont. Ela era *magra*, magra e *alta*, alta, com um cabelo louro que descia até a cintura. O sr. Delacroix e Win se levantaram. Sorri para a mesa de um jeito que eu esperava ser gracioso e usei minha melhor voz de anfitriã.

– Sr. Delacroix, sra. Delacroix, que bom ver vocês de novo. Win, que surpresa. E você deve ser a namorada de Win? – Estendi a mão para a viking.

– Astrid – disse ela.

– Anya – falei. – É maravilhoso conhecer você.

– Este lugar é muito simpático – elogiou Astrid. – Eu adorei. – A mão dela estava na coxa dele. Win afastou várias mechas de cabelo louro e longo do rosto dela.

– *Simpático* é a palavra – concordou a sra. Delacroix. Na última vez que nos falamos, ela parecia confusa em relação à boate e ao papel do marido dela no empreendimento, mas parecia ter aceitado ambos. – Você fez um trabalho incrível. Você e Charlie. – Ela olhou para o marido. A expressão do sr. Delacroix era enigmática, e eu não o conhecia bem o suficiente para decifrá-la. Ele nem me cumprimentou quando cheguei à mesa, mas manteve o olhar na direção da janela, como se a festa de verdade estivesse acontecendo do lado de fora.

– Obrigada – falei. – Estamos orgulhosos.

– O lugar é ótimo – disse Win sem muito entusiasmo. – Estou feliz por ter vindo. – Ele fez uma pausa. – Seu cabelo está diferente.

– Pois é. – Coloquei a mão na nuca.

– Bem, pelo menos combina com a boate – comentou Win.

– Bebam – disse eu às pessoas da mesa. – E tenham um ano-novo muito feliz!

Fui até o bar.

– Desculpa por isso – disse Natty. – Que constrangedor. Eu não sabia que a namorada dele vinha para Nova York.

– Tudo bem – respondi. – Estou feliz por ele ter conhecido a boate. E eu já sabia da namorada.

Natty estava prestes a falar, mas depois balançou a cabeça. Ela pediu dois Theobromas para nós.

– Mas fiquei surpresa de ver a sra. Delacroix aqui. Win disse que os pais estão se divorciando.

– Ah, eu não sabia. – O sr. Delacroix era bem reservado em relação a sua vida pessoal.

– É. Win não está muito chateado. Ele disse que isso estava para acontecer há muito tempo. Acho que foi decisão da mãe dele.

– Você e Win conversam muito?

– Um pouco. Sempre gostei dele, você sabe – explicou ela. – E, quando o vejo em Boston, sinto menos saudade de casa. – Ela deu um gole na bebida. – Aliás, obrigada por pedir para ele me visitar.

– Natty, não sei se você vai conseguir responder a essa pergunta. Mas você acha que Win entende agora? Ele entende por que tive que fazer isso?

– Acho que sim – respondeu Natty devagar. – Ele seguiu em frente, é claro, e parece menos amargo. – Ela apoiou o queixo nas mãos. – Achei que você ia ficar com ele para sempre.

– Bem, isso é porque você era uma menininha quando ele e eu nos conhecemos – falei. – Pensei muito nesse assunto. A verdade é que às vezes muita coisa pode acontecer num relacionamento, e não tem nada que as pessoas possam fazer ou dizer. Está arruinado.

– Você acredita que isso pode acontecer com a gente? – perguntou Natty.

– Claro que não, sua bobona. Você pode ser terrível para sempre, e eu ainda vou te amar. As coisas estão bem na escola nova?

Ela deu um gole longo, depois riu.

– Detesto dizer isso, mas você estava certa. As coisas estavam ficando muito sérias com Pierce. Depois que me afastei, pude ver isso, e ele começou a parecer muito menos importante.

– Engraçado – comentei. – Se alguém tivesse me mandado para uma escola longe daqui, talvez tivesse acontecido a mesma coisa com Win.

Natty balançou a cabeça.

– Provavelmente não. Win é meio, tipo, maravilhoso, e Pierce é só um garoto idiota.

Eu ri para Natty.

– Você não pode ficar com Win – falei. – Ele é velho demais para você. Além do mais, está namorando uma viking.

– Ela parece mesmo uma viking. Eu não ia querer ficar com Win, de qualquer maneira. Eu nunca ia namorar o garoto que partiu o coração da minha irmã.

Ele não o tinha partido. Eu sabia disso agora. Para ser sincera, eu mesma fiz isso comigo. *(OBS.: Quem precisa de um coração, afinal?)* Era importante ela saber disso, então falei em voz alta:

– Ele não partiu meu coração. Ninguém pode partir seu coração além de você mesma.

– Talvez ela pareça mais uma princesa islandesa – disse Natty.

Theo se juntou a nós no bar.

– Quem parece uma princesa islandesa? – perguntou ele.

Natty apontou para a mesa dos Delacroix.

– Pare – pedi. – Não queremos que saibam que estamos falando deles.

Natty acenou.

– Tudo bem. Eles não podem nos ouvir. Oi, princesa islandesa!

– Muito bonita – disse Theo –, mas vocês duas estão enganadas. Ela parece uma sereia.

– Nenhum encontro? – perguntei a ele.

Ele balançou a cabeça.

– O quê? Todas as garotas de Nova York já passaram por você? Theo é um belo galinha – informei a Natty.

– *Si*. Você vai ter que abrir uma boate em outra cidade para eu poder encontrar mulheres novas para sair.

– Ah, pode deixar que vou cuidar disso.

– Talvez no Canadá. Eu gostaria de conhecer o Canadá antes de morrer – disse Theo.

– Ou Paris! – disse Natty com um gritinho de felicidade.

– Infelizmente, o chocolate é legalizado lá. Qual seria o objetivo?

Pedi licença para falar com a DJ. Ela estava tocando muitas músicas lentas, românticas. Era uma festa; eu queria música de festa. No caminho de volta, esbarrei em Win, que estava sozinho.

Ele não parecia querer falar comigo, mas não importa. Eu ainda não tinha lhe agradecido pessoalmente por ter ido visitar Natty.

– Ei, sumido – disse eu.

– Ei. – Ele mal me olhou. Em vez disso, olhou para a mesa onde seus pais e a viking ainda estavam.

– Eu queria agradecer ao vivo por você ter visitado a Natty.

– Não foi nada – disse Win. – A escola dela não é muito longe da minha faculdade.

– É muito, *sim* – insisti. – Você e eu não terminamos exatamente numa boa, então, agradeço por você ter feito isso.

– Fazer coisas por você é um péssimo hábito meu. Preciso voltar.

– Espera. – Tentei inventar um motivo para estender a conversa. – Win, você está gostando da faculdade?

– Estou.

Uma resposta curta, mas eu forcei a barra mesmo assim.

– Astrid é muito bonita. Estou feliz por você ter conhecido alguém – falei. – Espero que você e eu possamos ser amigos um dia.

Silêncio.

– Não preciso de uma amiga como você – declarou ele por fim. Win parecia estar com mais raiva do que no dia em que terminamos. – Eu não deveria ter vindo aqui hoje à noite.

– Por que você está com tanta raiva de mim? Eu não estou com raiva de você.

Ouvi Win respirar fundo.

– Que tal o divórcio dos meus pais?

– Isso não é minha culpa, Win. Seus pais são infelizes há anos. Você mesmo me disse isso.

– Eles pareciam ter melhorado depois que ele perdeu as eleições. Mas tudo isso foi pelo ralo depois de você e sua grande ideia.

– Você não pode estar falando sério.

– Sinto muito por ter conhecido você, Anya. Sinto muito por tê-la perseguido e por não tê-la deixado em paz quando me pediu. Eu queria nunca ter precisado mudar de Albany. Não valeu a pena levar um tiro por sua causa. Não valeu a pena esperar por você. Você não valeu essa confusão toda. Você é a pior coisa que aconteceu na minha vida. Você foi um furacão na minha vida, e não no bom sentido! – Ele estava quase gritando comigo, mas talvez fosse por causa da música alta. A DJ tinha atendido meu pedido, e o baixo estava ensurdecedor. – Mas, olha, eu fui avisado. Meu pai só me disse, não sei, tipo um milhão de vezes para ficar longe de você. Então, não, eu não quero ser seu amigo. A melhor parte de terminar com você é que nós *não* temos que ser amigos.

E aí ele saiu. Teria sido patético ir atrás dele, insistir que aceitasse minha amizade quando claramente achava que ela valia tão pouco. Mesmo querendo, eu não podia ir embora de uma festa organizada por mim. Eu não podia ir para casa, me jogar na cama, puxar as cobertas sobre a cabeça e chorar. Coloquei um sorriso no rosto e voltei para meus amigos no bar.

A DJ anunciou que faltavam apenas dois minutos para o início oficial de 2085.

Leo e Noriko vieram até nosso grupo, e Natty perguntou se eles deviam fazer outro casamento, um de verdade, agora que Leo tinha saído da prisão.

Faltando trinta segundos, Theo pegou minha mão e me encarou com olhos brilhantes e talvez meio bêbados.

– A *abuela* diz que dá azar não beijar alguém na noite de ano-novo.

– Que mentira – falei. – Tenho certeza de que sua *abuela* não diz nada disso.

– É verdade – disse Theo. – Ela está preocupada por eu não estar sendo beijado o suficiente em Nova York.

Revirei os olhos.

– Então você não contou a história toda para ela.

– Doze... onze... dez...

Ele pegou minha mão e virou meu banco para si.

– A vida é curta, Anya. Você quer morrer sabendo que teve a chance de beijar um latino sexy, mas deixou passar?

– De que latino sexy você está falando?

– Nove... oito... sete...

Ele colocou a mão no meu joelho.

– Pelo menos uma vez na vida, *chica*, você devia ser beijada por um homem que sabe fazer isso direito.

– Seis... cinco... quatro...

Theo me olhou com seus olhos ardentes de Jesus, e a garota católica em mim cruzou as pernas.

– Três... dois...

Eu estaria mentindo se dissesse que não tinha pensado que, do outro lado do salão, meu ex-namorado estava sendo beijado por uma *princesaislandesavikingsereia*.

– Um! Feliz ano-novo! Viva 2085!

– Tudo bem, Theo – disse eu. – Já que estamos num ano totalmente novo, você pode me mostrar o que quer dizer com "direito".

VII. tenho uma ideia; mergulho num relacionamento por motivos dúbios

Acordei antes do amanhecer no primeiro dia do ano. Uma ideia tinha surgido na minha cabeça e não me deixou descansar.

Theo e eu tínhamos caído no sono no sofá. Eu me desvencilhei dos braços dele e saí para ligar para o sr. Delacroix.

– Anya, tem ideia de que horas são?

– Umas seis da manhã?

– São cinco e treze.

– Você nunca dorme, então achei que não teria problema.

– Primeiro dia do ano, eu podia dormir um pouco. Pelo menos, gostaria de ter essa opção.

– Podemos nos encontrar hoje? Quero falar sobre uma ideia de negócio.

– Claro. Nos vemos às dez – disse ele.

– Você já está acordado – falei. – Vamos marcar às sete?

– Você virou uma chata depois que começou a fazer sucesso – disse ele.

– Theo também vai. – E desliguei.

Fui até a sala de estar e sacudi Theo para acordá-lo.

– Feliz ano-novo, *mamacita* – sussurrou ele, preguiçoso. Fez um biquinho com os lábios, mas não abriu os olhos.

– Não temos tempo para isso – falei. – Temos uma reunião.

Nós três nos encontramos no Quarto Escuro, que estava uma bagunça por causa da festa da noite anterior.

– Você está com os olhos terrivelmente brilhantes – disse-me o sr. Delacroix. – Já vi esse olhar em você antes, e normalmente significa confusão.

– Sobre o que é esta reunião, Anya? – perguntou Theo.

– Bem, eu estava pensando onde deveria ser a segunda boate.

– Você já saiu do Brooklyn de novo? – perguntou o sr. Delacroix. Há algum tempo, vínhamos discutindo a possibilidade de um segundo Quarto Escuro no Brooklyn.

– Não. Mas, ontem à noite, meu irmão estava falando que queria trabalhar na boate, e anteontem, no funeral do sr. Kipling, Simon Green fez um pedido semelhante. – Olhei para o sr. Delacroix. – Na verdade, ele queria o seu emprego.

– E pode ficar com ele – disse o sr. Delacroix. – Os horários são pesados. E a chefe é exigente.

– Às vezes – continuei –, Fats também me pede empregos para membros da Família. O negócio de chocolate no mercado negro anda ruim nos últimos meses.

– Quem pode saber o motivo? – perguntou o sr. Delacroix. – Isso não é responsabilidade sua.

– Talvez não, mas eu penso no assunto. E aí, na noite passada, eu estava conversando com você – apontei para Theo

– e minha irmã, e estávamos brincando sobre abrir filiais do Quarto Escuro no Canadá e em Paris; basicamente, lugares que Theo e Natty querem visitar. E demos boas risadas. Mas, hoje de manhã, pensei: por que não? Por que abrir mais uma filial quando posso abrir dez?

– Ai, céus – disse o sr. Delacroix.

– Podemos fazer isso, sr. Delacroix? Podemos ser uma franquia?

– Você parece estar me pedindo um cachorrinho.

– Não estou pedindo sua permissão – retruquei, tranquila.

– Não achei que estava. Mas, por Deus, eu odiaria ver como você fica quando não ganha o que pede no Natal.

– Eu nunca ganhei o que queria no Natal, sr. Delacroix. Estou acostumada a ficar desapontada.

– E aquele ano que eu te dei o facão? – perguntou Theo.

– Foi uma exceção – expliquei. – O que eu quero saber, sr. Delacroix, é se é possível conseguirmos dinheiro suficiente.

– Sim, mas não se trata apenas de dinheiro. Tem a logística, as peculiaridades dos governos e das leis regionais, a escassez de determinados recursos e suprimentos em certos locais, os gostos e hábitos específicos dos moradores, e muito mais – enumerou o sr. Delacroix. – Você definitivamente não deveria tentar no exterior. Apenas no nosso país. E, tecnicamente, você não está falando em franquia. Está falando numa rede.

Rede parecia muito menos glamoroso.

– O que estou perguntando a você, Theo, é se podemos usar o mesmo cardápio para todas as filiais e se conseguimos cacau suficiente para supri-las.

– Se você quisesse que a Granja fornecesse o cacau, teríamos que comprar mais terras, mas eu poderia consultar outros fornecedores – disse Theo. – Quanto ao cardápio, sim, ele é refinado, e acredito que vai servir para muitos locais diferentes.

– Anya – disse o sr. Delacroix –, essa é uma proposta ousada, e, como tal, eu a aprovo. Mas você precisa saber que também é extremamente arriscada.

Dei de ombros.

– Não entrei nessa para ser pequena. Uma vez, você me disse que o único jeito de mudar este mundo era ser gigantesca.

– Falei?

– Falou.

– Parece arrogante.

Theo disse que precisávamos de bebidas. Ele foi buscá-las, deixando o sr. Delacroix e eu sozinhos na mesa.

– Podemos fazer isso – disse o sr. Delacroix. – E eu vou ajudar. Mas por que não paramos e aproveitamos o sucesso por um tempo?

– Qual seria a graça disso? – perguntei.

– Não sei. Algumas garotas gostam de ter hobbies, garotos e diversões desse tipo.

– Sr. Delacroix, você precisa entender. Me sinto responsável em relação à Família e à minha família, mas, mais do que isso, acredito no que fizemos aqui. Quero tornar meu negócio grande o suficiente para colocar muitas pessoas pra trabalhar. Isso não seria uma realização grandiosa?

– *Grandiosa*. Sim, claro que seria grandioso. – Ele riu. – Você se parece comigo, às vezes. Uma versão mais jovem, *obviamente*, mais esperançosa e mais bonita de mim.

Percebi as olheiras dele, mas não pareciam do tipo que surgia após uma única noite em claro. Embora não fosse um gesto característico meu, coloquei a mão sobre a dele.

– Sei que normalmente não discutimos esses assuntos, mas fiquei triste ao saber de seu divórcio – comentei.

Seus olhos brilharam de raiva, e ele afastou a mão.

– Minhas roupas sujas agora são de conhecimento público? – perguntou o sr. Delacroix.

– Sinto muito. Win contou para Natty. Ela me contou.

– Sinceramente, Anya, prefiro não... – disse ele.

– Tudo bem – falei. – Você tem permissão para me dar conselhos. Você tem permissão para dar opiniões sobre tudo na minha vida, mas nunca podemos falar de nada que tenha a ver com você.

Ele não respondeu.

– Isso é ridículo, sr. Delacroix. Você é meu amigo.

– Tem certeza? Colega, pode ser. Tenho muitos. Mas amigos? Você não pode ser minha amiga, porque eu não tenho amigos.

– Sim! Não é uma amizade normal, mas é uma amizade. E é maldade fingir que não é. Sou órfã, sozinha no mundo, e sei muito bem quem são meus amigos. Então, sim, somos amigos, sr. Delacroix, e, como sua amiga, tenho permissão para oferecer consolo quando vejo claramente que meu amigo está chateado.

Ele se levantou.

– Se isso é tudo, eu vou embora. Vou começar a procurar investidores.

No caminho de volta à mesa, Theo passou pelo sr. Delacroix.

– Tchau, Delacroix! – gritou Theo, mas o sr. Delacroix não respondeu. – Aonde ele vai?

– Conseguir investidores.

– Agora? É o primeiro dia do ano.

Dei de ombros.

Theo colocou as bebidas sobre a mesa.

– Vamos fazer isso, então? – Theo brindou comigo e depois se inclinou sobre a mesa para me beijar.

– Ei, Theo – falei, me afastando.

– O quê?

– Ontem à noite foi ontem à noite, e hoje de manhã é hoje de manhã.

Theo pegou uma bebida.

– Como você quiser – consentiu ele. – Vamos comer. A boate só abre daqui a algumas horas, e eu estou morrendo de vontade de comer macarrão com ervilhas.

O Toro Supper Club ficava num apartamento térreo num projeto de casas populares em Washington Heights. Um cavalheiro vestido de couro e com bigode preto enrolado colocou a cabeça para fora da janela e gritou:

– Theo, meu velho! Que bom ver você!

– Dali, trouxe Anya comigo! – gritou Theo da rua.

– Está congelando aí fora – disse Dali. – Entrem.

Dali cumprimentou Theo beijando-o nas duas bochechas.

– Anya – disse Dali. – Sou fã de sua boate, mas Theo não me disse que você era tão bonita.

No primeiro dia do ano, a boate-restaurante estava servindo café da manhã, brunch ou talvez até uma ceia atrasada para aqueles que ainda não tinham ido para casa depois das festas da noite anterior. O aroma que emanava da cozinha era familiar. Só levei um instante para reconhecer.

– Theo, como foi que você conseguiu descobrir um lugar que vende *mole* em Manhattan? – perguntei.

– *Mole* tem cacau, e a Granja fornece – respondeu Theo. – Além do mais, sou muito popular nesta cidade.

O restaurante só tinha três mesas, e duas delas estavam ocupadas quando entramos. Havia toalhas de xadrez azul e branco e velas votivas em castiçais de vidro azul. E também uma rosa seca pendurada num vaso sobre a lareira.

O *mole* não estava tão bom quanto na Granja Mañana, mas não ficava muito atrás. O sabor era delicioso e apimentado. Meus olhos se encheram de água.

– Anya – disse Theo –, você está chorando. Você deve estar morrendo de fome mesmo.

– É o calor. Vou ficar bem. – Passei a mão no rosto. – Eu gosto do calor.

Comi mais três pratos. Eu não tinha percebido como estava faminta. Theo riu de mim quando cogitei comer mais um.

– Não consigo – falei por fim. Empurrei o prato para a frente e tentei não arrotar. Eu estava tão quentinha e satisfeita; mal sabia o que fazer comigo mesma.

Não conseguimos um táxi, então fizemos a pé o longo caminho até a boate. Levamos horas, mas éramos jovens e fortes e tínhamos tempo de sobra.

– Não é uma caminhada muito segura – alertei a ele. – Mas é de dia, e eu trouxe meu facão.

Quando chegamos à parte mais ao sul do Central Park, começou a nevar. Eu estava com um pouco de frio, então, quando Theo colocou o braço no meu ombro, eu deixei.

– Theo – falei, me sentindo culpada –, não funcionamos melhor como amigos?

– Quem disse que não seremos amigos só porque nos beijamos no parque de vez em quando?

Eu me inclinei para beijá-lo, mas parei no meio do caminho.

– Você precisa saber: eu não te amo desse jeito.

– E isso importa? Eu também não te amo. Vamos nos divertir juntos. Eu gosto de você. Você gosta de mim. Ninguém precisa dizer A-M-O-R ou qualquer coisa *estúpida* assim. Nós dois somos bonitos e estamos sozinhos. Por que não?

É verdade: por que não?

Meu hálito devia cheirar a *mole* de frango, mas que diferença fazia? Theo não me idolatrava. Ele não achava que eu era uma princesa. Ou seja, sabia que meu hálito nem sempre tinha gosto de chiclete de menta e canela. Eu me inclinei e o beijei com vontade. De vez em quando, é legal beijar alguém porque ele é bonito, divertido e a sensação é *tão boa*.

VIII. ganho mais dois colegas de quarto

Desde que Scarlet tivera seu filho, eu só a vira um punhado de vezes. Apesar de ter ido à inauguração da boate, ela foi embora cedo, antes de a diversão começar. Ela havia perdido minha festa de ano-novo porque passou o feriado com os pais de Gable. Numa tentativa de ser uma boa madrinha, fui à Missa do Galo com ela e Felix. Mas só isso. Não tínhamos a escola para nos manter juntas, e ela morava bem mais longe do que antes – sessenta e dois quarteirões a mais.

Alguns dias depois da Páscoa, eu a encontrei no sofá da minha sala de estar com Felix nos braços. Ela estava igual, bonita como sempre, apesar de mais magra do que antes de ter o bebê. Uma ruga fina tinha se instalado entre suas sobrancelhas.

– Gable foi embora – contou ela. – Os pais dele me culpam, e eu não posso mais ficar lá.

– Para onde Gable foi? – perguntei.

– Não sei – respondeu ela. – A gente estava sempre brigando. Ele odiava o emprego no hospital. Os pais dele estavam pressionando para nos casarmos, mas nenhum de nós queria. E agora ele foi embora.

– Scarlet, sinto muito. – Eu sentia muito por Felix, não especificamente por Scarlet. Sentia muito pela situação, mas não estava surpresa. No devido tempo, Gable Arsley sempre dava um jeito de ser um babaca.

– Podemos ficar aqui por um tempo? Não quero morar com meus pais e não posso ficar na casa de Gable com a mãe dele me odiando tanto.

– Claro que vocês podem ficar aqui. – Se bem que, na verdade, já havia muita gente morando no meu apartamento: Noriko, Leo, Theo e Natty, quando estava em casa. – Você pode usar o quarto de Natty enquanto ela estiver fora.

– Além disso, preciso arrumar um emprego. Tenho feito audições para peças. Cheguei perto de ser chamada algumas vezes...

– Scarlet! Isso é ótimo.

– Mas, com Gable indo embora, não posso mais esperar. Preciso descobrir como ganhar dinheiro agora. – Ela fez uma careta. – Detesto pedir, mas você me daria um emprego na boate? De recepcionista, garçonete, qualquer coisa. Sei que não tenho qualificação para mais nada. Se eu tivesse um emprego com gorjetas e horário flexível, ainda poderia fazer uma ou outra audição.

Sentei ao lado de Scarlet. Eu ainda me sentia estranha perto de Felix, mas ele subiu no meu colo mesmo assim.

– Que bom – disse Scarlet. – Senta no colo da sua madrinha. Você está ficando pesado demais para mim, Felix.

– Oi, Felix – falei.

– Oi – respondeu ele.

– Ah, ele está falando – comentei. – Oi – repeti.

Ele acenou e riu para mim.

– A boate, com certeza, precisa de mais uma garçonete. Mas não vai ser esquisito para você? Quero dizer, eu gostaria de ter algo melhor para oferecer.

– Não existe exatamente uma tonelada de vagas de empregos nesta cidade, e eu não sou orgulhosa. Não posso me dar o luxo de ser.

– Quem vai cuidar de Felix quando você estiver no trabalho? Não fico aqui muito tempo.

– Não, eu jamais pediria para você fazer isso. Meu pai pode. Meu pai sempre tenta me ajudar. É minha mãe que me desaprova, e é por isso que eu também não posso morar lá.

– Eu vou com você até o apartamento de Gable para pegar suas coisas e as do Felix, se você quiser.

Ela riu.

– Estou prestes a parecer terrível. Sei que já te pedi muita coisa. Mas você... você se importaria de ir sozinha? Não quero levar Felix de volta à casa dos pais de Gable. Todo mundo está muito irritado. Não quero que ele fique no meio.

Nesse momento, Theo entrou na sala de estar.

– Eu cuido do bebê – disse ele –, e vocês duas podem ir. – Ele devia estar ouvindo atrás da porta.

Ele veio até o sofá e pegou Felix do meu colo.

– Viu? *Los niños*, eles me adoram. – Felix estava agarrando o bigode de Theo, que ele cultivava desde que se mudara para Nova York.

Ele estendeu a mão para Scarlet.

– Ainda não nos conhecemos. Sou Theo.

– Scarlet – disse ela. – E esse aí é Felix.

– Ah, a melhor amiga. Sou namorado da Anya.

Scarlet olhou para mim.

– O quê? Desde quando você tem um namorado?

– Ele não é meu namorado – retruquei.

– Meu inglês não é perfeito – explicou Theo. – Eu quis dizer que sou amigo dela.

– Não estou entendendo – comentou Scarlet. – Ele é seu namorado ou não?

Suspirei.

– Quem precisa de rótulos? Precisamos ir logo, se você quiser começar hoje à noite. – Virei-me para Theo. – Ah, Scarlet vai ser sua nova garçonete.

– Espere. O quê? – disse Theo. – Você tem uma boa aparência, mas tem alguma experiência?

– Eu aprendo rápido – respondeu ela com um sorriso.

Scarlet abriu a porta do apartamento dos pais de Gable.

– Talvez eles não estejam em casa – disse ela.

Entramos e não tinha ninguém lá. Scarlet me pediu para empacotar as coisas do quarto enquanto ela cuidava do quarto do bebê. Joguei as roupas dela numa mala, e a maquiagem e as joias numa caixa. Eu estava quase acabando quando ouvi a porta do apartamento se abrir.

– Scarlet? – chamou uma mulher. Reconheci a voz da mãe de Gable.

– No quarto do bebê – respondeu Scarlet.

Coloquei a mala e a caixa perto da porta da frente e fui esperar do lado de fora do quarto do bebê. Achei que poderia haver uma confusão, por isso quis ficar por perto.

– Você não pode tirar nosso neto de nós! – gritou a mãe de Gable.

– Não estou tirando ele de vocês. Eu nunca faria isso. Mas não podemos mais morar aqui. Não vai ser bom para ninguém. E não faz sentido agora que Gable foi embora.

– Gable vai voltar – disse a mãe dele. – Ele está chateado.

– Não – retrucou Scarlet –, ele não vai voltar. Ele me disse que não vai voltar, e eu acredito nele.

– Gable é um bom garoto – insistiu a mãe. – Ele não abandonaria a mãe do próprio filho.

– Ele já fez isso – disse Scarlet. – Faz um mês.

Fiquei meio chocada porque Scarlet esperou um mês inteiro antes de me contar que Gable tinha ido embora.

– Bem, você não pode levar meu neto – repetiu a mãe de Gable. – Não vou permitir. Vou chamar a polícia.

Entrei no quarto do bebê.

– Na verdade, ela tem todo o direito de levar seu neto.

– O que *ela* está fazendo aqui? – A mãe de Gable não gostava muito de mim.

– Scarlet é a mãe, e o Estado não reconhece automaticamente os direitos dos avós – argumentei.

– Por que eu deveria acreditar em você? – perguntou a mãe de Gable. – Você não é advogada. É uma garota inútil dona de uma boate.

– Você deveria acreditar em mim porque garotas inúteis como eu têm vidas difíceis. – Encarei a cara de porca da mãe de Gable. – Já passei por muitas varas de família e da infância e juventude desde que era criança. E sei tudo quando se trata de quem consegue a custódia de quem.

– Isso tudo é culpa sua! – gritou a mãe de Gable para mim. – Se você não o tivesse envenenado...

– Eu não o envenenei. Ele comeu um chocolate ruim. E seu filho era um namorado terrível, então não é nenhuma surpresa ele ser um péssimo pai e noivo. Vem, Scarlet. Vamos embora. – A mãe de Gable estava bloqueando a porta, e eu a afastei.

Levamos uma eternidade para conseguir um táxi e quase o mesmo tempo para esmagar as coisas de Scarlet no porta-malas e no banco traseiro. Andamos de carro pela cidade em silêncio.

– Obrigada – disse ela quando o táxi contornou o parque. – Agradeço muito por você ter ido lá comigo.

– Estou feliz por você ter aparecido, mas não acredito que esperou um mês para me contar que Gable tinha ido embora.

– Para falar a verdade, eu estava meio com raiva de você – disse ela.

– Por quê?

– Acho que a culpa não é totalmente sua, mas a gente não tem se encontrado muito, e eu lia nos jornais sobre a boate e como as coisas estavam indo bem para você, e me sentia bem amarga. Tipo, eu sempre tentei ser uma boa pessoa e uma boa amiga, e olha o que aconteceu com a minha vida.

– Você não pode pensar assim.

– A maior parte do tempo eu não penso nessas coisas, só às vezes. E aí eu ficava com raiva porque sentia que você tinha seguido em frente sem mim. E que você tinha novos amigos fantásticos e não me queria por perto.

– Scarlet, eu andei ocupada, só isso, e sei que é difícil fazer planos com o bebê. Se você precisasse de mim, eu estaria lá.

Scarlet suspirou.

– Eu sei, mas acho que é por isso que é difícil ser sua amiga. Às vezes eu gostaria de saber que você também precisa de mim. Quero dizer, você pelo menos sentiu minha falta? A gente se falou tipo três vezes esse ano todo.

Coloquei o braço em volta dela.

– Scarlet, sinto muito por eu não ser mais... Sinto muito por eu não ser tão emotiva.

– Não, você definitivamente não é. Houve um momento em que prometi a mim mesma que não ia mais te ligar até você me ligar. Sabe quanto tempo isso demorou?

Eu não queria saber.

– Quatro meses.

– Sinto muito. Sou uma péssima amiga.

– Não. Você é a melhor amiga. Você é minha melhor amiga. Mas tem defeitos.

– *Eu sei.*

– Ah, não fica magoada. O que eu queria dizer é que percebi que estava sendo boba antes. A gente pode não se ver tanto quanto antes, mas não existe ninguém mais que eu ia querer ao meu lado hoje. Não é engraçado? A gente pode perder um garoto; Deus sabe que nós duas perdemos. Mas, mesmo que eu quisesse, sei que nunca poderia perder você.

IX. amplio os negócios; vejo meu irmão com outros olhos; ouço Theo expor as dificuldades de um relacionamento com... o *cacau*

Durante os seis primeiros meses de 2085, o sr. Delacroix arranjou novos investidores, e Theo e eu viajamos pelos Estados Unidos em busca de locais perfeitos para o Quarto Escuro. Enquanto estávamos na estrada, Noriko e Leo administravam a boate de Nova York. Apesar de já ter viajado para o exterior, eu nunca havia ido a lugar algum dos Estados Unidos, exceto Manhattan e uns duzentos quilômetros quadrados ao redor de Manhattan, e eu tinha curiosidade de saber como as pessoas viviam em outras cidades. Num erro comum à juventude, eu tinha a impressão de que todo mundo vivia como eu: morava em apartamento, andava de ônibus e ia ao mercado aos sábados. Na verdade, isso não acontecia. Em Illinois, ainda havia mercearias. Na Califórnia, frutas e flores cresciam em toda parte. (Minha avó teria adorado isso.) No Texas, tudo cheirava a fumaça. Na Pensilvânia, Theo e eu visitamos uma cidade fantasma com o lema "o lugar mais doce da Terra". Hershey, Pensilvânia, antigamente abrigava uma fábrica de chocolate e um parque de diversões com tema de chocolate também. Eu não teria acreditado se não tivesse visto pessoalmente a antiga estátua de uma barra de chocolate ao leite com forma humana. Ela tinha olhos salientes, um sorriso maníaco e usava luvas brancas e sapatos oxford em duas cores. Acho que a intenção era agradar às crianças, mas eu a achei apavorante. Além do mais, um parque de diversões de chocolate! Leitor, você consegue imaginar?

Em julho, o sr. Delacroix e eu tínhamos conseguido dinheiro suficiente para expandir a boate em cinco novos locais: São Francisco, Seattle, Brooklyn, Chicago e Filadélfia.

– Parabéns, Anya – disse o sr. Delacroix depois que a última pilha de contratos foi assinada. – Você é oficialmente uma rede e chegará em breve a cinco locais por todo este grande país. Era o que você queria? Você é uma mulher totalmente nova?

– Sou a mesma – retruquei. – Mas queria que fossem dez novas boates.

– Sabia que você ia dizer isso. Eu me pergunto o que mantém o pique irrefreável de Anya Balanchine – disse ele.

– O de sempre – respondi com leveza. – Tento afastar aquela dor enorme causada pela morte dos meus pais. Nunca senti que havia amor suficiente para mim. Quero provar que todo mundo que tentou me derrubar ou ficou no meu caminho estava errado. Penso nos professores, nos namorados, na *semya*, nos policiais, nos promotores públicos. Tantas pessoas a agradecer.

– Promotor público *provisório* – disse ele. – Tente ficar um pouco feliz, está bem? Tente aproveitar o momento.

– Essa não é a minha natureza, colega – falei com um sorriso.

Na noite seguinte à assinatura do último contrato, Noriko e Leo fizeram um pequeno jantar para comemorar a expansão dos negócios. Não sei se foi o período na prisão psiquiátrica ou influência de Noriko, mas Leo era um novo homem desde a sua liberdade. Para começar, ele de repente tinha novas habilidades: sabia abrir uma garrafa de vinho, refogar um peixe, pendurar cortinas, consertar a pia. Fez amizade com as outras pessoas do nosso prédio – talvez eu seja antissocial, mas, além de um cumprimento rosnado, eu nunca tinha falado com *nenhum* dos nossos vizinhos nos dezoito anos e meio que morava aqui. Leo me parecia mais capaz (mais capaz *do que eu*, de certa forma) e menos uma criança que precisava de meus cuidados e de minha vigilância. Quando ele ficava frustrado, o que era raro, Noriko colocava a mão em suas costas e, num instante, ele se acalmava. (Natty brincava que Noriko era a encantadora de Leo.) Sempre houve conflitos entre mim e meu irmão, mas, pela primeira vez na vida, eu sentia que podia apreciá-lo como pessoa.

Mais uma coisa: Noriko e Leo adoravam reformar a casa. Eu chegava e descobria que eles tinham pintado as paredes de roxo-escuro ou reestofado nosso velho sofá com uma lã cinza. Nosso apartamento se tornou, pela primeira vez desde que meus pais tinham morrido, um lar.

No jantar, os convidados eram Lucy, Scarlet, Felix, Theo, o sr. Delacroix e sua nova namorada, Penelope, dona de uma voz esganiçada que tornava irritante tudo que ela dizia. Penelope administrava sua empresa muito bem-sucedida de relações públicas, como me disse umas dez vezes naquela noite. Ela não se parecia nem um pouco com a mãe de Win, a fazendeira bonita de cabelo moreno.

Todo mundo achava que Theo e eu éramos um casal, mas eu nunca o chamava de namorado. Exceto aquela vez com Scarlet, ele também não se referia a si mesmo desse jeito. Eu gostava da companhia dele, de suas provocações, de seu cheiro de canela. Eu gostava dele e de mim mesma quando estava com ele. Pela minha natureza, eu era reservada, e, pela natureza dele, Theo era o contrário. As pessoas pareciam gostar mais de mim quando conheciam nós dois juntos; sua simpatia e bom humor me animavam. No entanto, eu não queria ser dona dele; nem esperava que ele parasse de sair com outras pessoas (eu sabia que ele saía). Meu coração não se partia quando estávamos separados, apesar de eu sempre ficar feliz em vê-lo quando nos encontrávamos de novo.

No entanto, eu entendia por que as pessoas poderiam chegar à conclusão de que Theo era meu namorado. Ficávamos juntos no trabalho e – vovó ficaria horrorizada – até morávamos juntos. Eu não tinha a intenção de viver em pecado, nem gostava da ideia. Mas, bem, Theo tinha vindo para Nova York no meio de uma emergência e nunca mais saiu da minha casa.

(OBS.: *Pensando bem, eu deveria tê-lo obrigado a sair.*)

Depois do jantar, falei para Noriko e Leo irem dormir, que eu limparia tudo. Noriko foi, mas Leo ficou para me ajudar.

– Annie – disse ele quando tínhamos quase terminado de secar os pratos –, o que você acharia se Noriko e eu fôssemos para São Francisco para inaugurar a nova boate?

– Você está infeliz em Nova York? – perguntei.

– Claro que não, Annie. Eu adoro aqui. Nova York é meu lar. Mas eu quero muito fazer isso.

– Por quê? – Pendurei com cuidado o pano de prato no encosto da cadeira.

– Acho que também quero deixar minha marca, do jeito que você deixou a sua em Nova York. Posso fazer isso em São Francisco, se você deixar. Sei que cometi erros terríveis no passado e que você teve que consertá-los por mim. Mas agora eu sou mais esperto, Annie. Não cometo tantos erros.

– E Noriko? – perguntei. – O que ela acha desse plano?

– Está animada, Annie. Ela é tão inteligente e tem ótimas ideias. E também me faz sentir mais inteligente.

Tenho vergonha de admitir, mas tive muito receio de que, quando aprendesse inglês, Noriko perdesse o interesse e talvez até abandonasse meu irmão.

Olhei para Leo. Seu rosto, que eu conhecia tão bem, era ao mesmo tempo de um menininho e de um adulto. Eu sabia que era difícil para ele me pedir as coisas.

– Se eu concordar com isso, vou ter que tratar vocês como qualquer empregado. Se não funcionar, vou demitir você e Noriko.

– Eu sei, Annie! Eu não esperaria outra coisa. Mas nada vai dar errado.

– Bom – concordei –, acho que o único problema é a saudade que vou sentir de vocês. – Eu gostava de chegar em casa e encontrar os dois ali.

Leo me abraçou com força.

– Obrigado por confiar em mim! Não vou te desapontar. Juro que não. – Leo me abraçou de novo. – Espera, tenho outra ideia. O que acharia de levarmos Simon Green conosco para São Francisco? Precisamos de um advogado, e eu sei que Simon está precisando de emprego.

Leo claramente era uma pessoa melhor do que eu. Para ser sincera, não parecia a pior ideia que eu já tinha ouvido e, no mínimo, colocaria um continente de distância entre mim e Simon Green.

– Você que sabe, Leo – falei. – São Francisco vai ficar por sua conta, e você e Noriko podem contratar quem quiser.

Os três partiram mais ou menos uma semana depois do meu aniversário de dezenove anos. Chorei no aeroporto, não sei por quê. Eu não imaginei que fosse chorar, mas, ao me despedir de meu irmão e sua esposa, de quem eu tinha aprendido a gostar muito, fui tomada por uma emoção inesperada. Leo me fazia lembrar muito o meu pai. Tudo que sacrifiquei para tentar mantê-lo em segurança de repente pareceu valer a pena.

– Vou ficar bem, Annie – disse Leo.

– Eu sei – respondi.

– Você nunca vai parar de se preocupar comigo, não é?

– Essa é a questão, Leo. Eu parei. É por isso que estou chorando. Estou aliviada. Acredito de verdade que você vai ficar bem.

Com a partida de Leo e Noriko, Theo e eu não podíamos sair da cidade ao mesmo tempo – eu tinha que supervisionar a boate de Nova York, a sede dos negócios, enquanto ele montava as cozinhas das outras filiais. Por isso, vi Theo com uma frequência bem menor na segunda metade de 2085 do que na primeira. Ele me ligou numa noite de outubro de um quarto de hotel em Chicago.

– Anya, estou com saudade de você. Diz que está com saudade de mim?

– Estou com saudade – respondi com um bocejo.

– Você não parece estar com nem um pouco de saudade – disse ele.

– Só estou cansada, Theo. É claro que estou com saudade.

– Que bom, então você vai comigo para casa no Natal – disse ele.

– Não sei. Natty e eu sempre passamos o fim do ano em Nova York.

– Ela também vai.

– A passagem é cara.

– Você é rica. Nós viajamos de avião o tempo todo a trabalho, de qualquer maneira.

– Seus parentes não me odeiam por ter roubado o querido Theo?

– Não. Elas vão ficar felizes em te ver. Você não vai a Chiapas há quase dois anos. Além do mais, o *mole* que comemos no Dali é bom, mas não chega aos pés do padrão das *abuelas*.

– Você é incansável.

– É preciso ser assim quando se cultiva o cacau. O cacau é uma planta exigente, como você bem sabe. Com água demais, cria mofo. Com água de menos, seca e morre. Mas você também não pode enchê-la de afeto. Ela às vezes precisa ficar sozinha para crescer. Se facilitar demais para a planta, ela não produz uma colheita forte. Às vezes, você faz tudo e ela ainda assim não fica satisfeita. Então você se lembra de não ficar magoado, porque é assim que ela é. Mas vale o esforço; eu te digo, Anya, que vale. Se você fizer tudo certo, será recompensado com uma doçura incomum, um sabor rico que não se encontra em nenhum lugar. Plantar cacau me tornou incansável, como você diz, mas também paciente e ponderado. Tudo que vale a pena amar é difícil. Mas estou fugindo do assunto. Você vai comigo para Chiapas no Natal, certo? Minha *bisabuela* está ficando velha, e você sempre disse que queria mostrar minha fazenda para Natty.

x. volto a Chiapas; Natal na Granja Mañana; uma proposta, ou melhor, a segunda pior coisa que aconteceu comigo numa plantação de cacau

O ano passou rápido, indolor e sem as lágrimas, o sangue e a tragédia que aprendi a esperar da vida. O pior que eu poderia dizer sobre 2085 era que fiquei esgotada por causa do trabalho. (A pior coisa que eu não *estava disposta* a admitir a respeito de minhas ações naquele ano era que talvez tivesse sido um erro namorar Theo.) Na última semana de dezembro, deixei a boate nas mãos capazes de meus funcionários e, junto com Theo e Natty, embarquei num avião para Chiapas.

Na primeira vez que fui ao México, eu estava com uma identidade falsa e era uma passageira de bigode num navio de carga. Nem preciso dizer que a viagem foi muito mais tranquila desta vez. Durante anos, sonhei em levar Natty a Chiapas, e foi uma felicidade ver o lugar através de seus olhos. Ela elogiou o ar puro e o céu azul, as flores em formas e cores surreais, as lojas de chocolate bem à vista. Adorei apresentá-la à família de Theo: sua mãe, Luz; sua irmã, Luna; seu irmão, Castillo, o padre; e, claro, suas duas *abuelas*. (A outra irmã, Isabelle, foi passar o feriado na Cidade do México.) A única tristeza foi que a mais velha das duas *abuelas*, sua *bisabuela*, não pôde sair do quarto. Ela estava com noventa e sete anos, e eles achavam que não tinha mais muito tempo de vida.

Quando cheguei, Luna passou direto pelo irmão para me abraçar.

– Por que você demorou tanto para vir? – perguntou ela. – Sentimos muita saudade de você.

– Ei, Luna – disse Theo. – Seu irmão querido também está aqui.

Luna o ignorou.

– E essa deve ser Natty. A inteligente, não é?

– A maior parte do tempo – respondeu Natty.

Luna sussurrou de um jeito conspiratório para minha irmã:

– Também sou a inteligente da família. É um fardo terrível, não? – Luna virou-se para o irmão e para mim. – Muito legal vocês dois aparecerem *depois* da grande colheita de cacau. Vocês poderiam ter me ajudado uma semana atrás.

Natty e eu tínhamos acabado de colocar as malas no nosso quarto quando me disseram que a Bisabuela queria me ver. Coloquei um vestido e fui até o quarto dela, onde Theo já estava a seu lado.

– Ahn-juh – disse ela numa voz áspera. Depois falou alguma coisa em espanhol que não consegui entender. Meu espanhol estava enferrujado. Ela acenou para mim com um dedo cheio de nós, e eu olhei para Theo pedindo ajuda.

– Ela diz que está feliz em ver você – traduziu Theo. – Que você está muito bem, não está gorda nem magra demais. Ela está triste porque você demorou muito para voltar à fazenda.

Mais uma vez, ela sente muito pelo que aconteceu com Sophia Bitter. Ela... vovó, não vou dizer isso!

– O que é? – perguntei.

Theo e a bisavó trocaram palavras.

– Está bem. Ela diz que nós dois somos bons católicos, e ela não gosta que a gente viva em pecado. E Deus também não. – As bochechas de Theo ficaram vermelhas como um morango muito maduro.

– Diga que ela está entendendo mal – falei. – Que você e eu somos apenas amigos. Diga que o apartamento é muito grande.

Theo balançou a cabeça e saiu do quarto. Peguei a mão da Bisabuela.

– Ele é só meu amigo. Não é pecado. – Eu sabia que isso não era bem verdade, mas eu me sentia bem com uma mentira que faria uma velhinha simpática se sentir melhor.

Bisabuela balançou a cabeça.

– *El te ama*, *Ahn-juh*. *El te ama*. – Ela levou uma das mãos ao coração, depois apontou para a porta pela qual Theo tinha acabado de sair.

Beijei seu rosto enrugado e fingi que não fazia ideia do que ela estava falando.

Eu estava preocupada demais para aproveitar de verdade meu último Natal na Granja. Eu tinha fugido e estava separada de todo mundo que amava. Mas, neste Natal, com Natty aqui e minhas preocupações em baixa, eu me permiti aproveitar a família de Theo.

Trocamos presentes de manhã. Natty e eu tínhamos comprado lenços de seda para as mulheres Marquez. Para Theo, eu comprara uma mala de couro, que lhe dei antes de embarcarmos. Ele viajava tanto pelo Quarto Escuro que achei que seria útil. O presente que ganhei de Theo foi uma bainha para meu facão, com Anya Barnum, meu antigo nome falso, gravado em um dos lados.

– Toda vez que vejo você pegar esse facão na mochila, eu acho graça – disse ele.

O jantar de Natal teve *mole* de peru e *tres leches*. Natty comeu tanto que caiu no sono – a *siesta* era uma tradição sagrada na Granja. Enquanto minha irmã cochilava, Theo perguntou se eu queria dar uma volta na plantação de cacau.

Na última vez que Theo e eu andamos por ali, fomos atacados por um assassino que tinha vindo me matar. (Por mais absurdo que pareça quando relato sobre o incidente, essa era a minha vida.) Theo foi gravemente ferido, e eu cortei fora a mão de uma pessoa. Dois anos depois, ainda me lembrava da sensação de perfurar carne e osso com uma lâmina.

Mesmo assim, a plantação não me trazia apenas más lembranças. Foi lá que Theo me ensinou sobre o cacau, e, se eu não tivesse ido até lá, nunca teria aberto o Quarto Escuro.

Vi um pé de cacau com sinais de apodrecimento. Por hábito, peguei o facão e o arranquei.

– Você não perdeu o jeito – disse Theo.

– Acho que não. – Guardei o facão.

– Vou amolar para você antes de irmos embora – sugeriu Theo. Ele entrelaçou os dedos nos meus, e nós andamos em silêncio por um tempo. Era quase hora de o sol se pôr, mas fiquei feliz por estar ao ar livre sentindo na pele os últimos raios do sol quente do México.

– Está feliz por ter vindo? – perguntou Theo.

– Estou. Obrigada por me obrigar. Eu precisava sair da cidade.

– Eu te conheço, Anya – disse ele. – Melhor do que você mesma.

Andamos mais um pouco, parando aqui e ali para cuidar do cacau. Quando chegamos ao fim da plantação, Theo parou.

– A gente devia voltar – falei.

– Não posso – retrucou ele. – Preciso falar. – Mas ele continuou calado.

– O que foi, Theo? Fala logo. Estou ficando com frio. – Em dezembro, o clima no México passava, num instante, de agradável a gelado. Ele me agarrou pelo cinto de couro que prendia a nova bainha do facão à minha cintura. Abriu a fivela.

– O que está fazendo? – perguntei.

Ele tirou meu facão da bainha.

– Tire suas mãos do meu facão – falei, dando um tapa de brincadeira no pulso dele.

– Estica a mão – pediu.

Ele virou a bainha, e um pequeno anel – uma faixa de prata com uma pérola branca – caiu na minha mão.

– Você não olhou direito – explicou ele.

Fiquei parada ali, espantada. Eu sinceramente esperava que não fosse o que parecia.

– Theo, o que é isso?

Ele agarrou minha mão e forçou o anel sobre os nós dos meus dedos.

– Eu te amo, Anya.

– Não ama, não! Você me acha feia. A gente briga o tempo todo. Você não me ama.

– Eu provoco, eu provoco. Você sabe que é meu jeito. Eu te amo, *sim*. Nunca conheci uma pessoa que eu amasse tanto quanto você.

Comecei a me afastar dele.

– Acho que a gente devia se casar. Somos iguais, e a Bisabuela está certa. É errado passarmos nossas vidas juntos, como no último ano, e não estarmos casados.

– Theo, não podemos nos casar só porque ofendemos sua bisavó.

– Esse não é o único motivo, e você sabe disso. Eu te amo. Minha família te ama. E ninguém jamais vai ter tantas coisas em comum com você quanto eu.

– Mas, Theo, eu não te amo, e nunca disse que amava.

– E isso importa? Você mente para si mesma sobre o amor. Eu te conheço, Anya. Você tem medo de se machucar ou de ser controlada, por isso diz a si própria que não está amando. Você tem medo da felicidade, por isso a destrói quando ela aparece. – Ele pegou minha mão. – Não estávamos felizes no ano passado?

– Sim, mas...

– E tem alguém que você prefere a mim?

– Não, Theo, não tem ninguém que eu prefira.

– Claro que não. Então se case comigo, Anya. Se entregue à felicidade. – Ele colocou os braços ao meu redor.

– Theo – argumentei –, não quero me casar com você. Não quero me casar com ninguém. Olha os meus pais. Olha os pais do Win.

– Não vamos ser como eles. Posso ver você velhinha e eu velhinho, cozinhando e provocando um ao outro o dia todo. E seremos felizes, Anya. Juro que seremos felizes.

Percebi que ele não estava me ouvindo. Eu não sabia como fazê-lo entender. Eu me sentia presa, enganada e traída por ele. Mas também não queria perder aquele pequeno traidor.

Olhei para ele. O que havia de errado comigo? Por que aquele garoto bonito e divertido não era suficiente?

– Theo, vamos dar tempo ao tempo – falei.

– Você quer dizer um noivado antes do casamento?

– Ainda sou muito nova. Preciso de tempo para pensar.

– Você não é nova – retrucou ele. – Nunca foi nova. Você nasceu velha e sabe o que quer desde que a conheço.

– Theo – insisti –, mesmo que eu te amasse, não acredito que o amor seja motivo suficiente para casar.

Theo riu de mim.

– O que seria motivo suficiente, então? Me fala.

Tentei pensar em um.

– Não sei. – O anel, apertado demais, começou a machucar meu dedo. Quando o tirei, ele voou da minha mão e caiu em algum lugar na terra. Fiquei de quatro e comecei a vasculhar o chão, procurando. – Theo, me desculpa. Acho que perdi seu anel!

– Calma – apaziguou ele. – Estou vendo. – Ele tinha olhos aguçados pelos anos de cultivo do cacau. Em um segundo, localizou o anel. – Não é difícil encontrar uma pérola na terra.

Tentou me devolver, mas dessa vez não aceitei. Mantive os punhos fechados.

– Theo, por favor – falei. – Estou implorando. Me peça em casamento outra hora.

– Admita que me ama. Eu sei que você me ama.

– Theo, eu não te amo.

– Então, o que a gente andou fazendo no último ano?

– Não sei – respondi. – Foi um erro terrível. Eu gosto demais de você. Gosto de te beijar e não poderia ser mais grata a você. Mas sei que não te amo.

– Como você sabe?

– Porque eu... eu já amei antes. E não é isso que sinto por você.

– Quer dizer com o Win? Por que você não está mais com ele se o ama tanto?

– Eu queria outras coisas, Theo. Talvez o amor seja suficiente para algumas garotas, mas não para mim.

– Você deixou Win, o garoto que você diz amar, porque acha que o amor não é suficiente. Você tem amizade, trabalho e diversão comigo, mas isso também não é suficiente. Você não quer amar, mas depois quer. Já percebeu que nada vai conseguir satisfazer você?

– Theo, eu só tenho dezenove anos. Não tenho que saber o que quero.

Theo colocou o anel na palma da mão e o contemplou por um instante.

– Talvez terminar? É isso que você quer?

– Não. Estou dizendo... O que estou dizendo é que não posso me casar com você *agora*. É só isso que estou dizendo. – Era egoísta e fraco, mas eu não queria perdê-lo. – Vamos esquecer que isso aconteceu. Vamos voltar para Nova York e ser como éramos.

Theo me encarou, depois fez um sinal positivo com a cabeça e guardou o anel no bolso.

– Um dia, Anya, você vai ser velha, velha como sua avó e minha *bisabuela*. Você vai ficar doente e vai precisar confiar em alguém além de si mesma. E então pode se arrepender de ter afastado todo mundo que tentou te amar. – Ele me ofereceu a mão e me ajudou a levantar do chão. Bati no vestido para tirar a terra, mas, como o chão estava úmido, quase nada saiu.

XI. eu quase sigo os passos do meu pai

Quando eu tinha doze anos, conversei com Scarlet sobre o que aconteceria se um garoto (talvez um príncipe) pedisse alguém em casamento e esse alguém ficasse na posição delicada de ter que rejeitá-lo.

– Ele provavelmente desapareceria no dia seguinte – respondera Scarlet. De qualquer maneira, a conversa tinha me dado a falsa ideia de que um "não" poderia transmitir o poder de um sumiço mágico. E isso não seria bom? Como um garoto poderia ficar por perto depois de oferecer seu coração e você dizer: *Obrigada, mas prefiro outro coração. Na verdade, prefiro não ter um coração.*

Quando voltamos para Nova York, eu meio que esperava que Theo, que sabia que era orgulhoso, se mudasse da minha casa ou até mesmo do país. Claro, isso seria impraticável – ele morava no meu apartamento, e nós administrávamos um negócio juntos. Em vez disso, nós dois continuamos como se nada tivesse acontecido, e foi horrível. Ele não falou mais na proposta, mas eu a sentia pairando no ar entre nós como uma nuvem carregada de verão. Talvez ele estivesse sendo paciente. Talvez achasse que eu iria mudar de ideia. Eu queria dizer: *Por favor, meu amigo. Vá ser livre. Eu te liberto. Devo tanto a você e não quero causar sua infelicidade. Você merece mais amor do que posso lhe dar.* Mas acho que eu era covarde demais.

Algumas vezes, seus insultos eram menos brincalhões e mais incisivos do que no passado. Uma vez, quando estávamos discutindo sobre a quantidade mínima de cacau necessária para certa bebida, ele me disse que "meu coração era feio como o meu cabelo". Em tais momentos, eu sentia que estávamos à beira de ter a discussão que levaria ao ato final.

Em março, o primeiro dos novos Quartos Escuros estava pronto para inaugurar. A filial ficava em Williamsburg, Brooklyn, e tinha sido relativamente fácil colocar o local nos trilhos depois de arrecadar o dinheiro – as leis e grande parte da logística eram as mesmas da boate de Manhattan, e viajar no trem L, apesar de ele só passar a cada duas horas, não era difícil. A nova boate ficava num prédio que tinha sido uma catedral ortodoxa russa. Apesar de meu primo Fats ter administrado um bar clandestino numa igreja durante anos, esse era *meu* primeiro prédio "sagrado". Talvez eu devesse ter prestado mais atenção às questões espirituais, mas não fiz isso – não era minha fé e, como já mencionei, eu meio que tinha desistido da religião durante esse período da minha vida. A seu favor, o local era central e pitoresco, com paredes de tijolos amarelos e cúpulas revestidas de cobre em estilo russo. Na verdade, a parte russa me deu mais coisas para pensar do que a parte catedral, porque eu não queria associar a boate à minha família da máfia russa. Mas o Quarto Escuro era tão popular em Manhattan que achei que a possível associação não seria um incômodo. Além do mais, o preço era justo.

Eu estava me vestindo para a inauguração da nova boate quando meu celular tocou. Era Jones.

– Srta. Balanchine, tem um corpo do lado de fora da boate de Manhattan. A polícia já foi chamada, mas acho que você também deveria vir aqui.

A polícia era lenta na época, então não fiquei surpresa ao descobrir que o corpo ainda não tinha sido periciado quando cheguei. Um homem com sobrepeso estava deitado de barriga para baixo nos degraus. Não vi nenhum trauma evidente no corpo. Mesmo por trás, ele parecia familiar. Eu sabia que não se deve tocar num corpo na cena de um crime, mas não consegui evitar. Eu me abaixei e levantei a careca grande em formato de cebola, que me lembrava das cúpulas da boate de Brooklyn. A cabeça ainda estava sobrenaturalmente quente nas minhas mãos.

Era meu primo Fats, o chefe da Família.

Eu não era mais católica praticante, mas fiz o sinal da cruz.

Instruí Jones a cobrir Fats e depois colocar em volta cordas de veludo, fazendo nossos clientes contornarem o corpo do meu primo. Enquanto eu aguardava a chegada da polícia, entrei com a intenção de ligar para Mouse, que, num tempo relativamente curto, tinha conseguido se tornar a segunda pessoa na hierarquia de Fats.

– Mouse, Fats está morto.

Mouse, como eu, não era de chorar. Ficou em silêncio por vários segundos, e eu sabia que esse era seu jeito de lidar com as dificuldades.

– Você ainda está aí? – perguntei.

– Sim, eu estava pensando – disse ela numa voz que parecia calma como leite. – Devem ter sido os Balanchiadze. Pela escolha do momento. Eles sabiam que você ia inaugurar a segunda filial do Quarto Escuro e devem ter decidido matar Fats como forma de mandar um recado. É só uma teoria, mas Fats vinha brigando com eles há meses. Estava tentando proteger seus negócios.

– Por que ele não falou comigo?

– Ele queria deixar você fora disso, Annie – contou ela. – Vai haver uma discussão agora para decidir quem vai liderar a Família depois da morte de Fats. Eu me pergunto...

– Sim?

– Talvez devesse ser você. Todo mundo na *semya* te respeita muito.

– Não posso fazer isso, Mouse. Tenho um emprego e nenhum interesse em administrar a Família.

– Não, você não faria isso. Por que faria?

– Sei que você e Fats eram próximos – falei. – Você vai ficar bem?

– Eu sempre estou bem – respondeu ela.

A polícia só chegou para levar Fats às oito da noite, três horas depois de Jones ter achado o corpo. Eles o jogaram num saco preto e me disseram que a investigação estava encerrada.

– Você quer procurar provas? – perguntei a um dos policiais. – Talvez me fazer algumas perguntas?

– Está me dizendo como fazer meu trabalho, senhorita? – indagou o policial. – Olha, Fats Medovukha era um gângster de alto nível. Não tem crime nenhum aqui. Era só uma questão de tempo até ele terminar com três buracos de bala no peito. Temos situações *reais* e uma força policial com quarenta por cento do tamanho necessário para lidar com todas elas.

Senti raiva. Eu sabia que os sentimentos haviam sido os mesmos quando meu pai morreu. Meu primo não tinha culpa de ter nascido Balanchine, assim como eu também não tinha.

– Ele era meu primo – falei. – As pessoas se importavam com esse homem.

– Ah, então você conhecia o morto? Talvez a senhorita queira que eu a investigue? – falou o policial. – A vítima costuma ser próxima do agressor.

– Tenho amigos, sabe? Bertha Sinclair vem à minha boate toda semana.

O policial riu.

– A senhorita acha que ela não sabe que seu primo foi assassinado? Foi ela que nos mandou levar o corpo para o necrotério e considerar o assunto encerrado.

Eu me atrasei quatro horas para a inauguração do Brooklyn. Quando enfim cheguei, a festa estava terminando. Parecia ter sido divertida, mas eu não estava no clima de festejar, de qualquer maneira.

– O que aconteceu? – perguntou Theo.

Balancei a cabeça e disse que contaria mais tarde.

Fui pegar uma bebida no bar. Precisava clarear a mente. O sr. Delacroix se sentou ao meu lado.

– Onde você estava? – indagou ele.

Fiz um relato da minha noite. No fim, perguntei:

– Se isso tivesse acontecido quando você era promotor público, você teria agido como Bertha Sinclair? Teria jogado o corpo de Fats num saco e me falado que não haveria investigação porque meu primo era um cara mau de uma família má?

– Eu gostaria de responder que com certeza teria investigado, mas não é verdade – respondeu o sr. Delacroix depois de um tempinho. – A decisão teria dependido do que estivesse acontecendo na cidade na época.

– E quanto a mim? Se eu morresse, alguém se preocuparia em investigar?

– Anya, você agora é importante. É dona de uma empresa e traz muito dinheiro para a cidade. Sua morte não passaria despercebida.

Eu me senti um pouco melhor.

– Para a cidade, o problema não é a morte de seu primo, mas quem vai sucedê-lo. Gostamos de saber com quem vamos lidar. Sua amiga tem alguma ideia sobre isso?

Dei de ombros.

– Bem, alguém vai administrar a Família, e provavelmente seria importante você se interessar. Você não quer que eles escolham alguém cujos interesses sejam contrários aos seus.

Eu não tinha pensado nisso.

– Anya – disse o sr. Delacroix –, se Mouse estiver certa e o ataque foi um alerta para você, talvez você devesse voltar a pensar em ter segurança particular...

– Sr. Delacroix, já discutimos esse assunto antes, e minha posição não mudou. Prefiro morrer e saber que andei por esta cidade e por este planeta como uma pessoa livre. Não tenho nada a esconder e não preciso de segurança.

O sr. Delacroix sorriu para mim.

– Isso me parece nobre, mas idiota. Você de fato é uma pessoa livre, como diz. E é certo que não consigo controlar o que você faz. Só posso oferecer meus conselhos. Não acho que contratar um guarda-costas tiraria alguma coisa de você ou de suas conquistas. Mas não vamos mais discutir isso. – Ele bateu com o copo no meu. – A boate do Brooklyn foi bem, não acha?

No dia seguinte, fui chamada para uma festa na piscina, que era a sede da Família Balanchine. Eu sabia que era um sinal de respeito terem me chamado, já que, tecnicamente, eu não era mais da Família. Tentei evitar a interação com a Família nos anos que se passaram desde que abri a boate. No entanto, isso não seria mais uma opção com a morte de Fats. O sr. Delacroix estava certo quando disse que eu deveria me interessar pela pessoa que seria escolhida como chefe da Família Balanchine.

Quando cheguei à piscina, Mouse estava me esperando no saguão.

– Está todo mundo no andar de baixo.

– Estou atrasada? – perguntei. – Sua mensagem dizia quatro horas.

– Não. Você foi pontual – disse ela. – Vamos.

Um silêncio que me parecia anormal pairava no lugar, e eu comecei a me perguntar se deveria ter vindo com um guarda--costas. No passado, o sr. Kipling costumava me acompanhar às reuniões importantes da Família. Talvez tivesse sido imprudente ir sozinha e sem contar a ninguém onde eu estaria. Parei no topo do lance de escadas.

– Mouse, não estou prestes a cair numa armadilha, estou? – perguntei.

Ela fez que não com a cabeça.

– Você acha que eu não te protegeria?

Na piscina, os Balanchine estavam sentados ao redor da mesa. Reconheci, talvez, metade deles. Mas sempre havia novos rostos. A taxa de rotatividade era alta entre os Balanchine – alguém sempre morria ou era preso.

Todos se levantaram quando entrei, e eu percebi que o único lugar vazio era na cabeceira da mesa. Olhei para a cadeira vazia e me perguntei o que significava.

O que mais eu poderia fazer? Sentei.

Um primo de terceiro ou quarto grau chamado Pip Balanchine foi designado como porta-voz da Família. (Eu tinha muitos primos, mas me lembrava de Pip porque era o único com bigode.)

– Obrigado por vir, Anya. Dois anos atrás, você deu sua aprovação para Fats Medovukha administrar a Família. Naquela época, muitos de nós achamos que você deveria ser a chefe. Como deve se lembrar, eu era uma dessas pessoas.

– Sim – confirmei.

– Estamos profundamente tristes com o falecimento de Fats. No momento de sua morte, ele estava discutindo com Ivan Balanchiadze. Acreditamos que tenha sido assassinado por isso. A disputa envolvia o Quarto Escuro.

– Sinto muito por isso.

– Fats Medovukha acreditava em você e na sua causa e estava disposto a morrer pelos dois. Desde o assassinato de Fats, estamos discutindo a situação. Acreditamos que Ivan Balanchiadze e o lado russo da Família são coisa do passado. Você, Anya, é nosso futuro. Acreditamos que a legalização, e nada mais, é a chave para nossa sobrevivência.

Um homem de terno roxo falou:

– Muitos de nós temos esposas e filhos, e estamos cansados de precisar ter um olho nas costas e de ficar imaginando quando a lei vai nos pegar.

Pip Balanchine continuou:

– Pedimos a você hoje o que deveríamos ter pedido dois anos atrás. Anya, você pode levar a Família Balanchine para o século XXII?

Eu não queria liderar essa Família.

E ainda assim...

Quando olhei para os rostos pálidos e olhos claros ao longo da comprida mesa de pedra, que lembravam os do meu pai, os do meu irmão e os meus, um sentimento desconhecido começou a revirar dentro de mim.

Obrigação.

Eu sentia uma obrigação para com esses homens (e mulheres, apesar de a maioria ser homem). O fato de eu ter nascido uma Balanchine era a circunstância definidora da minha vida. O nome Balanchine tinha grudado em mim e me rotulado como violenta, selvagem, má, preguiçosa, colérica e difícil. Esses homens da Família eram tão inocentes quanto eu diante desse direito de nascença. Eu sabia que tinha que ajudá-los. Se estivesse ao meu alcance ajudá-los, eu não poderia dizer não.

Virei a cabeça e olhei para Mouse, que estava em pé atrás de mim como uma fiel conselheira. Seus olhos estavam cheios de esperança.

– Não posso administrar oficialmente a Família e meus negócios – declarei. – Queria poder, mas não posso. No entanto, quero fazer todo o possível para ajudar vocês. Suas palavras, Pip, me tocaram, e não vou abandoná-los. Quero dar mais empregos nas boates para os Balanchine. Quero acabar por completo com a dependência do suprimento de chocolate Balanchiadze. Podemos deixar o mercado negro de chocolate para outra família e, juntos, canalizar nossos esforços para fontes de receita que estejam em conformidade com a lei, como o cacau e o chocolate medicinal.

Os Balanchine estavam fazendo sinais de positivo com a cabeça.

– Mas quem vai administrar a Família? – perguntou o homem do terno roxo. – Quem vai garantir que nossos planos sejam executados?

– Talvez um de vocês – comecei, mas, enquanto falava isso, tive uma ideia melhor.

Por que não a resiliente menina de ombros estreitos em pé atrás de mim? Mouse tinha sido minha única confidente no Liberty e, correndo um risco pessoal significativo, até me ajudou a fugir. Ela era muda, intimidada, sem-teto e rejeitada pela própria família. Ninguém tinha superado mais e reclamado menos do que ela. Ninguém tinha sido tão fiel a mim. Eu confiava nela como em uma irmã. Claro que tinha que ser Mouse. Eu só precisava convencer a Família do meu jeito de pensar.

– Mas eu me pergunto se vocês considerariam a indicação de Mouse para administrar a Família em minha ausência. Eu poderia ser consultada a cada decisão. Sei que ela não é uma Balanchine, mas era o braço direito de Fats e minha amiga fiel na prisão, e eu confio nela para ser meus olhos e meus ouvidos. Acreditem em mim quando digo: nenhuma pessoa foi uma ouvinte melhor nem uma amiga mais confiável para mim do que Mouse.

Virei-me para Mouse. Seus olhos estavam brilhando.

– Tudo bem por você? – movimentei a boca sem emitir som.

Ela pegou o bloco que costumava ficar pendurado em seu pescoço. No passado, esse bloco era o único modo que ela tinha de se comunicar.

– Sim – respondeu.

– Essa é uma proposta intrigante – disse Pip. – Teremos que votar.

– Imaginei que sim – falei. – Mas, qualquer que seja o resultado, vou fazer o que puder para ajudá-los. Sou uma Balanchine e filha do meu pai.

Eu me levantei, e a Família se levantou comigo.

No dia seguinte, Mouse foi até a boate de Manhattan, seguida por Pip e uma mulher que eu não conhecia. Mouse me informou que a votação foi unânime. Por mais improvável que parecesse, uma ex-muda de Long Island tinha se tornado chefe da família Balanchine. Ela curvou a cabeça em sinal de reverência quando entrou no meu escritório.

– Espero suas instruções – disse ela.

Nos dois meses seguintes, reduzimos a quantidade de suprimento de chocolate que chegava aos Estados Unidos.

Realocamos fornecedores para novos cargos, como motorista de caminhão ou segurança. Os que não quiseram esse tipo de emprego receberam planos de aposentadoria, algo de que não se ouvia falar muito no crime organizado. (Na Família, a morte costumava ser a única opção de aposentadoria.) Usamos a mão de obra existente entre os Balanchine para transportar cacau e outros suprimentos para as novas filiais do país.

Durante esse período, os Balanchiadze ficaram em silêncio. Talvez pensassem que ainda hesitávamos por causa da morte de Fats.

– Não devemos entender o silêncio deles como aceitação – aconselhou Mouse. – Eles vão atacar quando estiverem prontos. E eu estarei de olho.

– Beba comigo – disse o sr. Delacroix uma noite na boate. – Você nunca está por perto ultimamente, e eu quase sinto como se estivesse diante do monstro do Lago Ness.

Dei de ombros. Não tinha contado a ele sobre minhas novas responsabilidades. Eu achava que minha vida já era cheia quando tinha apenas a boate para administrar, mas agora, que eu liderava em segredo uma família do crime organizado, estava absurdamente cheia.

– Não sei se você já ouviu essa história, mas estão falando que Kate Bonham se tornou a nova chefe da família Balanchine.

– Ah, é?

– Bem, é uma escolha interessante em vários sentidos. Ela não é uma Balanchine. É uma menina. Só tem vinte anos e esteve no Liberty. Você a conhecia, Anya?

Eu não disse nada.

– Reconheci o nome, claro. Posso estar velho, mas minha memória é boa. E observei você muito de perto naquele verão de 2083. Kate Bonham era chamada de Mouse na época, e acho até que ela foi sua companheira de beliche no Liberty. Que coincidência extraordinária a colega de beliche de Anya Balanchine se tornar a improvável chefe da família Balanchine.

Eu não conseguiria enganá-lo. Nunca tinha conseguido.

– Suponho que você saiba o que está fazendo. Suponho que não precise de ajuda. Posso reiterar meu pedido de que contrate um segurança, mas suponho que você vai fazer exatamente o que quiser, não importa o que eu diga.

– Como está Win? – perguntei. Eu não falava o nome do meu ex-namorado havia meses, e pronunciá-lo pareceu estranho na minha língua, como se eu estivesse falando um idioma estrangeiro. – Foi aniversário dele uma ou duas semanas atrás, não foi?

– Mudança de assunto. Você acha que o caminho para meu coração é perguntar sobre meu garoto. É uma manobra vulgar, mas vou permiti-la. – Ele cruzou as mãos sobre o joelho. – Goodwin diz que quer fazer faculdade de medicina. Acho que é uma boa profissão para ele, não acha?

– Isso não é novidade. No quarto ano do ensino médio, ele já queria ser médico.

– Bem, acho que você conhece meu filho melhor do que eu.

– Eu conhecia, sr. Delacroix. Muito tempo atrás, eu me considerava especialista no assunto, mas depois ampliei meus interesses.

XII. recebo uma visita inesperada; uma história é contada; um pedido é renovado

Em Nova York, pelo menos, abril não é o mais cruel dos meses. A neve derrete, casacos pesados e botas voltam para os armários, e, talvez o melhor de tudo, eu posso voltar a pé para casa do trabalho de novo. Às vezes, Scarlet e eu íamos juntas, e era quase como se estivéssemos na Holy Trinity.

Theo estava em São Francisco, ajudando meu irmão a montar a cozinha de lá. Ao longo do inverno todo, discutimos assuntos que incluíam ervilhas congeladas; seu flerte com Lucy, a mixologista; casacos de inverno; sua irmã Isabelle; e até mesmo a temperatura que eu mantinha no apartamento. Eu queria que ele se mudasse, mas não sabia como fazê-lo ir embora. É triste dizer isso, mas comecei a desejar suas ausências. Talvez não fosse culpa dele. Talvez eu fosse, por natureza, uma criatura solitária.

Eu estava saindo cedo do Quarto Escuro, por volta de onze da noite, quando um carro preto parou no meio-fio. Não pela primeira vez, eu me perguntei se estava prestes a levar um tiro, se era assim que tudo iria acabar. *(Mas estamos apenas na página cento e quarenta e seis do terceiro volume da minha vida, então esse certamente não é o fim. A menos, leitor, que você acredite no Paraíso – nem sempre tenho certeza se acredito.)*

A porta do carro se abriu, e um homem de terno preto se inclinou para fora.

– Carona, Anya? – perguntou Yuji Ono. Seu tom era familiar, como se tivessem se passado dias, não anos, desde a última vez que o vi.

Hesitei. Lentamente (e eu esperava que com sutileza), coloquei a mão no meu facão.

Yuji Ono riu. Quando falou, sua voz estava mais áspera do que eu me lembrava:

– Acha que eu vim te matar? Não trouxe nenhuma arma além de Kazuo, que está dormindo no hotel e que, na verdade, é pacifista. Além do mais, se eu quisesse você morta, não teria vindo pessoalmente. Teria enviado alguém para fazer o serviço. Achei que até uma novata como chefe de família criminosa saberia como essas coisas são feitas.

– O que você quer de mim?

– Uma conversa. Acho que você está me devendo. Você me recusou uma vez e, portanto, ainda está em dívida.

Apesar da associação de Yuji com Sophia Bitter, nesse ponto eu não tinha um motivo especial para acreditar que ele queria que eu morresse. De fato, eu tinha recusado sua proposta de casamento (negócios?) três invernos atrás e, apesar de não ter entendido bem sua conduta nos anos que se passaram desde então, não podia dizer com certeza que ele era meu inimigo. Além disso, eu estava curiosa.

– Venha ao meu escritório – chamei, apontando para a boate.

Ele se inclinou mais para fora do carro, ficando sob a luz, e percebi que olheiras envolviam seus olhos e que ele parecia mais magro que da última vez que o vi. Era minha imaginação ou ele estava analisando os quatro lances de escada que levavam à entrada da boate?

– Eu gostaria muito de conhecer o Quarto Escuro, mas acabei de voltar de viagem – disse ele depois de uma pausa. – Estou cansado. Podemos entrar na boate amanhã, depois da nossa conversa? Supondo que você vai sobreviver, claro. – Ele sorriu para mim com certa malícia.

A verdade era que, se Yuji quisesse minha morte, eu já estaria morta há muito tempo. Além disso, tive tanta sorte nos últimos dois anos que realmente comecei a acreditar que eu era abençoada e que nada voltaria a dar errado para mim. *(OBS.: Últimas palavras famosas.)*

Então, entrei no carro.

Orientei o motorista a nos levar até meu prédio. Quando chegamos, Yuji teve dificuldade para sair do carro, e a caminhada da rua até o saguão pareceu esgotá-lo. Apesar de ele ter tentado esconder de mim, sua respiração estava superficial e difícil.

Dei uma olhada melhor nele sob as luzes do elevador. Ainda era bonito, mas seu corpo, que sempre foi magro, estava esquelético. A pele do rosto, quase transparente, e percebi marcas perturbadoras de veias azuis sob a superfície. Os olhos estavam brilhantes, talvez até demais.

A última vez que tive notícias de Yuji foi por uma carta que acompanhava as cinzas que acabaram *não sendo* do meu irmão. Na carta, ele tinha mencionado que estava com problemas de saúde, mas isso foi anos atrás. Ainda assim, aquele não me parecia um homem saudável, nem mesmo um homem doente. Eu vi minha avó morrer; conhecia a aparência de alguém que estava morrendo.

– Yuji, você está morrendo – falei sem o menor tato.

– Pensei que estivesse escondendo muito bem – disse ele com uma risada. – Você continua direta. Fico feliz. Eu receava que, depois de adulta, suas pontas ásperas tivessem sido amaciadas. Mas, sim, é verdade. O elefante na sala é que eu estou morrendo. Estamos todos, embora seja um clichê.

– Como? Por quê?

– Tudo será revelado em seu devido tempo. Vamos sentar primeiro. Agora que meu segredo foi descoberto, não preciso mais fingir que não fico cansado com facilidade hoje em dia, minha velha amiga.

Eu não tinha certeza de que éramos amigos.

Eu o coloquei no sofá da sala de estar e fui até a cozinha pegar um copo d'água para ele.

– Quanto tempo você tem de vida?

– Os médicos dizem alguns meses, talvez um ano. Posso prolongar. Mas prefiro não fazer isso.

– Não. – Minha avó tinha prolongado.

– Chegue mais perto.

Eu me aproximei. Seus dedos estavam longos, ossudos e frios. Ele tinha perdido um dedo anos atrás, mas não se preocupava mais em colocar a prótese. Não sei por que isso me perturbou.

Eu tinha tantas perguntas. Por que ele estava morrendo? Por que tinha dito que aquelas cinzas eram do meu irmão?

Qual era sua relação com Sophia Bitter? Por que ele estava aqui agora? Mas não parecia o momento certo. Foi um grande choque ver Yuji Ono naquele estado de colapso físico. Houve uma época em que eu o considerava quase sobre-humano.

– Anya, quero começar dizendo que acompanhei sua carreira com muito interesse. Ao inaugurar o Quarto Escuro e suas filiais, você fez tudo que eu esperava que fizesse e mais do que jamais sonhei. Não quero crédito por isso, mas fico feliz pelas pequenas maneiras pelas quais posso tê-la colocado na estrada para esse sucesso.

Eu sabia que Yuji não fazia esses elogios levianamente.

– Obrigada. Nunca entendi muito bem o que aconteceu entre nós. Mas sei que você salvou a vida do meu irmão, talvez duas vezes. Já salvou a minha. E me mandou para a fazenda de cacau. Se eu não tivesse ido, talvez nunca houvesse aberto a boate. E você sempre foi muito rígido comigo. Foi a primeira pessoa que insistiu dizendo que eu tinha a responsabilidade de aprender o negócio. Não entendi isso na época, mas você foi um verdadeiro mentor para mim. E me arrependi pelo modo como nos separamos em Chiapas. Você estava, acredito nisso agora, tentando proteger a mim e aos meus irmãos quando me pediu em casamento.

– Você está se adiantando na história, Anya. Ela começa muito antes disso.

– Então me conte.

– Vou contar. Mas saiba que não vim aqui apenas para contar histórias. Minha narração vai terminar com um pedido. Apesar de ter feito uma promessa para mim, você é uma pessoa livre, e cabe a você decidir se vai honrar meu pedido. Você me recompensou com o que conquistou. Se recusar, não precisa temer por sua vida. Vou embora de Nova York e posso garantir que você nunca mais vai me ver.

A HISTÓRIA DE YUJI

Quando é que uma história começa, Anya? Se você for uma pessoa autocentrada, acho que começa com seu nascimento. Se você for centrado nos outros, talvez comece com seu primeiro amor.

Eu sempre tentei apresentar meu lado forte para você. Pode ser que você não reconheça o menino que estou prestes a descrever.

Quando eu tinha doze anos, meu pai me mandou para uma escola internacional na Bélgica.

A vida na escola foi terrível para mim. Eu era tímido demais e – devo dizer? – japonês demais para meus colegas. Não sabia como reagir às provocações, então não fazia nada. Isso piorou a situação. Minha compreensão do idioma era fraca, e comecei a gaguejar de nervoso. Isso também atrapalhou. Eu ficava frustrado pela minha incapacidade de fazer meus colegas gostarem de mim. As pessoas gostavam de mim na escola do Japão. Se você é uma pessoa de quem sempre gostaram, é difícil entender por que, sem mudar nada, você de repente se torna desagradável. É igualmente difícil virar a maré a seu favor quando as pessoas acham que você é deficiente.

Eu comia sozinho no refeitório ou na biblioteca. Um dia – eu estava lá havia uns dois meses –, uma menina se sentou na minha frente e começou a conversar.

– Você não é feio – disse ela com um sotaque alemão leve e uniforme. – Devia usar isso a seu favor. Você é alto. Aposto que poderia fazer algum esporte se quisesse. Se fizer algum esporte, vão deixar você em paz. Você vai ter uma equipe para te apoiar.

– V-V-Vai embora – falei.

Ela não se mexeu.

– Só estou tentando ajudar. Seu inglês é ruim, mas não vai ser assim para sempre. Você precisa conversar com as pessoas. Pode conversar comigo. Existem muitos motivos para eu achar que devemos ser amigos. Falando nisso, meu nome é Sophia. – Ela olhou para mim. – É nessa hora que você se apresenta. Sophia Bitter. Yuji Ono. – Ela estendeu a mão grande e suada. As unhas eram roídas até o sabugo.

Olhei para ela. Naquela idade, ela era uma criatura alta, desengonçada e cabeluda. Tudo se destacava: sobrancelhas, membros, nariz, espinhas e cabelo seboso. Sua melhor característica eram os olhos castanhos grandes e inteligentes.

– Como foi que você perdeu o dedo, afinal? – Eu usava luvas para cobrir a prótese e achava que ninguém sabia. Ela deu um tapinha no meu dedo de metal.

– Como você sabe? – perguntei.

Ela levantou uma das sobrancelhas, que pareciam lagartas.

– Eu li seu arquivo escolar.

– Isso é confidencial.

Ela deu de ombros. Sophia não dava a menor importância para a privacidade.

Contei-lhe a história. Talvez você saiba, talvez não. Fui sequestrado quando era criança. Eles mandaram meu dedo mindinho direito para meu pai como prova de vida.

– As luvas são um erro – declarou Sophia. – Elas fazem você parecer afetado. Ninguém ia zombar de uma prótese, confie em mim. Essas pessoas são falsas.

– Se você sabe tanto, por que não tem amigos? – Eu sabia que Sophia Bitter era tão excluída quanto eu.

– Meu problema é que eu sou feia – disse ela. – Mas você já deve ter percebido. Além do mais, sou grosseira e mais inteligente que todo mundo aqui. As pessoas gostam de você se for inteligente, mas não inteligente demais. Minha família também vem do chocolate. Acho que nós dois fomos mandados para esta escola para tentar disfarçar a sujeira.

Nunca conheci alguém como Sophia. Ela era sarcástica e ousada. Não ligava para o que as pessoas pensavam. Ela podia ser má, mas eu não me importava muito com isso no início. Eu tinha sido criado com pessoas que eram educadas até mesmo quando apunhalavam você pelas costas. Ela se tornou minha melhor amiga e, na verdade, a única. Não havia nada na minha vida que eu não quisesse discutir com ela.

Aceitei vários de seus conselhos, e minha vida na escola de fato melhorou. Comecei a praticar futebol americano, fiz outros amigos, parei de usar as luvas.

Meu inglês melhorou. Quando entrei para o ensino médio, outras garotas começaram a me notar. Fui convidado para um baile por uma menina chamada Phillippa Rose. Phil era muito popular, muito bonita. Fiquei empolgado e disse sim sem falar com Sophia antes.

Naquela noite, contei a Sophia quando estávamos estudando. Ela ficou muito quieta.

– O que foi? – perguntei.

– Phillippa Rose é uma *Schlampe* imunda. – Suas palavras eram venenosas.

– O que isso significa?

– Significa o que você acha que significa.

Falei calmamente que Phil me parecia muito legal.

– Você tem algum motivo para dizer isso dela?

Sophia bufou como se fosse óbvio. Você precisa entender que Sophia achava que todo mundo estava contra ela.

– Sophia, eu não a convidei. Foi ela que me convidou. – Olhei para minhas mãos. – Você queria que eu te convidasse?

– Não. Por que eu ia querer isso? Estou desapontada por você escolher socializar com uma pessoa tão falsa. Achei que você fosse melhor do que isso. – Ela se levantou e saiu.

Na próxima vez que a vi, ela não mencionou Phil, e achei que o assunto tinha sido esquecido.

No dia antes do baile, Sophia não apareceu nas aulas. Fui ao dormitório procurá-la. A menina que morava no quarto em frente me disse que ela estava na enfermaria por conta de uma intoxicação alimentar.

Fui até a enfermaria para vê-la, mas ela também não estava lá. A intoxicação era tão grave que Sophia foi transferida para um hospital.

Como o hospital era fora do campus, a escola não me deixou visitá-la até a noite seguinte. Quando cheguei lá, ela estava tomando soro na veia. Vomitou a noite toda. Parecia muito pálida, muito fraca, mas seu olhar era penetrante.

– Sophia – falei –, fiquei preocupado com você.

– Que bom – respondeu ela. – A ideia era essa.

– Não existe ninguém no mundo mais importante para mim do que você, exceto minha família – declarei. Você precisa se lembrar de que eu era um menino que estava longe de casa, e quando estamos longe, a intimidade entre amigos parece ainda maior.

Ela me deu um sorriso forçado.

– Bobinho – disse ela. – Seu baile é hoje à noite, não é? Você está perdendo.

– Não me importo – falei.

O pai dela era um pequeno produtor de chocolate na Alemanha – você sabe disso, imagino. Mas ele entrou no negócio fabricando produtos químicos. Desde muito pequena, Sophia Bitter sabia muita coisa sobre venenos.

Yuji começou a tossir. Seu rosto estava ficando azul.

– Devo chamar um médico?

Ele balançou a cabeça. Em um ou dois minutos, apesar de parecer muito mais tempo, ele estava bem.

– O que exatamente você tem? – perguntei.

– Vamos chegar a essa parte da história em breve.

– Sophia envenenou a si mesma para você não ir ao baile com a outra garota?

– Muito bem, foi isso.

– Você ficou com raiva? – perguntei.

– Não. Eu entendi. Era jovem e, na época, percebi que era um sinal do grande amor que ela sentia por mim. Achei, e ainda acho, até certo ponto, que aquele tipo de fidelidade deveria ser premiada.

Não posso dizer que estava de quatro pela Sophia. Talvez eu seja incapaz desse tipo de amor. Mas sei que faríamos qualquer coisa um pelo outro e que ela conhecia meus segredos e medos, e eu, os dela. Éramos íntimos de todas as maneiras que duas pessoas podem ser.

Nós nos formamos na escola. Meu pai tinha morrido, e eu assumi a Ono Sweets Company. Ela partiu para fazer o próprio nome na fábrica da Bitter. O motivo para os Bitter sempre terem problemas era que o chocolate tinha gosto podre. Uma formação em produtos químicos não necessariamente é a melhor para fazer um chocolate de qualidade. Ela criou um plano para diferenciar os Bitter: desbravar o mercado americano. Desde a morte de Leonyd Balanchine, sabia-se que o negócio do chocolate nos Estados Unidos estava fraco, e Ivan Balanchiadze, um homem detestável, tinha lavado as mãos em relação às operações nos Estados Unidos. O pai dela e o meu eram amigos, então Sophia pediu meu conselho. Sugeri que ela marcasse uma reunião com Mickey Balanchine, que estava alguns anos à nossa frente na escola. Parece que eles se entenderam bem, e, na próxima vez que ela me ligou, me contou que os dois estavam noivos.

Era, acredito eu, um casamento político dos dois lados. Seu primo provavelmente acreditava que estava fortalecendo a própria posição na família com uma aliança estratégica.

– Tenho uma ideia, Yuji – disse-me ela uma noite, quando eu estava na Alemanha. – E se eu causar um pequeno incidente nos Estados Unidos?

– Um incidente?

– Junto com minha chegada, pode haver um problema com o suprimento americano de Balanchine. Eu entro como noiva de Mickey e sugiro substituir o suprimento de Balanchine pelo chocolate Bitter.

– Que tipo de problema? – perguntei.

– O tipo que eu sei fazer.

– Pessoas inocentes podem morrer – falei.

– Ninguém vai morrer. Revelamos tudo antes que chegue a esse ponto.

Achei que era arriscado demais. E, como já mencionei, seu pai e o meu eram amigos. Eu não tinha nenhum interesse específico em ver a queda dos Balanchine americanos.

– Preciso de sua ajuda. Por favor, *meine Süßer*. Não posso fazer isso sozinha. Vai ser seu presente de casamento para mim.

Não recusei.

Mais ou menos um mês depois, ela me ligou.

– Está feito, Yuji.

Vim a Nova York para o casamento.

– É ridículo – disse Sophia. – Mickey é um idiota. Não aguento essas pessoas. Detesto este país. Daqui a uns dois anos, vou me divorciar dele. Vou me casar com você. Vou administrar os Balanchine e os Bitter. Teremos tudo que sempre quisemos.

Você pode me perguntar se eu estava triste por ver minha querida amiga se casar com outro homem.

Acho que eu deveria ter ficado triste.

Mas por acaso conheci a filha de Leonyd Balanchine naquela tarde. Estou falando de você.

Tínhamos nos visto uma vez, mas você era uma menininha na época. No casamento, você era quase adulta – uma jovem adulta, pelo menos. Muito durona. Gostei de você. E o envenenamento do suprimento da Balanchine pela Sophia teve um efeito inesperado. Tornou você a estrela dos Balanchine americanos. Todo mundo naquela tarde estava te observando. Você percebeu esses olhares?

Naquela noite, tive uma ideia. Não seria melhor tornar você a chefe da Balanchine Chocolate nos Estados Unidos? Deixar Mickey e Sophia administrarem a Família por uns anos, temporariamente, e depois, quando tivesse idade suficiente, você assumiria. Meus instintos me diziam que você seria uma forte parceira de negócios. Mais até do que Sophia – embora fosse inteligente, ela também era cruel e egoísta. Essas duas características são fraquezas nos negócios.

Não dividi isso com Sophia. Eu sabia qual seria a reação dela.

Tentei falar com você, mas você era, evidentemente, muito jovem. Você tinha um namorado – ainda é o mesmo? Você estava no ensino médio e levava uma vida familiar complicada.

Sophia zombou meu interesse por você, mas não me importei muito. Estava decidido a te ajudar onde pudesse. Recebi seu irmão. Ajudei você a sair de Nova York.

E é aqui que a situação se complica.

Sophia achava que Yuri Balanchine estava demorando demais para morrer. Ela queria acelerar o processo. Queria abrir caminho para Mickey ser o chefe da Família. No entanto, muitos de sua Família estavam interessados em te transformar em chefe da Balanchine Chocolate. Eu não era o único que via seu pai em você. Sophia percebeu que casar com Mickey tinha sido um erro quando ele foi pedir para você administrar o negócio junto com ele. Não tenho certeza se ela sabia que isso havia sido sugestão minha.

Sophia começou a sentir raiva de você, a vê-la como uma rival não apenas na Família, mas, acredito eu, em termos do meu afeto e do de Mickey. Você nem deve ter percebido. É assim que Sophia é: mantém suas insatisfações em segredo.

Pensei que eu soubesse um jeito de manter você longe do perigo e de deixar Sophia acuada.

Decidi fazer um pedido de casamento.

Pensei naquele dia por muito tempo.

Olhando para trás, eu fiz tudo errado.

Tentei fazer um acordo com você, mas queria ter falado de coração. Queria ter dito: *Você pode ser jovem, mas eu vejo muito potencial em você. Acredito em você.*

Quero fazer o possível para mantê-la em segurança. Sei que estou pedindo muito, mas vou dar muito em troca. Acredito que podemos ser ótimos parceiros. Acredito que podemos nos amar. Talvez sua resposta tivesse sido a mesma, mas, ainda assim, eu queria ter sido mais franco.

Não contei a Sophia que pedi você em casamento, mas ela descobriu do mesmo jeito. Ela era amiga da irmã mais velha de Theobroma Marquez, e imagino que a notícia tenha se espalhado assim. Eu nunca a vi com tanta raiva.

– Como pôde me trair desse jeito?! – gritou ela. – Vou contar à polícia o que você fez por Leo e Anya também. Vou dar um jeito de você nunca mais poder voltar aos Estados Unidos. Você nunca mais vai ver Anya Balanchine, seu idiota de mente fraca.

Perdoe-me, Anya, se não intercedi o suficiente. Eu estava magoado com sua resposta. Talvez tenha mentido quando disse que não amava você.

Mas vamos voltar um pouco. Alguma coisa aconteceu quando seu irmão estava no Japão. Ele se apaixonou pela minha irmã.

Noriko, na verdade, é minha meia-irmã, filha da amante do meu pai. Não sei se ela sabe disso. Nunca falamos nesse assunto, e sei que as pessoas acreditam erroneamente que ela é minha prima ou até mesmo minha sobrinha. Mas meu pai me avisou que ela era minha responsabilidade. Com Sophia surtada, fiquei preocupado com o que ela poderia fazer a Leo e Noriko. Decidi escondê-los. Entrei em contato com Simon Green. Eu sabia do histórico dele e também que me ajudaria e seria discreto.

A melhor opção era deixar Sophia achar que foi bem-sucedida, e foi o que fiz. Enviei as cinzas para você. Escrevi uma carta dizendo que tinha visto o corpo de seu irmão.

Você a tirou do país no fim daquele mesmo ano. Ela foi para a Alemanha. E depois foi me encontrar no Japão.

Ela disse que tinha me perdoado, mas acredito que tenha pagado a um de meus serviçais para me envenenar. Ela queria que eu sofresse porque não a amava o suficiente. Ninguém poderia, Anya.

Fiquei muito doente. Achei que fosse uma infecção contraída durante uma viagem.

Tive um ataque cardíaco. Depois outro. Meus órgãos pararam de funcionar.

Eu estava vivo, mas não por muito tempo.

Enquanto isso, você inaugurou o Quarto Escuro em Nova York. Desejei ficar bem de saúde o suficiente para ver sua boate com meus próprios olhos e agora consegui. Estou feliz por poder dizer pessoalmente como estou orgulhoso de você, Anya. Você fez o que nenhum de nós conseguiu: legalizou o chocolate.

Eu ainda tinha tantas perguntas para fazer a Yuji.

– Anya, não me arrependo de nada que fiz para ajudar você, mesmo que tenha custado minha vida. Meu único arrependimento é não ter feito mais. Você é o futuro de nossa indústria. E foi por isso que eu vim. Vou morrer, Anya, e logo. Quando isso acontecer, quero que você administre a Ono Sweets Company. Quero que você abra boates de cacau legalizado no Japão.

– Mas como, Yuji?

– Me desculpe por não poder me ajoelhar. Sinto muito por não ser jovem e saudável. Vou fazer uma pergunta que fiz muito tempo atrás. Quero que você case comigo antes que eu morra. Tenho seis meses, talvez um ano, e, quando eu partir, tudo vai ser seu. E você vai poder levar minha empresa para o futuro. Existem, no nosso mundo, muita gente que se sente ameaçada pelo que você faz, Anya, incluindo pessoas da parte russa de sua Família. Essas pessoas só podem atuar num mundo onde o chocolate é ilegal. Por isso temem a mudança. Se você se tornar chefe da Ono Sweets Company, vai poder lutar contra elas com mais facilidade.

– Yuji, eu... – Eu não sabia o que dizer.

– Construa um império comigo – disse Yuji. – Todos os recursos que eu tenho, meus empregados, meu dinheiro, tudo vai estar à sua disposição. Cada inimigo seu se tornará meu enquanto eu estiver vivo. Cada inimigo da família Balanchine será inimigo da família Ono até muito depois de eu morrer. Anos atrás, quando seu pai levou você e sua irmã até a propriedade da minha família no Japão, ele queria formar uma aliança entre as duas famílias. Meu pai não concordou. Ele tinha seus motivos, mas acredito que se arrependeu.

– Yuji, quais eram esses motivos?

– Os Balanchine russos achavam que seu pai tinha tomado decisões erradas. Ele tentou conduzir o negócio para uma direção mais ética, trocando os fornecedores de cacau e melhorando as condições nas fábricas. Isso rendeu muitos inimigos a seu pai.

– Foi por isso que ele foi assassinado? – Eu tinha perdido meu pai por causa de uma disputa envolvendo fornecedores de cacau.

– Acredito que sim, mas isso é só uma teoria, e não posso afirmar com certeza. Mas estou preocupado com você, Anya. Os Balanchiadze são cruéis, e você é inimiga deles.

– Você acha que estou em perigo?

– Eu sei que está. Mas, quando você tiver minha influência e meus recursos, eles vão tomar mais cuidado com você. – Ele pegou minha mão. – Estou tão orgulhoso – disse. – Sinto muito por não poder estar aqui para revolucionar, eu mesmo, minha empresa. Eu poderia simplesmente deixar você no comando sem nos casarmos, mas minha empresa é familiar, e o único jeito de eles a respeitarem é se você for considerada uma Ono.

– Yuji, eu não te amo. Não desse jeito.

– Mas você também não ama mais ninguém, certo?

Pensei em Theo, mas a situação não me pareceu merecer um comentário.

– Estou certo? Win Delacroix está no passado e não tem mais ninguém agora?

– Se você sabia que não havia mais nada entre nós, por que perguntou dele no início?

– Porque eu queria ver nos seus olhos. Queria ter certeza.

Na última vez que Yuji me pediu em casamento, eu tinha certeza de que só poderia amar Win.

Yuji me ofereceu sua mão.

– Nós dois entramos nessa com as cartas na mesa. Existem motivos muito piores para um casamento. – Ele me olhou. – Além do mais, tenho pouco tempo de sobra neste mundo. Não me importaria de passá-lo com você.

Eu disse que precisava pensar, depois o levei até o carro.

XIII. tenho pensamentos; estou errada em quase tudo

Não consegui dormir naquela noite.

Pensei em Win e no quanto o amei. Ele dizia que me amava, mas isso não foi suficiente para fazê-lo entender por que tive que abrir a boate.

Pensei em Theo e como ele entendia tão bem a mim e ao meu negócio. Pensei no quanto eu gostava dele. Pensei em como me senti inconsequente e má por não conseguir amá--lo como ele me amava, do jeito que eu amava Win. *O que há de tão importante em você para rejeitar o amor de um garoto tão bom?*, perguntei a mim mesma.

Pensei no quanto tentei, o inverno todo, terminar o relacionamento com Theo. Pensei que esse, sem dúvida, seria um jeito de terminar.

Pensei muito em Yuji, que tinha salvado minha vida e a de meu irmão. Pensei no bem que a união faria ao meu negócio e nas muitas pessoas por quem eu era responsável.

Pensei que Yuji não tinha muito tempo de vida.

Pensei que, quando ele morresse, não seria tão doloroso, porque nunca o amei.

Pensei nas muitas pessoas que se casaram e terminaram divorciadas ou infelizes. Pensei nos pais de Win e nos meus pais.

Pensei que o amor romântico não é um motivo muito bom para se casar. As pessoas mudam; o amor morre. Você pode, por exemplo, estar numa boate, na noite de ano-novo, e o garoto que você amava dizer que queria nunca ter te conhecido. Isso às vezes acontece.

Família. Obrigação. Legado. Quanto mais eu pensava, mais parecia que eram motivos bons e práticos para me casar.

Pensei que eu era adulta.

Pensei que sabia o que estava fazendo.

Essas foram algumas das mentiras que contei a mim mesma.

XIV. vou a uma formatura

– Como você pôde ao menos cogitar isso? – gritou Theo. Haviam se passado três semanas, e ele tinha voltado de São Francisco e me encontrado fazendo as malas e cuidando dos preparativos para ir ao Japão depois de passar em Boston. Por mais que fosse difícil acreditar, Natty estava se formando no ensino médio e ia ser oradora na cerimônia da Sacred Heart.

Theo arrancou as roupas da minha mala e as jogou pelo quarto.

– Para com isso – falei.

– Não vou parar. Vou fazer muito mais. Eu devia amarrá-la ou trancá-la num armário. Você está cometendo um erro terrível.

– Theo, por favor, você é meu amigo mais querido.

– Então, como seu amigo, não estou feliz por você – disse ele. – Você não pode me deixar por alguém que não ama.

– O amor não tem nada a ver com isso.

– Por quê, então? Você é mais rica que seu pai. Fez tudo que queria. Você não pode dever seu coração a esse homem.

– Não vou dar a ele meu coração. Só minha mão.

– Nós somos felizes, Anya. Estamos felizes há mais de um ano. Por que você quer se casar com outra pessoa?

– Não estamos felizes. Vivemos discutindo há meses. E nossa infelicidade não tem nada a ver com isso, de qualquer maneira. Vou me casar com Yuji Ono porque tenho que fazer isso. Não, porque eu *quero*.

– Yuji Ono arruinou minha prima Sophia.

– Não é verdade.

Ele mudou o tom.

– Anya, *por favor*. Precisamos conversar sobre isso. Se você ainda quiser se casar com Yuji Ono, tudo bem. Mas não tenha pressa. Por que você precisa correr?

– Ele está morrendo, Theo. E quer que eu herde seus negócios para eu fazer pela Ono Sweets o que nós fizemos em Nova York.

– *Puta* – cuspiu Theo.

– *O quê?*

– Significa prostituta.

– Eu sei o que significa. Você está me chamando de puta?

– Estou te chamando de uma pessoa que escolhe o dinheiro em vez do amor. Isso é prostituição.

– Eu não te amo, Theo. Não sei de que outra maneira nem quantas vezes devo dizer isso. E, mesmo que eu te amasse, não tenho certeza de que isso seria suficiente.

Theo resmungou alguma coisa em espanhol.

– O quê?

– Você é uma pessoa triste, Anya. Tenho pena de você.

Meu celular tocou.

– É o táxi – falei. – Estou saindo.

Ele não respondeu.

– Me dê os parabéns. Eu daria.

– Você não pode estar falando sério. Às vezes acho que nunca a conheci de verdade. – Ele saiu do quarto, e depois o ouvi sair do apartamento.

Peguei as roupas amarrotadas e joguei-as de volta na mala. Eu estaria mentindo se dissesse que meu humor também não tinha sido meio amassado pelas palavras de Theo.

Quando cheguei ao corredor, Scarlet saiu de seu quarto – ela e Felix agora ocupavam o antigo quarto de Noriko e Leo. Scarlet ainda estava usando o uniforme do Quarto Escuro da noite anterior. Devia ter dormido com ele. Mais ou menos um mês atrás, Scarlet tinha sido convocada para uma peça. Alguma coisa experimental num teatro pequeno. Sem remuneração. Sua personagem se chamava Verdade. Entre o emprego e a peça, eu mal a via, apesar de morarmos juntas.

– Anya! – disse ela. – Espera.

– Você também vai tentar me impedir e me dizer que sou uma pessoa terrível? – perguntei.

– Claro que não. Como posso julgar alguém, especialmente você, minha querida? Eu só queria dizer para você se cuidar e me ligar quando puder. – Ela me abraçou. – Além disso, deseje uma feliz formatura a Natty por mim.

Dois anos antes, eu tinha me formado numa sala com ar-condicionado quebrado. Em contraste, Natty se formou num jardim, no dia mais perfeito de maio. Fitas brancas e azul-marinho estavam penduradas nos toldos e nas árvores. As rosas floresciam, e o aroma delas perfumava o ar. A igreja criava pavões, e havia penas espalhadas pelo chão, algo que achei estranho, mas charmoso. Natty, que tinha feito um corte chanel no cabelo, estava alta e linda usando beca e capelo amarelos. No ano seguinte, ela iria para o Massachusetts Institute of Technology. Seu discurso foi sobre água e a importância de desenvolver novas tecnologias para preservá-la. Minha irmã ia ser alguém.

As pessoas se acumularam ao redor dela depois que a cerimônia terminou. Eu estava rodando por ali, em direção à parte de trás da multidão, quando senti uma mão no meu ombro.

– Annie – disse Win. – Como você está?

Eu sabia que Natty o tinha convidado – eles eram amigos em Boston, e o fato de a amizade dos dois ter sobrevivido a meu relacionamento com Win não me passou despercebido –, por isso não fiquei surpresa em vê-lo. Ele estava usando um terno de três peças cinza-claro. O corte da calça era muito estreito, e ele estava lindo como sempre. Ofereci minha mão, e ele a apertou.

– Bom te ver – falei.

Ele tinha uma pena de pavão na mão e cheirava a citrus e almíscar.

– Como você está? – perguntamos ao mesmo tempo.

Eu ri.

– Você primeiro. Seu pai disse que você ainda está pensando em fazer faculdade de medicina.

– Estou vendo exatamente o tipo de conversa que teremos aqui. Sim. Estou, sim.

– Sobre o que você quer falar?

– Qualquer coisa. O clima – sugeriu ele.

– É um dia perfeito para uma formatura.

– Seu cabelo.

– Estou pensando em deixar crescer.

– Meu voto não tem muito peso, mas eu aprovo esse plano.

Peguei a pena de pavão.

– O que é isso? – perguntei.
– Não sei bem. Talvez eu escreva um romance com ela – respondeu ele.
– Ah, é? – falei. – Será sobre o quê?
– Humm. Garota má conhece garoto bom. Pai ambicioso se mete no meio. Garota escolhe os negócios em vez do garoto. Esse tipo de coisa.
– Acho que já li essa história – comentei.
– Provavelmente porque é um clichê.
– O que acontece no fim?
– A garota se casa com outra pessoa. Foi o que ouvi dizer. – Ele fez uma pausa. – É verdade?
– É – respondi, afastando o olhar. – Mas não é o que parece.
– Você vai subir no altar?
– Vou.
Ele pigarreou.
– Bem, você sempre soube o que queria. Sempre conheceu seu coração.
– Será mesmo?
– Acho que sim – disse ele. – Eu... eu cometi um erro dois anos atrás, quando tentei lhe dizer o que fazer. Ainda acho que eu estava certo, mas eu gostava de você porque você era muito independente, muito teimosa e muito você mesma. Não se pode mudar a cabeça de Anya Balanchine em relação a nada. Eu estava errado até em tentar. – Ele olhou para minha irmã, que estava conversando com um dos professores no palco. – Você deve estar muito orgulhosa.
– Estou.
– Você fez tudo certo, Anya. Sei que ela também pensa assim.

– Fiz o melhor possível, mas tenho certeza de que cometi erros. Estou feliz porque finalmente estamos conversando numa boa – falei. – Senti saudade.

– Sério? Achei que você não sentia saudade de ninguém. Você se concentra no futuro e não olha para trás. Além do mais, sei que não ficou sem companhia nos últimos dois anos. Theo Marquez, Yuji Ono.

– Você também não! Natty diz que você tem uma namorada diferente toda vez que te vê.

– Isso deve fazer você se sentir importante. Não fico sério com ninguém. – Ele me olhou. – Você me arruinou. – Seu tom era tão brincalhão quanto possível quando se faz uma observação dessas. – Eu esperava ver você hoje. Tinha algo que eu queria dizer há algum tempo, mas depois os anos passam e as coisas não são ditas. A verdade é que eu leio sobre sua boate de vez em quando.

– É?

– Gosto de me manter atualizado. Mas esse é o contexto, não o ponto central. O que eu queria dizer é que estou muito orgulhoso de você. – Ele pegou minha mão. – Não sei nem se isso vai importar para você, mas eu queria ter dito.

Eu estava prestes a responder que era óbvio que importava, mas, naquele momento, Natty se juntou a nós.

– Win – chamou ela –, venha almoçar conosco!

– Não posso – disse ele. – Seu discurso foi ótimo, garota. – Tirou uma caixinha do bolso e deu a ela. – Para você, Natty. Parabéns de novo.

Ele abraçou Natty e depois apertou minha mão. Natty e eu ficamos olhando Win se afastar. Eu ainda estava segurando sua pena de pavão. Quase o chamei, mas decidi não fazer isso.

No almoço, Natty desembrulhou o presente. Era um pequeno pingente de prata com formato de coração.

– Ele ainda me vê como uma criancinha – comentou ela, guardando a caixa na bolsa. – Sobre o que vocês dois conversaram hoje?

– Velhos tempos – respondi.

– Ótimo. Não me conte – disse ela. – Tem certeza de que não quer que eu vá com você ao Japão? Afinal, você vai *se casar*.

– Vai ser mais parecido com uma reunião de negócios.

– Essa é a coisa mais triste que já ouvi.

– Natty. Eu já decidi. – Peguei minha agenda. – Você tem acampamento – ela era conselheira – e depois faculdade. Eu volto em setembro para ajudá-la a ajeitar seu quarto no dormitório, está bem?

– Annie, estou preocupada com você. Acho que não sabe onde está se metendo.

– Sei, sim, Natty. Escute, as pessoas se casam por muitos motivos. Só existem duas coisas que me importam neste mundo. A primeira é minha família: você e Leo. E a segunda é meu trabalho. Não sou romântica, então me casar por outro motivo que não seja amor não me importa tanto quanto poderia importar para outra pessoa. O que está fazendo eu me sentir mal agora é você me olhando com essa expressão trágica.

– Você é romântica. Você amava Win.

– Eu era uma adolescente nessa época. Era diferente.

– Você ainda é adolescente até agosto – lembrou ela.

– Tecnicamente.

Natty revirou os olhos.

– Mesmo que seja só pelas aparências, tire fotos, está bem? Do jeito que as coisas estão, pode ser minha única chance de ver você vestida de noiva.

XV. continuo a testar formas antigas de tecnologia; discuto o uso e o significado de LOL

Quando cheguei a Tóquio, uma comitiva de dez representantes da Ono Sweets Company me recebeu. Todos usavam ternos escuros. Duas mulheres exibiam cartazes que diziam BALANCHINE. Depois de muitas mesuras, recebi um buquê de tulipas cor-de-rosa, uma cesta de laranjas, uma caixa de doces da Ono e uma bolsa de seda contendo vários pares de meias com um bordado elaborado.

– A casa de Ono-san é perto daqui? – perguntei a uma das mulheres.

– Não, Anya-san, temos que entrar em Tóquio. Lá vamos pegar o trem para Osaka.

Eu tinha ido ao Japão quando criança, mas não lembrava muito de lá. Fisicamente, as partes urbanas não eram diferentes de Nova York, acho, apesar de o trem (e o ar) ser muito mais limpo. No início, a vista consistia do familiar cinza e flashes de néon de uma cidade vertical: letreiros vermelhos que indicavam lojas ou bares ou garotas; varandas impressionantes de aço e vidro com varais antigos pendurados entre elas. Achei a vista da janela relaxante porque me lembrou de casa e acabei dormindo. Quando acordei, estávamos acelerando através de uma espiral verde de floresta. O excesso de natureza me deixa ansiosa; dormi de novo. Quando acordei pela segunda vez, a vista tinha mudado de novo: oceano, arranha-céus modestos. Era Osaka.

Viajamos num carro preto comprido com janelas escuras até a propriedade Ono. Não consegui evitar a sensação de estar numa procissão fúnebre.

Por fim, chegamos a um portão com duas portas presas a muros de pedra. Um guarda acenou para entrarmos.

A casa dos Ono tinha dois andares, com paredes externas marrom-escuras e um teto de telha cinza. Ela se estendia pelo terreno, baixa mas poderosa. Um membro da comitiva explicou que a casa fora construída no estilo japonês tradicional. Havia canais ao longo do perímetro, vários laguinhos e árvores bem cuidadas. Quando chegamos à entrada da casa, eu sabia que devia tirar os sapatos. Talvez isso explicasse as meias de presente.

Kazuo, guarda-costas de Yuji, disse que minha mala seria levada até meu quarto e que o jantar estava servido para mim, se eu estivesse com fome – não estava.

– Posso dizer oi para Yuji? – perguntei. A resposta foi que ele já tinha se recolhido para dormir.

Uma criada da casa, vestida com um quimono marrom, me conduziu por um corredor. Os corredores contornavam o perímetro da construção. A criada deslizou uma porta que também funcionava como parede.

Entrei no quarto, que tinha tatames no chão e nas paredes, mas uma cama em estilo ocidental. O quarto dava vista para um laguinho ao longe. Uma gata passeava pelo chão, e me perguntei se ela era descendente da gata que eu e Natty tínhamos conhecido em nossa visita há mais de uma década. Ou talvez fosse a mesma gata. Gatos vivem muito, às vezes mais do que as pessoas.

Desfiz a mala e me deitei na cama. Parece bobagem, mas começou a parecer de importância fundamental eu descobrir qual era a previsão do tempo para amanhã, dia do meu casamento. Liguei o celular, mas ele não funcionou. Liguei o tablet; os tablets eram mais confiáveis do que os celulares em viagens. Uma mensagem apareceu na tela.

> **win-win:** *Anya?*
> **anyaschka66:** *Estou aqui.*
> **win-win:** *Eu estava torcendo para você usar seu tablet, já que ia viajar para o exterior. Está no Japão, certo?*
> **anyaschka66:** *Sim.*
> **win-win:** *Isso significa que você vai se casar amanhã.*
> **anyaschka66:** *Vai tentar me impedir?*
> **win-win:** *Nunca mais vou tentar impedir você de fazer qualquer coisa. Sou lento, mas aprendi a lição.*
> **anyaschka66:** *Garoto inteligente.*
> **win-win:** *Mas eu estava pensando que foi bom ver você na formatura da Natty.*
> **anyaschka66:** *Foi.*
> **win-win:** *Isso é cansativo. Por que nossos avós gostavam disso? Por que as pessoas não usavam o celular e ponto?*

anyaschka66: *Eles tinham muito mais acrônimos do que nós. Minha avó costumava me falar sobre eles. Ela ganhou uma competição de velocidade em mensagens de texto quando tinha uns quinze ou dezesseis anos. AMD. LOL.*

win-win: *Conheço AMD, mas o que é LOL?*

anyaschka66: *Em inglês, laughing out loud, ou seja, gargalhando.*

win-win: *Então você não precisa muito desse aí.*

anyaschka66: *O que isso quer dizer?*

win-win: *Você é meio séria. Você é tipo um funeral de garota.*

anyaschka66: *Sou engraçada.*

win-win: *Não é engraçada tipo LOL.*

anyaschka66: *LOL.*

win-win: *Espere, você está gargalhando de verdade?*

anyaschka66: *Não estou gargalhando. Provavelmente ninguém JAMAIS está gargalhando quando escreve LOL. Na verdade, estou ROTFL.*

win-win: *O que é isso?*

anyaschka66: *Eu conto na próxima vez que nos encontrarmos.*

win-win: *Quando vai ser isso?*

anyaschka66: *Talvez só daqui a muito tempo. Vou ficar no Japão pelo menos durante os próximos meses, embora eu também vá viajar para outras filiais da boate. Farei uma breve parada em Boston para a orientação de caloura da Natty no MIT.*

win-win: *Me procure se tiver tempo. Dou os parabéns pelo casamento e posso ajudar você e Natty se precisarem de um homem grande e forte para carregar caixas ou qualquer coisa assim.*

anyaschka66: *Quem é esse homem grande e forte?*
win-win: *LOL.*
anyaschka66: *Preciso ir. Vou me casar de manhã.*
win-win: *AMD.*
anyaschka66: *Olha só você, usando esses acrônimos extravagantes.*
win-win: DDT YLRPANG IS IMY IHTYMYO IKIDHARBIDWAETHY ITIMSLY IDHMR
anyaschka66: *Agora você está inventando coisas.*
win-win: *Tudo tem significado. Eu garanto.*
anyaschka66: *Acho que nenhum desses acrônimos tem a menor chance de pegar.*
win-win: *Parabéns, Annie. Parabéns, minha velha amiga. Estou falando sério. Fique bem e em segurança, e, não importa o que aconteça com nós dois na vida, vamos prometer não ficar tanto tempo sem nos falarmos de novo. LOL.*
anyaschka66: *Acho que você não está usando LOL* corretamente, Win. A menos que a última parte seja uma piada.

Ele deve ter desligado o tablet, porque não respondeu. Desliguei o meu e fui dormir.

Eu via a pena de pavão sobre a mala do outro lado do quarto. Senti como se o olho estivesse me observando, então saí da cama e guardei a pena na bainha do facão.

Naquela noite, não dormi. Pode ter sido o jet lag.

Deve ter sido apenas o jet lag.

XVI. acredito que estou tomando uma decisão muito bem pensada e calculada; tenho arrependimentos imediatos; faço o melhor possível para ignorá-los

Quando acordei de manhã, não tinha dormido nem uma hora. Minha pele estava inchada, a visão, embaçada, as mãos, suadas e a cabeça latejava.

Uma empregada de Yuji me vestiu com um quimono de seda bege-clara com bordado de flores de cerejeira, num rosa muito clarinho, na barra e nas mangas. Meu cabelo estava comprido o suficiente para fazer um coque alto no estilo tradicional japonês. Enfeites dourados pendurados em adagas surpreendentemente afiadas foram enfiados no coque. Meu rosto recebeu pó branco, minha bochecha foi pintada de rosa e meus lábios, de vermelho-sangue. Por fim, uma capa pesada de seda foi colocada sobre mim. Eu me senti fantasiada, mas talvez todas as noivas se sintam assim, não importam as circunstâncias do casamento.

As sandálias de dedo que eu estava usando me obrigavam a dar passinhos muito curtos. Fui me arrastando até o banheiro. Fechei a porta depois de entrar. Levantei o quimono e prendi o facão sob ele. Era melhor estar prevenida, pensei. Olhei no espelho e afofei o quimono.

Nós nos casamos num santuário xintoísta. Não entendi quase nada do que foi dito. Fiz que sim com a cabeça quando me perguntaram, emiti um *hai* ocasional quando parecia adequado. Bebemos saquê em pequenas xícaras de cerâmica, e um violão atonal fazia o acompanhamento. Realizamos um ato cerimonial com três galhos, e o evento acabou. Menos de meia hora, eu diria.

Olhei nos olhos do meu marido.

– O que você está pensando? – sussurrou ele.

– Não acredito que eu... que nós fizemos isso. – Eu estava prestes a desmaiar. Eles tinham apertado demais o quimono, e o peso do tecido estava fazendo o facão espetar minha coxa.

Ele riu e pareceu menos doente do que nos últimos tempos.

– De repente você parece mais saudável – observei.

– Está preocupada de eu continuar vivo?

– Yuji, claro que não. – Mas sinceramente não tinha me ocorrido que ele poderia melhorar.

Eu mesma estava começando a me sentir mal. Queria voltar a Nova York. Falei a meu "marido" que eu precisava ir me deitar. Ele me levou para uma suíte matrimonial que ficava perto do santuário.

Kazuo nos seguiu. Ele falou com Yuji em japonês.

– Kazuo quer saber se estou passando mal – traduziu Yuji. – Pela primeira vez, é a Anya! – gritou ele, feliz, para Kazuo.

Yuji e eu entramos na suíte matrimonial. Deitei-me na cama. Ele se sentou perto de mim, me observando.

Em que eu estava pensando? Como foi que me convenci de que isso fazia sentido?

Eu tinha me casado com um homem que mal conhecia.

Eu tinha me casado com ele!

E não podia descasar.

Era isso. Tinha acontecido. Era meu primeiro casamento.

Natty, Theo e todo mundo que tentou me convencer a não fazer isso estavam certos.

Eu estava hiperventilando.

– Acalme-se – disse Yuji com delicadeza. – Eu vou morrer, como prometi.

Comecei a chorar.

– Não quero que você morra.

Eu ainda estava hiperventilando.

– Posso afrouxar sua faixa? – perguntou Yuji.

Fiz que sim com a cabeça. Ele desamarrou meu quimono, e comecei a me sentir melhor. Ele se deitou ao meu lado. Olhou para mim e tocou no meu rosto.

– Yuji, você acha que sou uma pessoa má?

– Por quê?

– Porque você sabe que eu não te amo. De certa forma, me casei com você pelo dinheiro.

– Pode-se dizer o mesmo de mim. Você está prestes a se tornar mais rica do que eu, não? A verdade é que não penso em você em termos de boa ou má.

– Como você pensa em mim?

– Eu me lembro de você criança, brincando no jardim com sua irmã. Eu me lembro de você adolescente, irada e rebelde. Agora vejo você como uma mulher, tão firme e forte. Gosto mais de você agora. Gosto mais de você do que jamais gostei. É uma vergonha termos feito tudo na ordem errada, mas essa é nossa vida. Eu teria gostado, se fosse jovem e forte, de cortejar você, de fazer você me amar acima de todos os outros, de tê-la deixado encantada e a conquistado. Eu teria gostado de saber que, quando eu morresse, Anya ficaria inconsolável.

– Yuji. – Virei-me de lado para encará-lo. Meu quimono abriu, e eu o fechei.

Ele pegou a faixa e enrolou uma das pontas na própria mão.

– Eu queria poder fazer amor com você. – Ele me puxou pelo cinto em sua direção.

Meus olhos se arregalaram. Eu não era uma criatura tão arruinada a ponto de fazer amor com um homem que eu mal conhecia, mesmo ele sendo meu marido.

– Mas não consigo. Estou fraco demais. Hoje foi muito cansativo. – Ele me olhou. – Estou tomando um monte de remédios, e nada funciona como deveria.

Yuji era um homem extremamente bonito, e a doença o tinha deixado quase feio. Parecia um desenho em carvão. Na morte, ele era preto e branco.

– Acho que eu poderia ter amado você se tivéssemos nos conhecido quando eu fosse alguns anos mais velha – falei para ele.

– Que pena.

Eu o puxei para mim. Senti seus ossos se contorcendo e estalando ao meu redor. Ele devia pesar menos do que eu e também estava terrivelmente gelado. Nós dois estávamos cansados, então abri meu quimono e o fechei para nós dois ficarmos dentro dele.

– Esta vida – disse ele olhando bem dentro dos meus olhos. – Esta vida – repetiu. – Terei mais motivos para sentir falta dela do que pensei.

Pela manhã, ele não estava mais lá. Kazuo explicou que Yuji precisara retornar ao próprio quarto por causa da saúde e que íamos encontrá-lo na fábrica da Ono Sweets mais tarde naquele dia.

De volta a casa, tirei o quimono de casamento, que eu estava usando havia quase vinte e quatro horas, e voltei às roupas normais. Os criados estavam mais submissos do que antes, mas eu quase não sabia com quem eles estavam falando quando me chamavam de Anya Ono-san. Não adotei o nome dele, se você estiver se perguntando, mas meu japonês era insuficiente para explicar aos criados que, apesar do que parecia, eu ainda era Anya Balanchine.

Yuji, acompanhado de uma comitiva ainda maior de executivos do que no aeroporto, nos esperava na fábrica da Ono Sweets em Osaka. Pela primeira vez desde que cheguei, Yuji usava um terno escuro. Eu o associava a esse terno e achei reconfortante vê-lo assim de novo. Ele me apresentou aos colegas, e, em seguida, fizemos um passeio pela fábrica, que era limpa, bem iluminada e bem administrada. Não havia nenhum aroma revelador que indicasse que estavam fabricando chocolate. Parecia que o principal produto era *mochi*, uma sobremesa pegajosa feita de arroz.

– Onde está o chocolate? – sussurrei para Yuji. – Ou você o importa, como minha família?

– O chocolate é ilegal no Japão. Você sabe – respondeu ele. – Venha comigo.

Nós nos separamos do grupo principal e pegamos um elevador que desceu até um cômodo com uma fornalha. Ele apertou um botão na parede, que desapareceu, e nós entramos numa passagem secreta levando a outro cômodo com o distinto cheiro de chocolate quente. Ele apertou outro botão perto da porta.

– Gastei duzentos milhões de ienes construindo esta fábrica no subsolo – disse Yuji –, mas, se tudo progredir como espero, em breve não precisarei mais dela.

Conforme ele me conduzia pela fábrica secreta, percebi que os trabalhadores, vestidos com macacões, máscaras cirúrgicas e luvas, se esforçavam para não fazer contato visual. A fábrica tinha fornos e termômetros de última geração, caldeirões de metal e balanças e, ao longo das paredes, latas de cacau não processado. Por causa dos ensinamentos de Theo, eu sabia que esse cacau não era de primeira. A cor era ruim, e o aroma e a consistência estavam errados.

– Não dá para fazer produtos de cacau com isso – falei. – Você pode disfarçar um cacau de má qualidade no chocolate convencional com açúcar ou leite, mas não pode fazer produtos com alto percentual de cacau com isso. Você precisa trocar de fornecedor.

Yuji fez que sim com a cabeça. Eu precisava ligar para a Granja Mañana e ver se eles podiam fornecer também para a Ono Sweets.

Deixamos a fábrica secreta e subimos para encontrar o conselheiro jurídico de Yuji, Sugiyama, que explicou alguns dos desafios que nos esperariam se quiséssemos abrir uma boate como o Quarto Escuro no Japão.

– Um funcionário do Departamento de Bem-Estar vai precisar colocar um selo do governo em todos os produtos, verificando o conteúdo do cacau e os benefícios para a saúde. Isso exige muito dinheiro – explicou o conselheiro.

– No início – retruquei –, mas depois você vai economizar. Não vai precisar de uma fábrica secreta, por exemplo. E, se seu negócio for um pouco parecido com o meu, você já subornou funcionários públicos antes. Agora você vai subornar funcionários diferentes.

Sugiyama não olhou para mim e fingiu não me ouvir.

– Talvez seja melhor manter as operações como estão, Ono-san – disse ele.

– Você precisa escutar Anya-san – aconselhou Yuji. – É isso que eu quero, Sugiyama-san. É assim que deve ser. Não seremos mais uma operação Pachinko.

– Como desejar, Ono-san. – Sugiyama fez um sinal afirmativo para mim com a cabeça.

Yuji e eu saímos para esperar o carro.

– Essas pessoas são irremediavelmente conservadoras, Anya. Elas resistem a mudanças. Você tem que insistir. Vou insistir por quanto tempo conseguir.

– Aonde vamos agora? – perguntei.

– Quero mostrar onde poderia ser o primeiro bar de cacau, se você aprovar. E depois quero apresentá-la ao mundo como minha esposa.

Apesar de termos planejado inaugurar cinco filiais no Japão, o principal local que Yuji tinha selecionado era uma casa de chá abandonada no meio da parte mais urbana de Osaka. Assim que passamos pela entrada de pedra cinza, outro mundo se descortinou diante de nós. Havia árvores de sakura e um jardim com íris lilás robustas que ainda não tinham se resignado às ervas daninhas. Tudo havia crescido demais. A sensação era diferente da nossa sede em Nova York, mas o lugar poderia ficar uma graça. Até mesmo romântico.

– Você acha que vai servir? – perguntou Yuji.

– É muito diferente de Nova York – respondi.

– Quero um lugar que funcione durante o dia – disse ele. – Estou muito cansado da escuridão.

– Originalmente, eu também queria fazer isso, mas meu sócio me fez desistir. Ele disse que a boate tinha que ter um apelo sensual.

– Eu entendo. Mas os japoneses são diferentes dos americanos. Acho que vai ser melhor durante o dia aqui.

– Mas então não vai poder se chamar Quarto Escuro. – Fiz uma pausa. – O Bar das Luzes?

Ele pensou na sugestão.

– Gostei.

Uns quinze minutos depois, vários membros da mídia chegaram com Yosh, relações-públicas da empresa de Yuji, que traduziu para mim as partes da entrevista coletiva que foram feitas em japonês.

– Ono-san, ninguém o vê há meses – afirmou um dos entrevistadores. – Os boatos dizem que está doente, e de fato você parece muito magro.

– Não estou doente – disse Yuji. – E também não chamei vocês aqui hoje para discutir minha saúde. Tenho dois comunicados a fazer. O primeiro é que minha empresa vai passar por uma reorganização drástica nos próximos meses. O segundo é para apresentar esta mulher ao Japão. – Ele apontou para mim. – Seu nome é Anya Balanchine. Ela é dona da famosa boate de cacau Quarto Escuro, de Nova York, e me deu a grande honra de se tornar minha esposa.

Os flashes explodiram. Sorri para os repórteres.

A história se espalhou pelo globo. Em certas partes do mundo, tanto meu nome quanto o de meu marido eram notórios, e era digno de nota, imagino, o fato de duas famílias do crime organizado terem se unido. Na verdade, nossas famílias se uniram anos antes, quando Leo se casou com Noriko, a filha ilegítima.

Eu sabia, sem ele precisar dizer, que Yuji queria inaugurar pelo menos uma das filiais antes de morrer. E, embora eu fosse uma esposa de fachada, queria fazê-lo feliz. Durante o resto do verão, Yuji e eu trabalhamos para abrir os Bares das Luzes. Não foi fácil: as barreiras cultural e linguística eram demais. Eu me preocupava com a saúde de Yuji. Ele era tão incansável quanto um homem à beira da morte pode ser.

Mais ou menos uma semana depois de meu aniversário de vinte anos, o primeiro Bar das Luzes foi inaugurado. O clima do local era mais parecido com uma casa de chá elegante do que com uma boate. Ao entrar, um carpete de pétalas de rosas conduzia até o salão principal. Luzes de Natal minúsculas, presas a fios enrolados, estavam penduradas por toda parte, e velas apoiadas em latas prateadas amassadas iluminavam as mesas de ferro batido, que eram cobertas por um tecido branco diáfano. Yuji e eu transformamos aquele no local mais romântico imaginável – a ironia era que as duas pessoas que o criaram não se amavam.

O coração dele estava incrivelmente fraco nessa época, e ele não conseguiu ficar por muito tempo na inauguração.

– Está feliz? – perguntei no caminho de volta para casa.

– Estou – disse ele. – Amanhã vamos voltar ao trabalho. Talvez eu consiga viver o suficiente para ver a de Tóquio também.

Naquela noite, fui até o quarto de Yuji. Ele muitas vezes não conseguia dormir a noite toda. Antes de bater, verifiquei se a luz estava acesa.

– Yuji – chamei –, vou para casa ajudar minha irmã a se mudar para o dormitório, mas volto em duas semanas. Eu pediria para você ir comigo, mas, na sua condição...

Yuji fez que sim com a cabeça.

– Claro.

– Por favor, não morra enquanto eu estiver longe.

– Não vou morrer. Quer saber um segredo? – perguntou ele.

– Sempre, se vier de você.

– Vá até a janela e olhe ao lado do laguinho de carpas – disse ele.

Obedeci. A gata cinza de Yuji estava sentada ao lado de um gato preto no banco. A gata lambia o focinho do gato.

– Ah! Eles estão apaixonados, não é? Como você acha que se conheceram?

– Tem uma fazenda não muito longe daqui. Acho que ele pode ser de lá.

– Ou talvez seja um gato da cidade – sugeri. – Veio para o interior por causa da garota de seus sonhos.

– Gosto mais da sua versão. – Ele estava sorrindo para si mesmo.

Yuji deu um tapinha na cama ao seu lado, e eu me deitei ali.

– Como está se sentindo? – Ele odiava essa pergunta, mas eu queria saber.

– Estou feliz porque consegui levar a Ono Sweets para a nova era. Estamos em 2086, Anya. Precisamos estar preparados para o século XXII.

– Como está seu coração? – Fui mais específica.

– Está batendo. Por enquanto, está batendo. – Coloquei a mão no peito de Yuji, e ele se encolheu ligeiramente.

– Estou machucando você?

– Tudo bem. – Ele inspirou. – Não, tudo bem. As únicas pessoas que me tocam são médicos, então a mudança é boa.

– Me conte uma história sobre meu pai – pedi.

Yuji pensou por um instante antes de falar:

– Fui apresentado a ele não muito tempo depois do sequestro. Eu tinha medo de estranhos. Acho que já contei isso antes.

– Me conte de novo.
– Ele era um homem enorme, e eu tinha pavor dele. Ele se ajoelhou e mostrou a mão, como a gente faz quando se aproxima de um animal arisco. 'Ouvi dizer que você tem uma ferida de guerra interessante, meu jovem. Quer me mostrar?', perguntou ele. Eu tinha vergonha de não ter um dedo, mas estendi a mão mesmo assim. Ele a olhou por um tempo que parecia uma eternidade. 'Essa cicatriz deve ser motivo de orgulho', disse.

Yuji estendeu a mão para mim, e eu a beijei no lugar machucado. Anos antes, a mão do meu pai também tinha tocado aquela.

– Estou feliz porque sempre serei seu primeiro marido – disse ele.

– E o último – falei. – Não acho que eu seja feita para casar ou para o amor.

– Não sei se você está certa. Você ainda é muito jovem, e a vida costuma ser longa.

Ele caiu no sono logo depois disso. Sua respiração era difícil, e, sob minha mão, a batida do coração era tão fraca que eu mal percebia.

Quando acordei no dia seguinte, a cama estava encharcada. Então, para não envergonhar Yuji, tentei escapar sem ser vista. Ele acordou tremendo e logo se sentou.

– *Sumimasen* – disse, fazendo uma mesura. Ele raramente falava comigo em japonês.

– Tudo bem. – Olhei em seus olhos. Lembrei que a vovó sempre odiava quando as pessoas não a olhavam nos olhos.

No lençol, a urina estava manchada de sangue.

– Anya, por favor, saia.

– Quero ajudar – falei.

– Isso não tem a menor dignidade. Por favor, saia.

Mas não saí.

Seus olhos estavam arregalados e em pânico.

– Por favor, saia. Não quero você aqui.

– Yuji, você é meu marido.

– É só um acordo comercial.

– Você é meu amigo, então.

– Você não tem que fazer nada por mim. Não espero esse tipo de serviço de você. – Yuji balançou a cabeça.

Fui até ele.

– Isso não é vergonha – disse eu. – É só a vida. – Ajudei-o a sair da cama e ir até o banheiro, onde preparei um banho. Eu mal sentia o peso dele.

– Por favor, me deixe aqui – choramingou ele.

– Não – retruquei. – Não por causa do nosso acordo, mas por tudo que você já fez por mim. Você salvou a vida do meu irmão. Me ajudou a fugir do país. Falou para uma adolescente boba exigir mais de si mesma. Te ajudar na doença mal nos coloca em igualdade.

Ele fez uma mesura.

Eu o ajudei a tirar as roupas molhadas e a entrar no banho. Molhei uma esponja natural com água quente e lavei as costas dele. Ele fechou os olhos.

– Muitos meses atrás, eu estava mais doente do que agora. A dor era pior. Eles ainda estavam tentando me curar, mas eu sabia que não havia esperança – contou ele. – Pedi a Kazuo para me matar. Dei a ele a espada de samurai do meu pai. E disse: 'Você tem que cortar minha cabeça para eu morrer com alguma honra.' Com lágrimas nos olhos, ele se recusou. E falou: 'Você tem tempo. Não roube esse tempo de si mesmo. Use-o, Ono-san.' Ele estava certo. Comecei a pensar no que queria fazer com o resto dos meus dias. Seu rosto aparecia o tempo todo. E, quando fiquei bem o suficiente, fui aos Estados Unidos para tentar convencê-la a se casar comigo. Não sabia ao certo se você aceitaria.

– Eu honro minhas dívidas.

– Mas eu tinha outro plano para o caso de você não vir. Encontrar Sophia e matá-la. Eu a odeio por ter feito isso comigo.

– Eu também a odeio. – Apertei a esponja.

– Me prometa que vai matá-la se voltar a vê-la.

Por um instante, pensei no pedido.

– Não vou fazer isso, Yuji. Não trabalho com assassinatos, nem você.

Fomos criados como lobos, Yuji e eu. Ele achava perfeitamente normal me pedir para matar por ele, mas para ele era imposição demais me pedir ajuda para tomar banho.

XVII. por um breve tempo, cuido dos negócios em casa; a vida continua sem mim

E aí eu estava de volta a Boston. Fiquei aliviada de estar entre falantes de inglês novamente e de ver Natty, apesar de nada do que eu fiz naquele fim de semana ter parecido real. Era estranho estar entre pessoas da minha idade, pessoas que ainda estavam na faculdade, que não tinham se casado nem administravam empresas. O conselheiro residente do dormitório era um garoto bobo, bonitinho e moreno chamado Vikram. Ele apertou minha mão e prometeu tomar conta da minha irmã direitinho.

– Por quanto tempo você vai ficar em Boston, irmã da Natty? – perguntou ele. – Posso te levar a uns lugares legais.

Mostrei minha aliança.

– Sou casada, e já vi alguns lugares.

– Você andou tão quieta esses dias – disse Natty. Estávamos deitadas na cama dela, que tínhamos acabado de cobrir com lençóis brancos limpos.

– Estou com jet lag – respondi.

– Eu podia ter cuidado de tudo sozinha. Você não precisava vir.

– Natty, eu nunca teria perdido isso. – Rolei de lado e beijei minha irmã na bochecha macia e rosada.

Quando o fim de semana estava terminando, liguei meu tablet. Pensei em entrar em contato com Win, mas não o fiz. Teria parecido desleal com Yuji, apesar de não saber muito bem por que me sentia assim. Win não era meu namorado há dois anos, e eu duvidava que um dia voltasse a ser. Mas teria sido bom vê-lo.

Fiz uma parada em Nova York e depois em São Francisco no caminho de volta para o Japão. Em Nova York, descobri que Theo tinha saído do apartamento. Quando entrei no escritório, ele não perguntou do casamento. Só tratou de negócios.

– Anya, Luna disse que você quer mais cacau para suprir as cinco novas filiais do Japão. No início, eu não sabia se conseguiríamos; a Granja Mañana não é muito grande, sabe? Mas depois ela pesquisou sobre o assunto e descobriu que podíamos comprar uma fazenda de café abandonada a uns vinte e quatro quilômetros da Granja Mañana. Preciso saber se você falou sério sobre precisar desse cacau.

– Falei – respondi.

– *Bueno*. Vamos fazer isso, então. – Ele sorriu para mim, mas não foi um sorriso caloroso. Foi profissional. E depois saiu. Como se nunca tivéssemos significado nada um para o outro.

Achei que Theo poderia pedir demissão ou voltar para o México. Mas não fez nada disso, e eu o admirei por isso. Ele tinha conseguido um apartamento do outro lado da cidade.

Meu status de mulher da vida não foi motivo suficiente para ele abandonar o Quarto Escuro. Ele adorava nosso negócio. Adorava o que construímos apesar de me odiar.

Com a saída de Theo, Scarlet estava feliz por ter o apartamento todo para ela e Felix.

– Acho que em algum momento teremos que procurar nosso próprio espaço – disse ela na sala de estar.

– Por quê?

– Para provar que sou adulta, alguma coisa assim. Quero dizer, não posso chegar aos trinta e morar no apartamento da minha melhor amiga. E eu passei a vida toda no Upper East Side. Pode ser bom viver em outras partes da cidade. Além disso, não conheço mais ninguém que more por aqui. – Ela vinha participando de mais peças, e a maioria de seus amigos morava no centro ou em cidades vizinhas.

– Você tem notícias – baixei a voz para o caso de Felix estar ouvindo – de Gable?

– Ele me manda dinheiro, não com muita frequência, e deu uma bola de futebol americano no aniversário de dois anos do Felix. Uma bola de futebol americano do tamanho adulto. – Ela revirou os olhos.

– Vai ver ele estava pensando no futuro. Felix vai usá-la daqui a uns dez anos.

– Ele *nunca* vai usá-la. – Ela pegou o menino do chão, onde estava brincando com blocos e vestindo um quimono minúsculo que eu tinha comprado no Japão, e disse para ele: – A mamãe não quer que uma bola de futebol americano enorme e bobona machuque esse rostinho lindo. – Felix a beijou e depois a mim.

– Ele beija todo mundo – explicou Scarlet. – Ele gosta muito de beijar.

– Você também gostava.

– Cala a boca – retrucou Scarlet, rindo. – Enfim, o que é melhor do que beijar? Eu *ainda* gosto de beijar. – Ela suspirou. – Meu Deus, como sinto falta de beijar.

Felix a beijou de novo.

– Obrigada, Fê. Então, Anya, minha querida melhor amiga, devemos conversar sobre o fato de você estar casada? – perguntou Scarlet.

– Não tenho muita coisa para contar – respondi.

Almocei com Mouse. Conforme as novas filiais do Quarto Escuro foram inauguradas por todo o país, conseguimos recolocar quase noventa por cento dos Balanchine em empregos legalizados. Brindamos a nossos sucessos e conversamos sobre os velhos tempos.

– Encontrei com Rinko – disse ela. – Você se lembra dela?

– Claro que lembro.

– Bem, ela nem me reconheceu. Fui apresentada como Kate Bonham, chefe do crime da família Balanchine, e ela nem registrou que eu era Mouse, a garota que ela atormentou durante três anos na Liberty. Achei que faria a conexão entre mim e você, mas não fez.

– Ela ainda está no setor de café? – perguntei.

– Está. O pessoal do café está com dificuldades.

– Essas leis de Rimbaud são tão idiotas em relação ao café quanto ao chocolate.

– Pois é – concordou Mouse.

– Mais alguma coisa para discutirmos?

– Bem, os russos estão quietos há algum tempo. Eu não necessariamente gosto disso nem confio. No entanto, ouvi dizer que estão canalizando o suprimento excedente para outras famílias e países. Então, talvez tenham aceitado o fato de que os Balanchine saíram do negócio de chocolate. – Ela deu um gole na bebida. – Talvez saber que implicar com os Balanchine significa arrumar problema com os Ono tenha sido suficiente para acalmar todo mundo. Quem sabe? Mas eu duvido. Sem dúvida teremos notícias deles de novo. Parabéns pelo casamento, falando nisso. Eu ia comprar um presente, mas não tinha certeza se você ia querer.

– O que comprar para a filha da *mafiya* que está entrando num inevitável e trágico casamento de conveniência?

– Difícil, não é? Ela é a garota que tem tudo.

– Acho que o que eu quero é que ninguém nesta Família jamais tenha que aceitar um emprego relacionado ao chocolate ilegal de novo.

– Estou tentando, Anya.

– Eu sei que está.

Apertamos as mãos. Nenhuma de nós é do tipo de abraçar.

– Anya, espere. Antes de você ir. Obrigada.

– Pelo quê, Mouse?

– Por me recomendar para Fats. Por confiar em mim para muito mais coisas do que ninguém jamais confiou. Por nunca me perguntar qual era meu crime. Por tudo, pela minha vida toda, sério. Acho que você não tem ideia do quanto me salvou.

– Amigos fiéis são difíceis de encontrar, Mouse.

* * *

A última pessoa que eu vi antes de sair da cidade foi o sr. Delacroix. Ele me levou para jantar a fim de comemorarmos meu casamento num restaurante que abriu em frente ao Quarto Escuro. Não havia um restaurante novo naquele quarteirão há uma década.

O sr. Delacroix estava pensando em se candidatar a prefeito. Ele tinha ficado bem mais popular desde que me ajudou a abrir o Quarto Escuro. Caso se candidatasse, eu sabia que ele teria que abandonar a empresa.

– Não tenho certeza se a vida de casada combina com você – disse ele. – Você parece muito cansada.

– Foi a viagem. – Usei minha desculpa padrão.

– Acho que é mais do que isso.

Dei a ele meu olhar mais arrogante.

– Não falamos de nossas vidas pessoais, colega – retruquei.

– Tudo bem, Anya.

O garçom nos ofereceu uma sobremesa. Recusei, mas o sr. Delacroix pediu uma torta.

– Se você fosse minha filha... – disse ele.

– Não sou sua filha.

– Mas vamos fingir que é. Você me lembra um pouco dela, sabe. Se você fosse minha filha, eu ia dizer para você se libertar de toda a culpa que esteja sentindo. Talvez tenha sido certo; talvez tenha sido errado. Mas a decisão já foi tomada. Não há nada que você possa fazer além de seguir em frente.

– Você já tomou decisões das quais se arrependeu?

– Anya. Olhe com quem está falando. Sou o rei dos arrependimentos. Mas posso muito bem ser prefeito daqui a dois anos. A vida dá voltas, minha querida. Olhe para nós. Eu não era seu maior inimigo quando você tinha dezessete anos? E agora sou seu amigo.

– Eu não diria tanto, sr. Delacroix. Já foi estabelecido que somos colegas, nada mais. Aliás, vi seu filho na formatura de Natty.

– Eu sei.

– Você sempre sabe de tudo.

– Win me contou. Ele disse: 'Estou feliz por você ter ajudado Anya a abrir o negócio, pai' ou coisa parecida. Ele disse, acredite, que estava errado. Meu queixo quase caiu no chão. É impossível estar preparado para ouvir seu filho dizer algo tão chocante quanto: 'Pai, você estava certo.'

– Que boa notícia, pena que chegou tarde demais. – Girei a aliança no dedo.

– Minha querida, nunca é tarde demais. Agora, termine essa minha torta. E, por favor, durma bem. Você tem um voo longo amanhã.

– Sr. Delacroix – falei. – Se você decidir se candidatar a prefeito, vai ter meu total apoio.

– Você decidiu que não vai sentir falta de mim no Quarto Escuro.

– Não, não é isso. Eu sentiria falta de seus conselhos mais do que posso expressar. No entanto, estou disposta a sacrificar isso por um bem maior. Nesses anos em que trabalhamos juntos, você me aconselhou bem todas as vezes. Sempre que eu escutava, na verdade. E, depois de ver as Berthas Sinclair deste mundo em ação, prefiro apoiar você.

– Obrigado, Anya. O apoio e os elogios de uma colega são sempre bem-vindos.

XVIII. um novo luto

Em Osaka, o fim de setembro era o auge da estação de furacões, e meu voo atrasou vários dias por conta do clima. Quando enfim cheguei, a chuva golpeava o solo, e a vista de minha janela era uma cortina de chuva. Normalmente, essa vista teria me acalmado, mas, nessa ocasião, não foi o que aconteceu. Com base em minhas conversas com o guarda-costas de Yuji e com o próprio Yuji, e no que era e não era dito, comecei a ter medo de não conseguir ver meu marido antes que ele morresse.

Fui direto para o quarto de Yuji. Ele estava ligado a um tanque de oxigênio. Ele odiava essas medidas, então eu sabia que o fim devia estar próximo. Cada vez que eu o via, ele estava menor. Tive um pensamento estranho: se Yuji não morresse, talvez simplesmente desaparecesse.

– Prometi que não ia morrer enquanto você estivesse longe – disse ele.

– Parece que você mal conseguiu manter essa promessa.

– Como foi nos Estados Unidos?

Contei-lhe minhas aventuras, fazendo a empolgação e o humor das viagens parecerem maiores do que de fato tinham sido. Eu queria diverti-lo, acho. Ele me falou sobre o progresso que tinha sido feito nas filiais do Japão. Falamos de nossos pais, nenhum deles vivo. Sem pensar, pedi para ele dizer oi a minha mãe, meu pai e minha avó, se por acaso encontrasse com eles no Paraíso.

Ele sorriu para mim.

– Acho que você sabe que eu não vou para o Paraíso, Anya. Primeiro, não sou um homem bom. Depois, não acredito nesse lugar. E também não sabia que você acreditava.

– Sou fraca, Yuji – falei. – Acredito quando é conveniente acreditar. Não quero pensar que você pode acabar em lugar nenhum, num buraco negro.

A chuva diminuiu, e, apesar de o médico ser contra, ele quis dar uma caminhada. O terreno da propriedade era lindo, e fiquei feliz por estar ao ar livre.

O ato de andar e falar logo se mostrou excessivo para Yuji Ono, e, mesmo com o tanque de oxigênio a reboque, ele logo perdeu o fôlego. Paramos num banco ao lado do laguinho de carpas.

– Não gosto de morrer – disse ele pouco depois de regularizar a respiração.

– Você diz isso como se estivesse falando de uma comida. Não gosto de brócolis.

– Não me lembro de você ser engraçada – comentou ele.

– É minha criação. Aprendemos a manter tudo guardado. Mas não gosto de morrer. Eu preferia ficar vivo para lutar, planejar, tramar, conspirar, vencer, trair, comer chocolate, beber saquê, provocar, fazer amor, rir até a cabeça explodir, deixar minha marca neste mundo...

– Sinto muito, Yuji.

– Não. Eu não quero sua pena. Só quero dizer que não gosto disso. Não gosto da dor. Não gosto que os assuntos relacionados a meu corpo físico sejam uma discussão diária. Não gosto de parecer um zumbi.

– Você ainda é bonito – declarei. E era.

– Sou um *zumbi*. – Ele me deu um sorriso torto. – Nós devíamos ser como os peixes – disse Yuji. – Olha só. Eles nadam, comem e morrem. Não fazem dessas pequenas coisas uma superprodução.

Yuji morreu no início da manhã seguinte. Quando Kazuo me contou, baixei a cabeça, mas não me permiti chorar.

– Foi em paz? – perguntei.

Kazuo não respondeu por um instante.

– Ele estava sentindo dor.

– Ele disse as últimas palavras?

– Não.

– Deixou alguma mensagem para mim?

– Sim. Escreveu um bilhete.

Kazuo me passou um tablet. O traço de Yuji era muito fraco. Estreitei os olhos para tentar ler, antes de perceber que a mensagem estava em japonês. Devolvi o tablet a Kazuo.

– Não sei ler isso. Pode traduzir para mim?

Kazuo fez uma mesura prolongada.

– Não faz muito sentido para mim. Sinto muito.

– Tente. Se você não se importar. Talvez faça algum sentido para mim.

– Como quiser. – Kazuo pigarreou. – Para minha esposa. Os peixes não morrem com arrependimentos porque não amam. Eu morro com arrependimentos, mas fico feliz por não ser um peixe.

Fiz um sinal de positivo com a cabeça.

Fiz uma mesura.

Eu não o amava, mas ia sentir uma falta terrível dele.

Ele me entendia.

Acreditava em mim.

Isso é melhor do que o amor?

E talvez os peixes amem, sim. Como Yuji poderia saber?

Podia ser um sinal de negação, mas não levei roupas pretas para o Japão. Uma das criadas me emprestou um *mofuku*, um quimono preto de luto. Eu o vesti, depois me olhei no espelho. Parecia ter mais de vinte anos, achei. Eu era uma viúva, e talvez aquela fosse a aparência das viúvas.

O funeral começou como qualquer outro. Nesse ponto, eu já tinha estado em mais funerais do que devia. Aquele era em japonês, mas não importa muito em qual idioma a cerimônia é feita. O cômodo minúsculo tinha paredes claras de pinho, como o interior do caixão de um homem pobre, e estava tão cheio de colegas e parentes de Yuji que eu não conseguia ver quem estava nos fundos. Havia incenso queimando no altar, e o ar estava com um cheiro doce enjoativo, de pluméria e sândalo sintéticos. (Não importa o quanto vou viver, nunca deixarei de associar o aroma de plumérias à morte.) Havia orquídeas num vaso azul, e um lírio branco flutuava numa tigela rasa de madeira.

As pessoas dizem que os mortos parecem em paz nos funerais. É um sentimento agradável, apesar de não ser verdade. Os mortos parecem mortos. Talvez o corpo esteja em paz – ele não tosse nem ofega nem discute nem se move –, mas é uma casca, nada mais. O corpo que um dia foi de Yuji Ono estava vestido com as roupas do casamento. As mãos tinham sido entrelaçadas sobre sua espada de samurai preferida, posicionadas de forma a ocultar o dedo amputado. A boca fora forçada a apresentar um quase sorriso estranho, uma expressão que Yuji nunca usou na vida. Para mim, aquele não era Yuji, e isso não era estar em paz.

O sacerdote fez sinal para deixarmos incenso no altar. Depois disso, as pessoas foram ver o corpo, apesar de não haver muita coisa para ver. Ele era uma camada de carne frágil sobre uma pilha de ossos. O veneno de Sophia o matara de um jeito lento e terrível.

Apesar de ser costume cumprimentar a viúva, uma mulher de cabelo negro com um véu e um chapéu de abas largas e cor de carvão passou direto por mim no caminho até o altar. Era mais alta do que quase todo mundo no funeral.

Mesmo de costas, a mulher parecia arrasada. Os ombros se sacudiam, e ela estava sussurrando. Achei que podia estar rezando, apesar de eu não entender as palavras nem o idioma. Ela levantou a mão e a mexeu de um jeito que poderia ser o sinal da cruz. Quanto mais eu a observava, mais o cabelo parecia ter a aparência encerada de uma peruca. Alguma coisa estava errada. Eu me levantei e dei três passos até o altar.

Ia colocar a mão no ombro da mulher, mas, em vez disso, peguei seu cabelo. A peruca preta escorregou e revelou um cabelo castanho.

Sophia Bitter se virou. Seus olhos escuros e grandes estavam vermelhos, e suas pálpebras, inchadas como lábios.

– Anya – disse ela –, você achou que eu não viria ao funeral do meu melhor amigo?

– Na verdade, sim – falei. – Já que você o matou, as boas maneiras rezam que você não deveria vir.

– Não tenho boas maneiras – retrucou ela. – Além do mais, só o matei porque o amava.

– Isso não é amor.

– E o que você sabe sobre amor, *liebchen*? Você se casou com Yuji por amor?

Eu a empurrei contra o caixão. Estávamos chamando a atenção das outras pessoas.

– Ele me traiu. – Sophia insistiu. – Você sabe que sim.

Senti meus dedos começarem a se esticar na direção do facão. Pensei em Yuji me pedindo para matá-la, mas, para o bem ou para o mal, eu ainda não era uma assassina. Sophia Bitter tinha cometido atos abomináveis, mas em minha lembrança surgiu a imagem da menina que Yuji me descreveu. Sophia tinha sido jovem, impopular e envergonhada. Ela se achava feia, apesar de não ser mais do que sem graça. Ela tinha matado talvez a única pessoa no mundo que a amou. E pelo quê? Poder? Dinheiro? Chocolate? Ciúme? Amor? Sei que ela disse a si mesma que era por amor, mas não podia ser.

– Vá embora – ordenei. – Você já fez sua homenagem, se é que vale para alguma coisa, e agora tem que ir embora.

– Ainda vou ver você, Anya. Boa sorte na inauguração das outras filiais no Japão.

– Isso é uma ameaça? – Eu a imaginei causando uma confusão numa das nossas inaugurações.

– Você é uma jovem muito desconfiada – comentou ela.

– Talvez. Se estivéssemos nos Estados Unidos, eu mandaria te prender.

– Mas não estamos. E envenenamento é o crime perfeito. É necessário ter paciência, e é muito difícil provar.

– Falando nisso, quais são seus planos para depois do funeral?

– Vamos almoçar? – perguntou ela. – Conversinha de menina e chocolate. Infelizmente, vou embora amanhã. Você não é a única que tem uma empresa para administrar, apesar de agir como se fosse. Isso não nos dá tempo para conversar. Que pena.

– Sinto pena de você – falei. – Ele te amava, e você o matou, e agora ninguém jamais vai te amar de novo.

Seus olhos ficaram pretos de ódio. Eu sabia, enquanto estava falando, que nada tinha tanto efeito sobre aquela mulher quanto fazê-la acreditar que os outros a achavam digna de pena. Ela veio na minha direção, mas eu não tive medo. Sophia era fraca e burra. Chamei Kazuo e pedi que ele a levasse até a porta.

XIX. juro ficar sozinha

Apesar de estar no meio do dia, voltei para a casa de Yuji a fim de dormir no meu quarto. Eu estava psicologicamente cansada, talvez fisicamente também. Deitei-me na cama sem nem tirar o quimono preto.

Quando acordei, passava da meia-noite, e o quarto parecia sufocante e mofado. Minhas roupas cheiravam a incenso, e eu precisava de uma caminhada, de ar fresco. Apesar de não estar muito preocupada com minha segurança, amarrei o facão por baixo do quimono.

Segui o mesmo caminho de pedra que eu tinha feito com Yuji poucos dias antes. Cheguei ao laguinho de carpas e me sentei no banco de pedra antigo. Observei os peixes laranja, vermelhos e brancos nadando e pulando. Contemplei-os. Era tão tarde – será que esse tipo de peixe gostava de festas? Quando é que eles dormiam? *Será* que dormiam?

Afrouxei o quimono que a criada amarrou com força demasiada.

Olhei para as mãos e para a aliança. Essa experiência tinha acabado, pensei.

A lua estava brilhando naquela noite, e eu pude ver meu reflexo na água. Olhei para Anya Balanchine enquanto os peixes nadavam em seu rosto. Ela parecia estar à beira das lágrimas, e eu a odiava por isso. Tirei a aliança e joguei nela.

– Você escolheu isso – lamentei. – Você não tem permissão para ficar triste.

Eu tinha vinte anos. Havia me casado e agora era viúva. Naquele instante, decidi que nunca mais iria me casar. Eu não gostava da joia que dizia que você tinha um dono, da pompa pretensiosa dos casamentos, nem do fato de que unir sua vida à de alguém era um convite à dor. Por amor ou por qualquer outro motivo, eu não era do tipo de casar, ou talvez o casamento não fosse para mim.

A transação fez sentido com Yuji, mas o acordo todo tinha se tornado muito complicado. Eu não via motivo para unir minha vida à de ninguém no futuro. Se alguém se casava por amor, sempre deixava de amar (como meus pais, os pais de Win). Se alguém se casava pelos negócios, o relacionamento se recusava a continuar no campo econômico. Além do mais, eu trabalhei muito, fiz escolhas difíceis e construí algo que não era a casa dos sonhos de uma adolescente com olhos brilhantes. Eu não queria herdar a história nem os erros de outra pessoa e também não queria que os meus fossem herdados. Além do mais, que tipo de pessoa me aceitaria sem me julgar? Quem entenderia por que fiz todas as coisas que fiz? Eu estava sentada naquele duro banco de pedra num país estrangeiro no meio da noite e pensei: por que diabos eu me casaria de novo?

Assim, decidi ficar sozinha. Talvez eu tivesse um ou outro amante ocasional. (A garota católica em mim ficou escandalizada com a ideia; falei que tínhamos sido expulsas da escola católica para ela calar a boca.) Theo tinha sido meu amante, e veja só como havia funcionado bem. *Definitivamente* era melhor ficar sozinha. Eu preencheria meu tempo livre com hobbies produtivos. Poderia ler, como Imogen, me inscrever em um curso de culinária, aprender a dançar, fazer trabalho voluntário com órfãos, me envolver mais na vida de Felix como sua madrinha. Eu escreveria minhas memórias.

(OBS.: *Mesmo muitos anos depois*, é difícil *admitir. Casar com Yuji Ono, apesar do bem que fez ao Quarto Escuro, pode ser registrado como o pior erro da minha vida. Como qualquer pessoa que leu estes registros sabe, cometi muitos. Naquela noite, eu não estava muito preparada para admitir que o erro tinha sido meu e talvez não da instituição do casamento em si.*)

No meio desses pensamentos, senti algo me atingir nas costas, sob a omoplata esquerda. Parecia errado, mas também não parecia significativo. Parecia não ser algo cortante, ter tamanho médio e ser inofensivo. A sensação era de uma bola de beisebol ou uma toranja. Mas, quando olhei para baixo, meu peito tinha sido perfurado pela ponta cintilante de uma lâmina. De repente, a lâmina se retraiu, e comecei a sangrar. Não doía muito, mas era o efeito da adrenalina. Tentei pegar meu facão sob o quimono, mas a roupa era tão volumosa que não consegui pegá-lo rapidamente. Quando virei o pescoço para ver o que estava vindo, a lâmina penetrou de novo – desta vez, em algum ponto da lombar. Tentei me levantar, mas meu pé direito falhou, e eu caí, batendo com o queixo e o pescoço no banco de pedra. Acima de mim, Sophia Bitter segurava uma espada. Seu olhar dizia que ela não ia parar até eu morrer.

Como ela tinha conseguido entrar na propriedade? Quem mais estava com ela? Não tive nem um instante para raciocinar. Eu queria viver. Precisava de tempo para pegar o facão, então decidi conversar com ela.

– Por quê? – Minha voz era pouco mais do que um sussurro; feri a laringe ao cair no banco. – O que foi que eu te fiz?

– Você sabe o que fez. Eu preferia envenená-la, mas não tenho tempo nem acesso. Tenho que me virar com isto. – Ela recuou a espada e a levantou no ar.

– Espere – sussurrei o mais alto que consegui. – Antes de me matar... Yuji me deu um recado para você. – Era uma estratégia patética de minha parte, e eu não tinha muita fé de que ia funcionar.

Ela revirou os olhos, mas baixou a arma.

– Fale – disse ela.

– Yuji me disse...

– Mais alto – ordenou ela.

– Não consigo. Minha garganta. Por favor. Mais perto.

Ela se agachou de modo a ficar cara a cara comigo. Eu sentia sua respiração no meu rosto. O cheiro era levemente ácido, como se ela tivesse bebido café. Pensei em meu pai fazendo café para minha mãe no fogão. *Ah, papai, seria legal ver você de novo.* Senti as pálpebras começarem a fechar.

– Fale – repetiu ela. – O que Yuji disse?

– Yuji disse... Ele era tão lindo, não era?

Sophia me deu um tapa no rosto, mas eu nem senti.

– Pare de enrolar!

– Yuji disse que os peixes não têm arrependimentos porque...

– Isso não faz sentido.

Eu estava prestes a desmaiar quando senti uma coisa fazer cócegas na minha coxa. Por incrível que pareça, era a pena de pavão que coloquei na bainha do facão – a pena de Win. Pegue o facão, pensei. Facões foram feitos para cortar, não para perfurar, e meus ferimentos me deixavam em séria desvantagem. Mas eu sabia que era minha única chance.

Envolvi os dedos no facão. Levantei o braço o mais alto que consegui e golpeei para a frente, perfurando o que eu esperava ser o coração. Puxei o facão. Ela caiu no laguinho de carpas, e, estranhamente, eu me lembro de sentir culpa por perturbar os peixes.

Sophia Bitter uma vez me deu um bom conselho. O que foi que ela disse?

Não é demonstração de força ferir uma pessoa quando se teve a oportunidade de matá-la.

Tentei gritar para chamar Kazuo, mas minha voz não funcionava. Eu sabia que estava sangrando depressa, que ia morrer se não conseguisse socorro médico em breve.

Tentei me levantar, mas não consegui. Minha perna esquerda parecia morta. Não havia tempo para sentir medo. Eu me arrastei ao longo do caminho de pedra. Talvez fossem uns trezentos metros até a casa, e eu sabia que estava deixando um rastro de sangue atrás de mim.

Meu coração estava batendo mais rápido do que nunca. Eu me perguntei se ele poderia se esgotar.

Quando eu estava quase na metade do caminho, um homem com um gancho no lugar da mão saiu dos arbustos. Eu o conhecia. Minha vantagem, naquele momento, não era poder correr mais rápido que alguém, mas o fato de estar no nível do chão.

– Sophia! – gritou o homem.

Obviamente, ela não respondeu.

Eu o vi olhar para o rastro de sangue, mas ele não parou para analisar que o rastro ia em direção a casa e parou. Naquele instante, a gata de Yuji Ono começou a andar na direção do laguinho de carpas. Ao me ver, parou – fiquei preocupada de ela vir na minha direção –, depois miou, atraindo a atenção do homem. Ela continuou na direção do laguinho, e ele a seguiu.

Consegui me arrastar até o quarto de Kazuo. A adrenalina estava começando a se esgotar, e a dor era lancinante. Arranhei a porta. Kazuo tinha sono leve e logo se levantou.

– Sophia Bitter está morta. O guarda-costas dela está na propriedade. Pode haver outras pessoas, não sei. Além disso, acho que preciso ir para o hospital – consegui dizer.

Sempre achei que ia morrer jovem. Achei que ia morrer por algum motivo relacionado ao crime e ao chocolate, mas foi o amor de Sophia (e minhas próprias escolhas ruins) que me derrubou.

Meu Jesus, pensei pouco antes de meu coração parar, Sophia realmente tinha amado Yuji Ono. Eu quase ri: algumas pessoas nunca deixavam para trás os namorados de escola.

A ERA DO AMOR

xx. depois de jurar ficar sozinha, nunca fico sozinha

Quando acordei, eu estava num leito de hospital. Sem saber por quê, eu sabia que desta vez era diferente de todas as outras em que tinha me ferido. Eu não sentia dor, mas havia uma dormência peculiar e nefasta no meu corpo.

A enfermeira em miniatura falou alguma coisa animadora em japonês. Parecia que ela estava dizendo: "Oba, você não está morta!" Mas eu não sabia decifrar. Ela saiu correndo do quarto.

Instantes depois, um médico entrou, e com ele o sr. Delacroix e minha irmã.

Eu sabia que, se Natty tinha sido chamada para o Japão, o que eu tinha devia ser sério. Ela pegou minha mão.

– Anya, você acordou, graças a Deus.

Seus olhos se encheram de lágrimas. O sr. Delacroix ficou num canto, como se estivesse sendo punido. Não me pareceu especificamente estranho ele ter vindo, já que havia negócios a cuidar no Japão. Como eu estava indisposta, ele ou Theo teria que fazer a viagem.

Tentei falar, mas havia tubos em minha garganta. Eu os puxei, e a enfermeira agarrou minha mão.

– Você lembra o que aconteceu? – perguntou o médico. Foi um alívio ele falar inglês.

Fiz que sim com a cabeça, a única resposta que eu conseguia dar.

– Você foi atacada e esfaqueada. – Ele me mostrou uma figura: eu estava representada como a silhueta de uma menina, e havia uma série assustadora de Xs vermelhos para indicar as áreas de trauma. A menina parecia ter cometido muitos erros.

– O primeiro ferimento foi abaixo da omoplata e atravessou seu peito até abaixo da clavícula. Nessa passagem, ele atingiu de raspão a parede do coração. O segundo ferimento penetrou na lombar, atingindo nervos no lado esquerdo da coluna vertebral. É por isso que você não consegue sentir seu pé esquerdo.

Fiz que sim com a cabeça – pelo mesmo motivo de antes.

– Por sorte, o ferimento foi em um local muito baixo. Se tivesse sido um pouco mais acima, sua perna toda poderia ter parado de funcionar. Se tivesse sido um pouco mais no centro, você poderia ter ficado totalmente paralisada. A outra boa notícia é que seu pé direito deve funcionar com perfeição, e é provável que você consiga voltar a andar normalmente, mas não podemos dizer quanto tempo isso vai levar.

Assenti, mas pensei em revirar os olhos para deixá-los confusos.

– Quando a parede do coração foi atingida, desencadeou uma série de incidentes cardíacos. Tivemos que fazer uma cirurgia cardíaca para reconstituir a parede e fazer o coração voltar à função normal. Você quebrou o tornozelo, por isso vai notar que seu pé está engessado. Achamos que você deve ter tentado se levantar em algum momento depois de ter sido esfaqueada e também torcido o pé.

Eu não tinha percebido, mas agora via que estava engessado. Não fazia muita diferença, já que, ao que parecia, meu pé não funcionava mesmo, e, obviamente, esse era apenas um dos muitos problemas.

– Além disso, sua laringe foi muito machucada, mas, como você está entubada, ainda não sabemos o resultado desse ferimento. Você está tomando morfina, e a dor deve permanecer sob controle por enquanto. Não quero amenizar a situação, srta. Balanchine. Você tem uma longa recuperação pela frente.

Ele não precisava dizer a última frase. O fato de ter demorado mais de dois minutos para descrever superficialmente meus ferimentos era um sinal muito claro de que eu não poderia sair dali por algum tempo.

– Vou deixá-la com seus amigos – disse o médico e saiu.

Natty sentou na cama e imediatamente começou a chorar.

– Annie, você quase morreu. Está doendo?

Balancei a cabeça. Não doía. Isso ficaria para mais tarde.

– Vou ficar aqui até você melhorar – disse ela.

Balancei a cabeça de novo. Eu estava feliz em vê-la, mas, mesmo na condição atual, não conseguia pensar em nada pior do que ela ficar comigo quando deveria estar na faculdade.

O sr. Delacroix veio até o lado da cama. Ele não tinha falado nada durante toda a cena.

– Eu, é claro, vou às inaugurações das filiais japonesas enquanto você estiver fora da ativa.

Eu queria dizer obrigada, mas não consegui.

Ele me olhou com olhos firmes e sem emoção. Fez um sinal de positivo com a cabeça e saiu.

Natty me beijou, e, apesar de eu só estar acordada havia menos de meia hora, caí no sono.

E agora uma pequena ironia: eu, que pouco tempo antes tinha jurado ficar sozinha, nunca ficava sozinha. Nunca me senti tão humilhada. Eu não podia fazer nada sozinha. Não podia ir ao banheiro sem ajuda. Não podia comer sem ajuda. Levar a mão direita até a boca poderia abrir os pontos nas costas e no peito, então fui instruída a ficar muito parada. Eu era pior do que um bebê, porque era pesada e não era fofinha, para dizer o mínimo.

Eu não podia tomar banho. Não podia pentear o cabelo. Não podia andar pelo quarto, obviamente. Quebraram minhas costelas durante a cirurgia para consertar o coração, então elas também doíam. Por um tempo, fui considerada frágil demais até para ser colocada numa cadeira de rodas. Não vi o mundo durante semanas. Doía falar, então eu evitava, mas doía ainda mais escrever. Então eu sussurrava. Mas o que eu tinha para dizer? Eu não me sentia mais inteligente. Não me importava com as notícias de casa. Não me importava com a Família nem com as boates.

Eu já tinha estado num hospital antes; já havia ficado doente. Mas isso não se comparava de nenhuma maneira a essas outras ocasiões. Eu não podia fazer nada além de ficar deitada na cama e olhar pela janela. Não havia uma vingança a tramar. Eu tinha matado Sophia Bitter e estava cansada.

A polícia veio me ver. Como Sophia tinha me atacado, o caso pareceu muito claro para eles. Nós duas éramos estrangeiras, *gaijin*, e por isso ninguém se importava muito com ela nem com meus motivos para matá-la.

* * *

Depois de uma semana, mais ou menos, eu já não tinha mais muita vergonha. Quem se importava se meus seios estavam expostos quando eles tiraram os pontos do meu peito? Quem se importava se a camisola do hospital abria quando tiravam o lençol debaixo de mim? Quem se importava se eu não conseguia fazer nada sem a ajuda de pelo menos uma pessoa? Desisti de me preocupar. Não lutei contra ninguém, como minha avó tinha feito. Eu sorria com doçura e deixava que cuidassem de mim. Eu era como uma boneca quebrada. Acho que as enfermeiras gostavam muito de mim.

Embora eu tivesse parado de me preocupar com quase tudo, minha única inquietação era Natty. Ela tinha se defendido muito bem nos primeiros dias. Apesar de eu estar toda machucada, não corria mais risco de morrer. Eu queria que ela voltasse para a faculdade.

– Tenho uma enfermeira e não gosto que você fique longe da faculdade – consegui dizer numa voz tão alegre quanto podia.

– Mas você vai ficar tão sozinha – retrucou Natty.

– Não estou sozinha, Natty. Eu nunca fico sozinha.

– Não é a mesma coisa, Argônio, e você sabe disso. Você quase morreu. Os médicos dizem que você tem meses de recuperação pela frente. Você não pode viajar, e eu não vou deixá-la aqui.

Tentei sentar, mas não consegui.

– Natty, eu não acho relaxante ter você aqui. Acho relaxante saber que você está na faculdade, aprendendo coisas importantes.

– Isso é ridículo, Annie. Eu não vou deixar você!

Do canto mais escuro do quarto, o sr. Delacroix falou:

– Eu fico com ela.

– O quê? – disse Natty.

– Eu fico, assim ela não vai estar sozinha.

Natty se empertigou. Eu já tinha visto aquela expressão facial muitas vezes antes – uma combinação ameaçadora entre rainha e gângster – em minha avó.

– Com todo o respeito, sr. Delacroix, não vou deixar minha irmã com você. Eu nem o conheço tão bem e, do que eu sei, não tenho muita certeza se gosto.

– Confie em mim, Natty – falou o sr. Delacroix. – É melhor assim. Eu fico com ela. Já estou cuidando dos negócios no Japão. – Ele tirou o paletó e o colocou na cadeira, como se indicasse que planejava ficar por um tempo. – Você se lembra do ano em que ela foi para o Liberty?

– Sim, é exatamente por isso que não gosto de você – comentou Natty.

– Sua irmã basicamente abriu mão da própria liberdade a fim de que você pudesse ir para o acampamento de gênios em Amherst, e eu consegui fazer esse acordo com Anya por causa do grande amor que ela sentia por você. E o que ela queria naquele ano não é diferente do que ela quer agora. Respeite a vontade dela e vá. Você pode me ligar quantas vezes quiser, e eu levo Anya para casa quando ela puder viajar no verão.

Natty virou-se para mim.

– Você prefere ficar com ele do que comigo? Você prefere o pai desagradável de Win, que a gente costumava odiar? Quero dizer, até mesmo o filho dele, que é o garoto mais legal do mundo e se dá bem com todas as pessoas, o odeia.

Claro que eu preferia ficar com Natty, mas, mais do que isso, eu queria que ela voltasse para a faculdade.

– Sim – respondi. – Além do mais, ele não deveria fazer alguma coisa por mim pelo menos uma vez na vida?

Natty se virou para o sr. Delacroix.

– Se ela piorar um tiquinho, você me avisa imediatamente. Você precisa vir aqui pelo menos uma vez por dia e garantir que ela esteja sendo bem cuidada. E também espero relatórios. – Ela saiu do quarto bufando e, três dias depois, estava de volta ao MIT.

– Obrigada – agradeci a ele mais tarde naquele dia, ou talvez no dia seguinte. Eu durmo muito, e os dias se misturam. – Mas você não precisa vir me ver com tanta frequência. Tenho enfermeiras. Vou ficar bem e não posso fazer besteira, na minha condição.

– Eu prometi à sua irmã – disse o sr. Delacroix. – E sou um homem de palavra.

– Não é não.

– Anya – falou o sr. Delacroix –, você quer conversar sobre alguns detalhes dos negócios comigo? O Bar das Luzes em Hiroshima está...

– Não importa. Tenho certeza de que suas decisões serão ótimas.

– Você precisa tentar.

– Tentar o quê? Não tenho que fazer nada além de ficar deitada aqui, sr. Delacroix.

Eles estavam diminuindo a dosagem de morfina naquela semana, e esse tipo de aventura era mais bem vivenciado na solidão.

XXI. estou fraca; reflito sobre a natureza transformadora da dor; meu caráter está definido

O sr. Delacroix veio todos os dias e costumava ficar durante muitas horas. Tenho certeza de que eu era uma péssima companhia. Certo dia, no fim de outubro, ele trouxe um tabuleiro de xadrez.

– O que é isso? – perguntei. – Acha que eu quero jogar?

– Bem, estou entediado com você – disse ele. – Você não quer discutir os negócios e não diz nada nem um pouco divertido, então pelo menos a gente pode jogar xadrez.

– Não sei jogar – retruquei.

– Ótimo. Isso nos dá alguma coisa para fazer.

– Se está tão entediado comigo, por que não volta para os Estados Unidos? Você deve ter negócios lá.

– Prometi à sua irmã – respondeu ele.

– Ninguém espera que você cumpra suas promessas, sr. Delacroix. Todo mundo sabe como você é.

Ele ajeitou um travesseiro na minha cabeça. Sentar era desconfortável para mim, mas tentei não reclamar.

– Está bom assim? – perguntou com delicadeza.

Trinquei os dentes e fiz que sim com a cabeça. Não havia uma única parte de mim que funcionasse ou parecesse ser como antes. Pensei em Leo, quando ele sofreu o acidente, em Yuji e, é claro, na minha avó. Eu não tinha sido paciente o bastante com nenhum deles.

Ele colocou o tabuleiro de xadrez na minha bandeja de cama.

– Os peões se movem para a frente. Eles parecem sem graça, mas é de acordo com a movimentação dos peões que se perde ou ganha o jogo, algo que um político como eu sabe perfeitamente. A rainha é muito poderosa. Ela pode fazer tudo que quiser.

– O que acontece se ela se machucar?

– O jogo continua, mas é mais difícil ganhar. É melhor cuidar bem de sua rainha.

Peguei a rainha preta e a envolvi na mão.

– Eu me sinto tão idiota, sr. Delacroix – falei. – Você me avisou várias vezes para contratar um guarda-costas. Se eu tivesse ouvido, não estaria nesta situação. Você deve estar feliz por estar certo.

– Neste caso, não estou nem um pouco feliz por estar certo, e você não devia se culpar. Você não seria si mesma se não insistisse em fazer as coisas do seu jeito.

– Meu jeito parece bem idiota agora.

– Isso é passado, Anya – disse ele numa voz casual. – Nós somos o que somos. Sophia Bitter era uma psicopata, e fiquei surpreso por você ter conseguido sobreviver. Agora, o cavalo talvez seja a peça mais difícil de dominar. Ele se move numa trajetória em L.

– Como você sabe que o cavalo é macho? – perguntei. – Pode ter qualquer coisa debaixo daquela armadura.

Ele sorriu para mim.

– Boa garota.

No fim de novembro, tive alta do hospital e voltei para a casa de Yuji Ono. Uma enfermeira foi junto comigo, e ela me colocou no antigo quarto de Yuji, que era o mais conveniente da casa. Tentei não pensar no fato de que o último habitante do quarto tinha morrido de um jeito lento e doloroso.

Em dezembro, eu me movia com a ajuda de um andador. Em fevereiro, usava muletas. No meio de março, tirei o gesso, revelando um pé espetacularmente sem vida, em tons doentios de amarelo, verde e cinza. Estruturalmente, também não parecia saudável: o arco estava achatado; o tornozelo, fino como meu punho; e os dedos, encurvados de um jeito estranho e inútil. Olhei para aqueles dedos e me perguntei para que eles tinham servido algum dia. Eu preferiria ter evitado o espetáculo de ver meu pé, apesar de isso não ser uma opção – eu tinha que olhar para ele constantemente, porque ele não funcionava! Quando eu colocava o pé no chão, não sentia o piso. Eles me deram um imobilizador e uma bengala. Eu me arrastava pela casa como um zumbi. É mais do que chato instruir o cérebro a mover a perna e depois a perna a mover o pé, e então ter que prestar atenção em onde está o chão a cada passo.

Quanto ao restante do meu corpo? Não era o que eu podia chamar de atraente. Cicatrizes cor-de-rosa e grossas subiam pelo peito, por baixo do ombro, desciam pela lombar, atravessavam o pescoço, sob o queixo, desciam pela perna e pelo pé.

Algumas cicatrizes eram do ataque; outras vieram das medidas que os médicos tiveram de tomar para salvar minha vida. Eu parecia mesmo uma garota que foi esfaqueada por alguém maluco e passou por uma cirurgia cardíaca. Quando saía do banho, eu tentava não me olhar muito de perto. Tentava usar vestidos longos, largos e com gola alta, que o sr. Delacroix dizia que me faziam parecer uma daquelas pioneiras que desbravaram os Estados Unidos.

A verdade era que as cicatrizes não me incomodavam muito. Eu estava mais preocupada com o fato de que meu pé não funcionava direito e mais incomodada com a dor constante que eu sentia por causa dos danos nervosos causados pela perfuração na coluna vertebral.

Dor... por um longo tempo, eu só pensava nisso. A pessoa conhecida como Anya Balanchine foi substituída por um corpo dolorido. Eu era uma bola latejante, dolorosa, monstruosa e mal-humorada. Tenho certeza de que não era uma companhia agradável. (Antes eu já não era o que se pode chamar de pessoa animada.)

Como eu tinha medo de escorregar e cair, fiquei muito tempo dentro de casa naquele inverno.

Comecei a me ocupar com a leitura.

E jogava xadrez com o sr. Delacroix.

Comecei a me sentir um pouco melhor a cada dia. Até pensei em ligar o tablet, mas decidi não fazer isso. Nas condições atuais, eu não queria ter notícias de Win. Mas falava com Theo, Mouse e Scarlet por telefone. Às vezes, Scarlet colocava Felix na linha. Ele não era muito de conversar, mas eu gostava de falar com ele assim mesmo. No mínimo, nunca me perguntava como eu estava me sentindo.

– O que você tem feito, garotão? – perguntei.

O que estava acontecendo era que meu afilhado de três anos tinha uma namorada. O nome dela era Ruby, e ela era mais velha – tinha quatro. Ela o havia pedido em casamento, mas ele não sabia muito bem se estava preparado. Ela era legal a maior parte do tempo, mas, caramba, como sabia ser mandona! Ele não tinha certeza absoluta, mas achava que poderia ter sido levado a se casar com ela. Houve um incidente ambíguo envolvendo um beijo dentro de um armário e uma lata de massinha que foi dada por empréstimo ou de presente. Como ele não tinha um grande vocabulário, essa história demorou quase uma hora para ser contada, mas tudo bem. Eu tinha tempo.

E então, como o mundo é impiedoso, chegou a primavera.

As árvores de sakura da propriedade de Yuji floresceram, o solo descongelou, e comecei a ter menos medo de cair. Havia até sinais de vida no meu pé morto, e eu meio que conseguia chegar aonde queria ir, apesar de levar um milhão de anos.

Às vezes eu caminhava até o laguinho onde fui atacada. O passeio que me levava menos de cinco minutos seis meses antes agora levava quarenta. Os peixes ainda estavam vivos. O sangue tinha sido lavado. Não havia provas de que eu matara alguém ali e que eu quase fora assassinada. O mundo também é impiedoso.

Com muita frequência, o sr. Delacroix ia comigo. Ainda não falávamos muito dos negócios, algo que sempre acontecia antes. Em vez disso, conversávamos sobre nossas famílias: o filho dele, a esposa, minha infância, a infância dele, minha mãe, meu pai, meus irmãos, minha avó. Ele ficou órfão quando era pequeno. O pai dele, viciado em café, tinha se matado quando as leis de Rimbaud entraram em vigor. Ele foi adotado aos doze anos por uma família rica, se apaixonou por uma menina aos quinze – a ex-esposa, mãe de Win. Ele estava arrasado pelo divórcio e ainda amava a esposa, apesar de aceitar que estava errado e de ter pouca esperança de que houvesse um final feliz em seu futuro.

– Foi por causa da boate? – perguntei a ele. – Foi por isso que você se divorciou?

– Não, Anya. Foi muito mais do que isso. Foram anos de negligência e escolhas ruins de minha parte. Você tem mil chances de fazer uma coisa certa. São muitas chances, por sinal. Mas elas acabam se esgotando.

O sr. Delacroix me encorajou a sair da propriedade de Yuji, nem que fosse por uma tarde, mas eu estava relutante. Preferia mancar por um lugar onde ninguém pudesse me ver.

– Algum dia você vai ter que sair daqui – disse ele.

Tentei não pensar nisso.

No penúltimo domingo de abril, o sr. Delacroix insistiu que saíssemos.

– Tenho um motivo contra o qual você não tem argumentos.

– Duvido – retruquei. – Posso argumentar contra qualquer coisa.

– Você esqueceu que dia é hoje?

Nada me veio à mente.

– É Páscoa – contou ele. – O dia em que até católicos relapsos como você e eu vão à igreja. Estou vendo que você é mais relapsa do que eu pensava.

Eu era muito mais do que relapsa. Acreditava piamente que estava além da redenção. Desde a última vez que fui à missa com Scarlet e Felix, eu tinha matado uma pessoa. Não há motivo para acreditar no Paraíso quando você tem certeza de que só pode parar no Inferno.

– Sr. Delacroix, você não pode ter encontrado uma igreja católica em Osaka.

– Existem católicos em toda parte, Anya.

– Estou surpresa de você ir à igreja até mesmo na Páscoa – disse eu.

– Suponho que você esteja falando isso porque sou muito mau. Mas os pecadores merecem ainda mais uma dose anual de redenção, não acha?

O pátio tinha estátuas em granito da Virgem Maria e de Jesus. Ambos com feições japonesas. Normalmente, Jesus me lembrava Theo, mas, em Osaka, ele se parecia mais com Yuji Ono.

A liturgia era a mesma de Nova York – a maior parte em latim, apesar de as partes em inglês serem em japonês. Não foi difícil acompanhar. Eu sabia o que estava sendo falado e também quando devia baixar a cabeça para concordar, quer meu gesto fosse sincero ou não.

Acabei pensando em Sophia Bitter.

Eu ainda via seu rosto quando enfiei o facão em seu coração. Sentia o cheiro do sangue dela misturado com o meu.

Se tivesse chance, eu a teria matado de novo.

Então, era provável que eu não fosse para o Paraíso. Nenhuma confissão ou ida à igreja poderia me redimir agora. Mas a missa de Páscoa foi bonita. Fiquei feliz por ter ido.

Nós dois decidimos pular a parte da confissão. Quem sabe o padre não falasse inglês?

– Você se sente renovada? – perguntou o sr. Delacroix na saída.

– Me sinto igual – respondi. Eu queria perguntar se ele tinha matado alguém, mas duvidava que sim. – Quando tinha dezesseis anos, eu costumava me achar muito má. Sempre me confessava. Sempre achava que estava errando com alguém. Minha avó, meu irmão. E tinha pensamentos ruins em relação a meus pais. E, é claro, os pensamentos impuros normais com que as adolescentes estão acostumadas, nada muito pesado. Mas, desde então, pequei de verdade, sr. Delacroix. E não consigo deixar de rir daquela menina que se achava tão terrível. Ela não tinha feito nada. Exceto, talvez, nascer na família errada, na cidade errada e no ano errado.

Ele parou de andar.

– Mesmo agora, o que você fez?

– Não vou listar tudo. – Fiz uma pausa. – Matei uma mulher.

– Em legítima defesa.

– Mesmo assim, eu queria viver mais do que queria que ela vivesse. Uma pessoa boa de verdade não teria se deixado matar naquele laguinho de carpas?

– Não.

– Mas, mesmo que isso seja verdade, eu não era inocente. Ela não me escolheu ao acaso. Ela me escolheu porque percebeu que eu tinha roubado uma coisa dela. E provavelmente tinha.

– A culpa é inútil, Anya. Lembre-se: você é tão boa hoje quanto vai ser amanhã.

– Você não pode acreditar nisso com sinceridade.

– Tenho que acreditar – disse ele.

Faltando um dia para terminar abril, perguntei a ele:

– Sr. Delacroix, por que ainda está aqui? Você deve ter negócios nos Estados Unidos. Quando saímos, você estava falando em se candidatar a prefeito.

– Meus planos mudaram – disse ele. – Não desisti disso.

Chegamos ao laguinho, e ele me ajudou a sentar no banco.

– Você sabe que eu tive uma filha, não sabe?

– A irmã de Win, que morreu.

– Isso. Ela era bonita, como você. Tinha a língua afiada, como eu. E também como você. Jane e eu a tivemos quando éramos jovens, ainda no ensino médio, mas por sorte os pais de Jane tinham dinheiro, então isso não afetou nossas vidas de uma maneira tão drástica quanto poderia se não tivéssemos dinheiro. Minha filha ficou doente. Foi exaustivo para todo mundo. Minha ex-esposa, meu filho. Alexa lutou muito por pouco mais de um ano, depois morreu. Minha família nunca mais foi a mesma. Eu não podia mais ficar em casa. Fiz coisas das quais não me orgulho. Eu os obriguei a mudar para Nova York a fim de que eu assumisse um emprego na promotoria pública. Achei que poderia ser um novo começo, mas não foi. Eu não aguentava ficar com minha esposa nem com meu filho, porque isso me deixava muito infeliz.

– Essa história é muito triste – comentei.

– Você quer que ela fique ainda mais triste?

– Não. Meu coração está machucado. Não vai aguentar ouvir isso.

– Meu filho, no ano de 2082, se mudou para Nova York e, uma semana depois de começar as aulas numa escola nova, uma semana depois do que deveria ser nosso recomeço, se apaixonou por uma garota parecida com a irmã morta. Não exatamente na aparência, mas no comportamento, no jeito. Ela tinha aquele tipo raro de autoconfiança que nem mesmo mulheres adultas costumam ter. Se o garoto percebeu isso, nunca falou, e parecia alegremente inconsciente. Mas, na primeira vez que a vi, fiquei chocado.

– Não percebi isso.

– Sou muito bom em disfarçar o que estou sentindo.

– Como eu.

– Como você. E questionei as motivações de meu comportamento quando você e meu filho ficaram juntos. E, mais tarde, na velhice, até me arrependi.

– Você? Arrependido?

– Um pouco. Agora estamos em 2087, e tenho uma nova chance. Theo estava disposto a vir para Osaka, mas eu queria fazer isso. Ajudar você tem sido uma redenção para mim. Uma redenção que eu não achava que sequer tinha o direito de desejar.

– Só porque eu me pareço com sua filha?

– Sim. Mas também por sua causa. Você faz parte da minha vida. Eu te chamei de colega, mas você estava certa em dizer que era minha amiga. Senti que o mundo todo tinha desistido de mim depois daquela eleição, mas você, que tinha todos os motivos para ser cruel comigo, não desistiu. Se lembra do que me disse?

Eu me lembrava.

– Disse que não tinha desistido de você. Você tinha sido uma chateação enorme para mim. Como eu poderia ter desistido de você? Aliás, eu estava sendo legal – falei.

– Por mais que seja verdade, isso aconteceu numa época em que pouquíssimas pessoas estavam sendo legais comigo, e, bem, sua amizade, desde então, significou mais para mim do que eu talvez consiga expressar. Sou uma pessoa difícil de conhecer. Então, estou aqui porque preciso estar aqui. Estou aqui porque sei como você é. Sei que não teria pedido a ajuda de que precisava. Você é orgulhosa e teimosa, e eu não podia deixá-la num país estrangeiro, toda machucada e sozinha. Muito tempo atrás, você fez uma boa ação por mim, e, apesar do que você ou o mundo possa pensar de mim, eu pago minhas dívidas.

Tinha começado a chover, e o sr. Delacroix me ajudou a sair do banco. Ele me ofereceu o braço, e aceitei. O caminho estava escorregadio com a umidade, e era difícil meu pé ruim passar por ali.

– Você está bem melhor – disse ele. – Vá devagar.

– Não tenho escolha além de ir devagar.

– Já é quase verão, Anya. Você está muito melhor do que estava, e os Bares das Luzes estão quase concluídos. Acho que nós dois devíamos voltar para Nova York.

Não respondi por um instante. O mundo que eu tinha abandonado, com suas escadas e ônibus e garotos e tramas e gângsteres, parecia demais até mesmo para considerar.

– O que foi? – perguntou o sr. Delacroix.

– Sr. Delacroix, se eu contar uma coisa, promete não me julgar? Eu me sinto fraca por dizer isso, mas estou com medo de voltar. É tão difícil lidar com a cidade. Eu me sinto melhor, mas sei que nunca mais vou ser a mesma. Não quero enfrentar a Família nem as pessoas da empresa, e ainda não me sinto forte o suficiente para voltar à minha vida.

Ele fez que sim com a cabeça. Achei que ia me dizer para não ter medo, mas não disse.

– Você se machucou muito, entendo por que você pode estar se sentindo assim. Vou pensar num plano.

– Eu não quis dizer que você precisa fazer alguma coisa a respeito. Só queria dizer como estava me sentindo.

– Anya, quando você me conta um problema, eu faço todo o possível para consertá-lo.

No dia seguinte, ele propôs uma solução.

– Minha ex-esposa, a srta. Rothschild, tem uma fazenda perto de Albany, numa cidade chamada Niskayuna. Lembra que ela é fazendeira?

Eu me lembrava. Win costumava ajudá-la. Na primeira vez que o vi, me lembro de achar que suas mãos não pareciam as de um menino da cidade.

– A fazenda é incrivelmente tranquila. E Jane adoraria hospedar você e sua irmã durante o verão. Você pode descansar sem o fardo da vida na cidade. Vou te visitar quando puder. E, no fim do verão, você volta para Nova York como uma nova mulher, tenho certeza.

– E ela não tem raiva de mim por causa da boate?

– Isso foi anos atrás, e ela culpa a mim, não a você, por qualquer coisa que possa ter acontecido. Ela sempre ficou horrorizada com meu comportamento em relação a você, como você pode ter imaginado. Se tiver receio de Win estar lá, acredito que ele esteja num curso preparatório de medicina em Boston. Ele não vai estar em Niskayuna por mais do que alguns dias no fim de agosto, no máximo.

– Ótimo. – Eu não estava em condições de vê-lo.

– Então você vai?

– Vou – respondi. – Sempre quis sair da cidade no verão.

– Você nunca fez isso? – perguntou ele.

– Teve um ano em que quase fui para o Cena de Crime para Adolescentes no Verão, um programa para aspirantes a criminologista, em Washington, DC, mas fiz um acordo com o assistente da promotoria que me colocou no Liberty Children's.

– Imagino que a experiência tenha ajudado a definir seu caráter.

– Ah, sim. E muito. – Revirei os olhos. – Apesar de não faltar esse tipo de experiência na minha vida.

– Neste momento – disse ele –, acho que podemos considerar que seu caráter está definido.

XXII. experimento o verão; como um morango; aprendo a nadar

A casa em Niskayuna era branca com persianas cinza. Na parte de trás havia um deque, e o rio Mohawk, suave, passava por ali. Ao lado havia a terra cultivada – eu via plantações de pêssego, milho, pepino e tomate. O lugar parecia o verão para mim, mas não o tipo de verão que eu conhecera. Era o verão que eu imaginava que outras pessoas, mais afortunadas, viviam.

A srta. Rothschild me recebeu com um abraço seguido imediatamente por uma expressão de preocupação.

– Ai, minha querida, você está pele e osso.

Eu sabia que era verdade. Na última consulta com o médico, eu estava pesando menos do que pesava aos doze anos. Estava magra como um doente.

– Olhando para você, sinto vontade de chorar. O que posso lhe dar para comer?

– Não estou com fome – falei. A verdade é que eu tinha perdido o apetite depois de ser atacada.

— Charlie — disse ela para o ex-marido —, essa situação não pode ficar assim. — Ela se virou para mim. — Quais são suas comidas preferidas?

— Não sei se tenho alguma — respondi.

Ela me olhou com uma cara horrorizada.

— Anya, você *tem que* ter uma comida favorita. Por favor, me explique. O que sua mãe fazia para você?

— Você sabe, meus pais morreram quando eu era muito nova, e minha avó estava doente, e eu era responsável pelas refeições, então basicamente fazia qualquer coisa que saísse de uma caixa ou sacola. Não sou muito fã de comida e acho que, hum, é por isso que meio que parei de comer. Não vale a preocupação. Durante um tempo eu gostava de *mole*, mas agora isso me traz lembranças ruins. — Eu estava divagando.

— Você não gosta nem de chocolate? — perguntou a srta. Rothschild.

— Não é meu favorito. Quero dizer, eu entendo as pessoas gostarem, mas não é minha comida predileta. — Fiz uma pausa. — Eu gostava de laranjas.

— Infelizmente, não estou cultivando laranjas neste momento. — Ela franziu a testa. — Eu levaria três meses para plantar e, até lá, você vai ter ido embora. Os Friedman, aqui perto, podem estar cultivando, então eu talvez consiga fazer uma troca. Enquanto isso, que tal um pêssego?

— Não estou com fome mesmo — falei. — Obrigada. Estou viajando há muito tempo. Você se importa de me mostrar meu quarto?

A srta. Rothschild resmungou para o ex-marido pegar minha mala. Ela me deu o braço.

– É tranquilo subir escadas?

– Não muito.

– Charlie disse que talvez fosse o caso. Tenho um quarto para você no térreo. É meu quarto preferido e tem vista para o deque.

Ela me conduziu até o quarto, onde havia uma cama larga de madeira com lençol branco em cima.

– Espere – falei. – Este é seu quarto? – Parecia muito a suíte principal.

– Durante este verão, será seu – contou ela.

– Tem certeza? Não quero roubar seu quarto. O sr. Delacroix disse alguma coisa sobre um quarto extra.

– A cama é grande demais para mim, de qualquer maneira. Estou dormindo sozinha ultimamente e talvez por tempo indefinido. Quando sua irmã chegar, ela pode dividir o quarto com você se quiser. É grande o suficiente. Ou ela pode ficar em outro no andar de cima.

Ela me deu um beijo no rosto.

– Me avise se precisar de alguma coisa – disse ela. – Estou feliz por você ter vindo. A fazenda gosta de visitantes, e eu também.

No dia seguinte, o sr. Delacroix foi para a cidade, e minha irmã chegou.

Minha irmã não estava sozinha, se bem que eu não deveria ter ficado surpresa.

– Win – falei. – Eles não me disseram que você vinha. – Eu estava sentada à mesa da cozinha. Não me levantei. Não queria ter que andar na frente dele.

– Eu quis vir – explicou ele. – Sempre gostei desta casa, e o curso de verão que eu ia fazer acabou não dando certo. Natty disse que vinha, e eu achei que poderia viajar com ela.

Natty me abraçou.

– Você está péssima, mas, ao mesmo tempo, muito melhor – disse ela. – Péssima e melhor.

– Uma análise confusa – falei.

– Me mostre onde é o quarto. A mãe de Win disse que a gente poderia dividir. Vai ser como quando éramos crianças. – Win ainda estava nos observando, e eu não queria ter que me levantar da mesa na frente dele. Acho que não queria que ele sentisse pena de mim.

– Win pode te mostrar – sugeri. – É o quarto principal. Chego lá daqui a um minuto. Quero terminar de beber água.

Natty me analisou.

– Win – disse ela –, você pode me deixar sozinha com Annie por um segundo?

Win fez que sim com a cabeça.

– Foi bom ver você, Annie – disse ele de um jeito casual ao sair.

Ela baixou a voz.

– Alguma coisa está errada. O que é?

– Bem, eu me movimento como uma velha, e é meio difícil me levantar dessa cadeira sem a bengala, que deixei ali. – Apontei para o armário. – E eu fico... bem... é... fico com vergonha.

– Annie – disse ela –, que tolice! – Deu dois passos fáceis e graciosos, pegou a bengala e me deu.

Natty me ofereceu o braço, e fiquei de pé, desengonçada.

– Este lugar não é lindo? – perguntou ela, entusiasmada. – Estou tão feliz de estar aqui. A mãe de Win não é muito bonita e simpática? Ela parece muito com ele, não é? Temos muita sorte.

– Natty, você não devia ter convidado Win.

Ela deu de ombros.

– A casa é da mãe dele. Claro que ele ia vir. Além do mais, foi o pai dele que convidou, não eu, então achei que você não teria problema com isso. Vocês dois não são unha e carne agora?

Sr. Delacroix, pensei, *et tu*, *Brute*?

– Win já sabia que eu vinha e me perguntou se *eu* queria viajar com *ele*, e não o contrário. – Ela parou para me olhar. – Conviver com ele não vai ser horrível para você, vai?

– Não, claro que não. Vai ser tranquilo. Tem razão. Não sei qual foi meu problema na cozinha. Acho que fiquei surpresa. A verdade é que ele é uma pessoa diferente, e eu também. E essas duas pessoas novas nem se conhecem.

– Então não existe nenhuma chance de tentar reacender o romance? É muito romântico aqui.

– Não, Natty. Tudo isso já acabou. E eu não tenho interesse nenhum em ter um romance com ninguém, no momento. Talvez nunca mais.

Ela parecia querer dizer alguma coisa, mas mordeu a língua.

Jantamos na varanda, mas eu ainda não estava com fome. Apesar do que falei para Natty, eu sentia raiva do sr. Delacroix por ter me convidado, raiva de Win por ter vindo e raiva de

Natty por não saber o suficiente para pedir a Win que ficasse em Boston. Pedi licença antes da sobremesa, que era bolo de pêssego, e fui para a cama.

Como se tornou um costume, acordei ao amanhecer para me arrastar pela fazenda. Eu sabia que precisava de exercícios, mas não queria que ninguém me observasse. Depois eu mancava até uma espreguiçadeira no deque e me deitava para ler um livro.

Todo dia, Win e Natty faziam passeios, como andar de caiaque, ir ao mercado dos fazendeiros e andar a cavalo. Eles tentavam me incluir, mas eu resistia.

Numa tarde, eles voltaram para casa com uma caixa de morangos de uma fazenda próxima.

– Escolhemos para você – disse Natty. Seu rosto estava vermelho, e o cabelo preto comprido estava tão brilhante e sedoso que eu achei que quase poderia usá-lo como espelho. A verdade é que não me lembrava de tê-la visto tão bonita. Sua beleza me atingiu como algo agressivo e quase ofensivo. Era um lembrete de que eu *não estava bonita* naquele momento.

– Não estou com fome – retruquei.

– Você sempre diz isso – comentou Natty, colocando um dos morangos na própria boca. – Vou deixar aqui para você, então. – Ela os colocou na mesa perto da minha espreguiçadeira. – Posso trazer mais alguma coisa?

– Estou bem.

Ela suspirou e fez cara de que ia discutir comigo.

– Você devia comer – sugeriu ela. – Você não vai ficar boa se não comer.

Peguei meu livro.

Depois, naquela mesma tarde, pouco antes do pôr do sol, Win voltou ao deque. Pegou a caixa de morangos, que eu não havia tocado. Não tínhamos nos falado muito desde que ele chegou. Eu não achava que ele estava me evitando, mas eu, de fato, era uma péssima companhia e não fazia nada para puxar conversa.

– Ei – disse ele.

Fiz que sim com a cabeça.

Win estava vestindo uma camisa branca. Ele enrolou as mangas. Pegou um único morango vermelho e perfeito da caixa. Removeu com cuidado a coroa de folhas. Se ajoelhou em um dos joelhos ao lado da minha espreguiçadeira. Colocou o morango no meio da palma da mão e, sem me olhar, estendeu a mão para mim, como se eu fosse um cachorro velho que pudesse ficar com raiva dele.

– Por favor, Annie, coma só esse – disse ele num tom suave e implorando.

– Ah, Win – falei, tentando manter a voz calma. – Estou bem. Sério, estou bem.

– Só esse – implorou. – Pelos velhos tempos. Sei que você não é minha e eu não sou seu, então provavelmente não tenho o direito de lhe pedir para fazer nada. Mas odeio vê-la tão frágil.

Isso poderia ter me magoado, mas foi dito com uma delicadeza incrível. Além do mais, eu sabia como estava minha aparência. Eu era pele e osso, cabelo bagunçado e cicatrizes. Não estava tentando morrer de fome de um jeito dramático. Estava cansada e sentindo dor, e isso consumia o tempo que eu antes dedicava a me alimentar.

– Acha mesmo que um morango vai fazer diferença?

– Não sei. Espero que sim.

Inclinei a cabeça e peguei com a boca o morango da mão dele. Por uma fração de segundo, deixei os lábios pousarem sobre a palma de sua mão. O sabor era doce, mas delicado e estranho, selvagem e meio azedo.

Ele afastou a mão e a fechou com determinação. Um segundo depois, saiu sem dizer uma palavra.

Peguei a caixa e comi outro morango.

Na tarde seguinte, ele me trouxe uma laranja. Descascou e me ofereceu um gomo, do mesmo jeito que tinha me oferecido o morango. Colocou o restante da laranja na mesa e saiu.

Na tarde depois dessa, ele me trouxe um kiwi. Pegou uma faca e tirou a pele. Ele o cortou em sete fatias e colocou uma na mão.

– Onde foi que você conseguiu um kiwi? – perguntei.

– Tenho meus segredos – respondeu ele.

E depois me trouxe um pêssego enorme – cor de laranja rosada e perfeito, sem um único amassado ou arranhão. Ele pegou uma faca no bolso e estava prestes a cortá-lo quando eu coloquei a mão na dele.

– Acho que vou comer o pêssego todo, mas você tem que prometer que não vai me olhar. Eu sei que vou fazer uma sujeira.

– Como quiser – concordou ele. Pegou o livro e começou a ler.

O suco escorreu pelo meu queixo e pelas minhas mãos, como eu esperava. O pêssego era carnudo e tão bom que quase chorei enquanto o comia. Eu ri pelo que parecia a primeira vez em meses.

– Estou tão suja – falei.

Ele pegou um lenço no bolso e me deu.

– Era do pomar da sua mãe?

– Sim, me pareceu um pêssego especialmente bom, por isso guardei para você. Mas as outras frutas eu saio com a Natty e troco nas fazendas pelas plantações da minha mãe.

– Eu não sabia que essas frutas todas podiam ser cultivadas na mesma estação.

– Veja com seus próprios olhos. Você pode ir com a gente – sugeriu ele. – Mas isso significa sair dessa espreguiçadeira.

– Estou presa a essa espreguiçadeira, Win. Temos um relacionamento.

– Estou vendo – comentou ele. – Mas Natty e eu não nos importaríamos de contar com sua companhia se a cadeira puder liberá-la. Sua irmã está preocupada com você.

– Não quero que ninguém se preocupe comigo.

– Ela acha que você está deprimida. Você não come. Não quer ir a lugar algum. Está muito calada. E, é claro, ainda tem essa espreguiçadeira.

– Por que ela não me diz isso pessoalmente?

– Você não é a pessoa mais fácil do mundo para conversar.

– O que você quer dizer? Eu sou fácil de conversar.

– Não é não. Houve uma época em que eu fui seu namorado, ou você se esqueceu? – Sua mão estava pendurada no lado da espreguiçadeira, e seus dedos roçaram nos meus. Tirei a mão.

De repente, ele se levantou e me ofereceu a mão.

– Venha comigo – chamou. – Quero lhe mostrar uma coisa.

– Win, eu adoraria, mas me movimento muito devagar agora.

– É verão no norte de Nova York, Annie. Nada se movimenta muito rápido. – Ele me ofereceu a mão.

Olhei para a mão, depois olhei para o garoto grudado a ela. Era meio assustador. Naqueles dias, eu não gostava de ir a lugares aonde nunca tinha ido.

– Você ainda confia em mim, não é?

Agarrei a bengala que estava debaixo da espreguiçadeira e peguei a mão dele.

Andamos por uns oitocentos metros, uma longa distância quando seu pé não se movimenta sem esforço.

– Já está arrependido de ter me chamado para vir com você? – perguntei.

– Não – respondeu ele. – Eu me arrependo de várias coisas quando se trata de você, mas não disso.

– Se arrepende de ter me conhecido, imagino.

Ele não respondeu.

Eu estava sem fôlego.

– Já estamos chegando? – perguntei.

– Faltam uns cento e cinquenta metros. É naquele celeiro ali.

– Estou sentindo cheiro de café?

De fato, Win tinha me levado a uma cafeteria clandestina. No balcão dos fundos, uma máquina antiga de *expresso* soltava vapor e zumbidos, alegre e sem saber que estava fabricando uma droga. A parte superior da máquina era uma redoma de cobre amassado que me lembrou uma catedral russa. Win pediu uma xícara para mim e depois me apresentou ao proprietário.

– Anya Balanchine? – disse ele. – Ah, você é nova demais para ser Anya Balanchine. Você é uma verdadeira lenda urbana. Quando é que vai fazer pelo café o que fez pelo chocolate?

– Bem, eu...

– Eu gostaria que um dia minha cafeteria não tivesse que funcionar num celeiro. Café grátis para Anya Balanchine. Ei, Win, como está seu pai?

– Ele vai se candidatar a prefeito.

– Mande lembranças minhas, por favor.

Win disse que mandaria, e o proprietário nos levou até uma mesa de ferro batido perto da janela.

– As pessoas das redondezas estão impressionadas com você – disse Win.

– Escute, Win, me desculpe por ter estragado suas férias. Eu não sabia que você estaria aqui. Seu pai disse que você só ia ficar alguns dias em agosto.

Win balançou a cabeça, depois misturou creme no *expresso*.

– Estou feliz em ver você – disse ele. – Espero ser um pouco útil.

– Você é útil para mim – falei depois de um tempo. – Sempre foi.

– Se quiser mais, só precisa pedir.

Mudei de assunto.

– Você vai para o último ano e depois para a faculdade de medicina?

– Isso.

– Então deve ter tido algumas aulas no curso preparatório de medicina. Qual é meu prognóstico?

– Ainda não sou médico, Anya.

– Mas, olhando para mim, o que você acha? Eu gostaria de uma opinião sincera sobre o que uma pessoa vê quando olha para mim.

– Acho que você parece ter passado por algo quase inimaginável de tão terrível – respondeu ele por fim. – No entanto, suspeito que, se eu a conhecesse hoje, se entrasse nesta cafeteria sem nunca ter visto você e se ninguém estivesse sentado à sua frente, ou talvez até se alguém estivesse, eu tiraria meu chapéu e me ofereceria para lhe pagar uma xícara de café.

– E aí você me conheceria aqui, descobriria coisas horríveis sobre mim e provavelmente sairia porta afora.

– Que coisas eu poderia descobrir?

Olhei para ele.

– *Você sabe*. Coisas que fazem um garoto legal de chapéu sair correndo na direção oposta.

– Talvez sim, talvez não. Ainda sou um idiota quando se trata de garotas de cabelo preto e olhos verdes.

No caminho de volta, começou a chover. Foi difícil manobrar a bengala no chão úmido e lamacento.

– Se apoie em mim – disse ele. – Não vou deixar você cair.

* * *

No dia seguinte, voltei para o deque. Eu tinha encontrado uma edição antiga de *Razão e sensibilidade* na estante do escritório e decidi ler.

– Você tem lido muito ultimamente – comentou Win.

– Comecei a me dedicar a isso, agora que estou imobilizada.

– Bem, não vou interromper – disse ele.

Ele se deitou na espreguiçadeira ao lado da minha e pegou um livro.

Sua presença me distraiu da leitura.

– Como está a faculdade? – perguntei.

– Você sempre pergunta isso. Falamos nesse assunto ontem.

– Tenho interesse. Não pude ir para a faculdade.

– Ainda pode. – Ele colocou a mão no meu rosto para protegê-lo do sol. – Aliás, você devia comprar um chapéu.

– Meio tarde para isso.

– O quê? Faculdade ou chapéu?

– Ambos. Eu estava falando da faculdade, mas nunca fui uma pessoa de usar chapéus – respondi.

Ele tirou o próprio chapéu e o colocou na minha cabeça.

– Nunca conheci uma garota que precisasse mais de um chapéu. Por que você não quer uma camada adicional de proteção contra o sol e tudo o mais? Aliás, você só tem vinte anos.

– Faço vinte e um no mês que vem.

– As pessoas fazem faculdade em épocas diferentes – disse Win. – Você tem dinheiro.

Olhei para Win.

– Sou uma chefe do crime disfarçada. Administro boates. Não vejo uma faculdade no meu futuro.

– Como quiser, Anya. – Ele deixou o livro de lado. – *Não*. Quer saber qual é seu problema?

– Acho que você vai dizer qual é de qualquer jeito.

– Você sempre foi fatalista demais. Eu queria te dizer isso há muito tempo.

– E por que não falou? Tire isso de você. Não é bom guardar o que sente, eu sei bem.

– Quando era seu namorado, eu preferia evitar conflitos.

– Então você me deixava pensar que estava certa? – perguntei. – O tempo todo que passamos juntos?

– Não o tempo todo. Às vezes.

– Até a última vez, quando você saiu porta afora. – Tentei fazer disso uma piada. – Por alguns dias, achei que você poderia voltar.

– Foi o que fiz. Mas eu estava com muita raiva de você. Além do mais, você não teria me odiado se eu voltasse? Foi isso que eu disse a mim mesmo. Se eu ceder, ela não vai me amar, de qualquer jeito. Então é melhor ter um pouco de dignidade.

– Relacionamentos de escola não foram feitos para durar eternamente – afirmei. – Parece que estamos falando de outras pessoas. Eu nem me sinto mais triste quando penso no assunto.

– Você não é a jovem mais fantasticamente evoluída deste deque? – Ele pegou seu livro de brochura antigo.

– O que você está lendo, afinal? – perguntei.

Ele levantou o livro.

– *O poderoso chefão*. – Eu li na capa.

– Sim, é sobre uma família do crime organizado. Eu devia ter lido anos atrás.

– Você está se informando sobre mim?

– Sim – respondeu ele com alegria na voz. – Finalmente te entendo.

– E aí?

– Você tinha que abrir aquela boate e fazer todo o possível para ser bem-sucedida. Tudo isso tinha sido decidido muito antes de eu conhecê-la.

Em agosto, o clima ficou horrível. Eu não podia mais usar meus vestidos longos e suéteres, o que significava mostrar minha pele mais do que eu me sentia confortável. A mãe de Win sugeriu que fôssemos nadar no rio, insistindo em que nadar seria bom para minha recuperação. Ela provavelmente estava certa, mas eu não sabia nadar. Eu tinha nascido em Nova York em 2066, no verão em que as piscinas foram esvaziadas para preservar a água.

– Win pode te ensinar – sugeriu a srta. Rothschild. – Ele é um excelente nadador.

Win olhou para a mãe com uma expressão bem próxima de como me senti em relação à ideia de ele me ensinar a nadar.

– Jane, eu prefiro não – disse ele.

A srta. Rothschild balançou a cabeça para o filho.

– Eu não gosto quando você me chama de Jane. Não sou sem noção, Win. Sei que vocês dois foram namorados, mas que diferença isso faz? Anya devia aprender a nadar enquanto está aqui. Vai ser bom para ela.

– Não sei – desconversei. – Eu nem tenho maiô. – Nunca precisei de um.

– Posso emprestar um dos meus – disse ela.

No meu quarto, vesti o maiô dela, que ficou enorme em mim. A peça tinha um corte modesto, apesar de eu me sentir incrivelmente exposta. Vesti uma camiseta, mas ainda dava para ver uma pequena parte da cicatriz abaixo da clavícula.

Se Win percebeu, não disse nada.

Não que ele fosse falar. O garoto sempre foi educado.

Quando entrei na água, ele não falou muito, na verdade. Disse para eu me virar de barriga para baixo. Segurou-me. Mostrou-me como bater as pernas e mexer os braços. Não precisei de muito tempo para aprender. Eu era boa na natação, que era fácil, em comparação com andar.

– Pena que não havia uma equipe de natação na Trinity – comentei. – Talvez eu devesse dizer que é uma pena não haver piscinas em Nova York.

– Talvez sua vida toda tivesse sido diferente.

– Eu teria sido uma atleta – disse eu.

– Estou vendo. A famosa agressividade Balanchine seria útil numa competição esportiva.

– Pois é. Eu não teria jogado aquela lasanha na cabeça de Gable Arsley. Eu poderia ter canalizado a raiva.

– Mas, se você não tivesse feito isso, como eu poderia saber aonde ir para te conhecer?

Nadei me afastando um pouco do deque. Depois de um minuto, ele veio atrás de mim.

– Não vá tão rápido – pediu ele. – Você ainda é iniciante.

Ele agarrou meu braço e me puxou para perto, de modo a ficarmos cara a cara na água.

– Às vezes – disse ele –, acho que minha mãe é tão manipuladora quanto meu pai.

– O que você quer dizer?

– Minha mãe, com a ideia absurda e óbvia de que eu devia ensinar você a nadar. E meu pai... acho que ele pensa que, se conseguir fazer com que fiquemos juntos de novo, vai se redimir por 2082.

– Que homem ridículo – falei. – Na verdade, foi em 2082 e 2083.

– Mas é necessário fazer a pergunta: será que o único motivo para esse garoto idiota ter gostado de você foi o pai ambicioso ter sido contra? Não foi isso que você sempre me disse? Minha questão é que talvez o plano do meu pai não seja perfeito. Porque talvez essas pessoas jovens e bonitas precisem de obstáculos, você e eu. Talvez, depois que o que estava destinado ao fracasso passou a ser destinado ao sucesso, Romeu tenha ficado entediado com Julieta.

– Bem, existem alguns obstáculos – comentei. – Eu fui casada, e não importa como você veja, foi basicamente um casamento de conveniência.

– Está dizendo que eu deveria considerar como impedimento o fato de você ser uma pessoa sem moral, ética e caráter?

– Sim, é o que estou dizendo.

Ele deu de ombros.

– Eu já sabia disso havia muito tempo.

– E eu matei uma pessoa. Em legítima defesa, mas mesmo assim. E meu corpo está machucado. Sou quase uma mulher de cinquenta anos. Eu me movimento com a rapidez da minha avó.

– Você me parece ótima – disse ele. E ajeitou um cacho atrás da minha orelha.

– E o momento é errado. Quero procurar você quando estiver forte e bonita e bem-sucedida.

– Quer que eu diga que você é tudo isso ou vai revirar seus lindos olhos verdes para mim?

– Eu *vou* revirar os olhos para você. Tenho espelho, Win, apesar de tentar evitá-lo.

– De onde estou, a visão não é tão ruim.

– Você não me viu nua – retruquei.

Ele pigarreou.

– Não sei como responder a isso.

– Bem, não foi um convite, se é o que você está pensando. Foi um aviso.

– Eu... – Ele pigarreou de novo. – Tenho certeza de que não é tão ruim assim.

– Chegue mais perto – chamei. Achei que ia resolver o assunto. Baixei o colarinho da camiseta para mostrar a ele a enorme e ressaltada cicatriz cor-de-rosa da cirurgia cardíaca e a do local onde a espada atravessou.

Seus olhos se arregalaram, e ele respirou fundo.

– É uma cicatriz terrível – disse numa voz fraca. Ele colocou a mão na cicatriz que passava abaixo da clavícula, que ficava perigosamente perto do meu seio. – Doeu?

– Demais – respondi. Ele fechou os olhos e pareceu que ia me beijar. Levantei o colarinho de novo. Nadei até o deque, com o coração batendo como se fosse ter um ataque, e subi a escada o mais rápido que consegui.

XXIII. me despeço do verão numa série de episódios desconfortavelmente emotivos

– Detesto quando o verão termina – disse a srta. Rothschild, acenando com a mão na frente do rosto. Eu a tinha encontrado chorando na biblioteca da fazenda. – Mas não se preocupe comigo. Sente-se aqui para conversar.

Ela deu um tapinha no sofá ao lado. Devolvi *Persuasão* para a estante – eu tinha lido tudo da Jane Austen naquele verão – e me sentei. A srta. Rothschild colocou o braço sobre meus ombros.

– Foi um bom verão, não foi? Você parece um pouco mais cheinha e rosada, acho.

– Eu me sinto melhor – falei.

– Fico feliz por ouvir isso. Espero que tenha sido bom para você aqui. Foi delicioso receber você e sua irmã. Por favor, voltem a qualquer momento. Sou grata a meu ex-marido por ter pensado nisso. Sempre gostei de você, sabe, mesmo quando Charlie estava tão determinado a acabar com seu relacionamento com Win. Nós discutimos um bocado naquela época.

Ele insistiu que era só um romance de escola, e eu disse não, essa garota é especial. Mas, tantos anos depois, o sr. Delacroix chegou à conclusão de que eu estava certa, o que sempre acontece, por sinal. E sei que nós dois estávamos com os dedos cruzados para você e Win encontrarem o caminho de volta um para o outro.

– Não é para ser.

– Posso perguntar por quê, Anya?

– Bem... fiquei viúva há menos de um ano e sofri demais. É difícil imaginar um relacionamento com qualquer pessoa até me sentir mais eu mesma. E a verdade é que, no campo dos romances, eu questiono várias escolhas que fiz. Cometi muitos erros, mas pensava que estava fazendo exatamente a coisa certa. Acho que preciso de uma pausa nos relacionamentos.

– É, parece sensato – disse a srta. Rothschild depois de um instante.

– Além do mais, acho que o que Win sente por mim é nostalgia, e ele é bom para mim por causa do nosso passado juntos – expliquei. – Você criou um dos garotos mais decentes do mundo, então, parabéns.

– Eu tive ajuda – comentou ela. – Win se esquece, mas Charlie também foi um pai muito bom a maior parte do tempo.

– Eu acredito nisso – falei.

– Mesmo? A maioria das pessoas me olha como se eu fosse louca quando defendo esse homem... – Ela balançou a cabeça. – Quer saber? Já chega de listar os atributos de Charles Delacroix. Eu o defendi por quase a vida toda. Para meus amigos. Para meus pais. Para meu filho. Já chega.

– Falamos sobre você no Japão. Ele ainda te ama, sabe.

– Sim, mas não é suficiente. Estou desapontada com ele há vinte e cinco anos. Também cansei disso – explicou.

– Acho que o sr. Delacroix mudou.

– Mas as eleições vão chegar, e ele vai voltar a ser exatamente como era antes. – Ela fez um sinal de positivo com a cabeça para si mesma, depois pegou o celular. – Já viu alguma foto da irmã de Win?

Balancei a cabeça e olhei para a tela. A menina tinha cabelo ondulado castanho-claro e olhos azuis, como os de Win. Na foto, ela estava revirando os olhos. Além da expressão, eu não via uma semelhança.

– O problema de conhecer pessoas novas não é que você pode não gostar delas, mas que pode gostar demais. Agora que a conheço, vou me preocupar com você quando voltar à cidade, Anya – disse a srta. Rothschild. Ela pegou minhas mãos.

– Estou sozinha há anos. Vou ficar bem.

Ela olhou para mim, depois afastou meu cabelo da testa.

– Tenho certeza de que sim.

Quando voltei para o quarto, Natty não estava lá, e saí para procurá-la. Encontrei-a chorando no gazebo.

– Por favor, Anya, me deixe em paz.

– O que foi, Natty? O que aconteceu?

– Eu o amo – disse ela.

– Você ama quem? – perguntei.

– Quem você acha? – Ela fez uma pausa. – Win. Claro, Win. Pensei nessa informação.

– Eu sabia que você tinha uma queda por ele quando era criança, mas não sabia que ainda se sentia assim.

– Ele é tão bom, Annie. Olha como ele foi durante o verão, tentando fazer você se sentir melhor, mesmo depois de tanto tempo. – Ela suspirou. – Mas ele ainda me vê como uma criança.

– Como você sabe? Falou com ele?

– Fiz mais do que falar com ele. Tentei beijá-lo.

– Natty!

– A gente estava picando maçã para a mãe dele. As primeiras estão começando a chegar. E ele estava tão lindo, parado ali com uma camisa xadrez azul. Estou doente de amor – disse ela.

– Natty, eu não imaginava que você se sentia assim.

– Como você pode não saber? Eu o amo desde que tinha doze anos. Desde o instante em que o conhecemos na sala do diretor.

– O que ele fez quando você tentou beijá-lo?

– Me empurrou e disse que não pensava em mim desse jeito. E eu falei que tinha dezessete anos e que não era mais criança. E ele disse que eu era. E eu disse que ele tinha conhecido você quando os dois tinham dezesseis. E ele falou que era diferente porque ele também era novo na época. E que me amava como amigo e como irmão e que sempre estaria por perto. Mas aí eu o empurrei. Disse que eu não queria ser amada assim. Não consigo nem olhar mais para ele.

Ela soluçava com o corpo todo: os ombros, o estômago, a boca e todas as outras partes estavam alinhadas numa disposição unificada de angústia.

– Ah, Natty, por favor, não chore.

– Por que não? Contei a ele o que você falou no início do verão. Disse que você tinha falado que nunca ia voltar com ele, mas acho que ele ainda tem esperança. Talvez, se soubesse que não há chance, ele pudesse me amar. Não somos tão diferentes.

– Minha querida Natty, quer mesmo que um garoto a ame porque acha que você é como eu?

– Não me importa por quê. Eu não me importaria mesmo! Eu o amo mesmo assim.

– Não acho que Win pense que vamos voltar. Quer que eu tente falar com ele? – Eu queria a felicidade dela mais do que a minha.

– Você faria isso? – Seus olhos estavam úmidos e esperançosos.

– Vou fazê-lo entender – falei. – Antes que o verão acabe.

Depois do jantar, perguntei se Win poderia fazer uma caminhada comigo.

Passeamos pelo pomar, onde os últimos pêssegos do verão estavam caindo das árvores. Win encontrou um deles ainda no galho e o pegou. Seu tronco ficou longo e magro quando estendeu o braço para pegá-lo. Ele me ofereceu o pêssego, mas recusei.

– Quero falar com você sobre uma coisa – comecei.

– O quê? – Ele mordeu um pedaço do pêssego.

– Minha irmã – respondi.

– É, achei que esse assunto poderia surgir.

– Ela está com a ideia de que, se você soubesse que eu acho que nós nunca mais vamos voltar, você poderia estar mais aberto para… Desculpe, isso é constrangedor.

– Talvez eu possa ajudar. Ela acha que o motivo para eu não querer começar um relacionamento com ela é porque ainda tenho sentimentos por você. E, para responder à sua pergunta, ela está errada. Acho que ela é inteligente e adorável e tudo que uma garota deve ser, mas, mesmo que não existisse Anya, Natty não seria para mim. Tem certeza de que não quer um pêssego? Eles são bem doces nesta época do ano.

– Então por que você passa tanto tempo com ela? Entende por que ela pode ter ficado com uma ideia errada?

– Porque você me pediu. Ou já se esqueceu disso? Três anos atrás, você me despachou para a Sacred Heart.

– Win.

– Fiz isso porque era uma coisa que eu podia fazer por você. Você raramente, mesmo quando estávamos namorando, me pedia ajuda. Apesar de nosso relacionamento ter terminado mal, fiquei feliz de fazer alguma coisa por você.

– Por que você é tão bom?

– Porque tenho ótimos pais, que me amaram do melhor jeito que puderam. Deve ser por isso.

– Mesmo seu pai?

– Sim, mesmo meu pai. Ele quer conquistar coisas importantes, como você, e isso não é fácil. E fez o que pôde. Estou mais velho agora e percebo isso. Aliás, ele insistiu muito para eu passar o verão aqui.

– O que você quer dizer?

– Ele contou que você tinha sido muito ferida e que você e sua irmã iam ficar aqui. Falou que tinha aprendido a gostar muito de você e queria que passasse o verão entre jovens e amigos. Na avaliação dele, eu era as duas coisas.

– Ele me disse com absoluta autoridade que você não estaria aqui. Sabia disso?

– Esse é meu pai. Eu quase desejo poder amar sua irmã – disse Win. – Ela se parece com você, só que é mais alta e o cabelo é mais liso. Ela é menos mal-humorada que você e também é uma ótima companhia. Mas, mesmo que ela não tivesse dezessete anos, eu não conseguiria. Ela não é você. Mas vamos voltar ao que você deve falar para Natty. Pode dizer que eu me sinto mal por ela ter entendido errado meus sentimentos em relação a ela. Entendo os motivos para ela ter se iludido. Apesar de eu nunca ter pensado nela como outra coisa além de amiga, eu a amei no lugar da irmã dela por três anos. Eu ficava ansioso para vê-la, acima de qualquer outra pessoa, porque queria saber notícias da irmã. Você pode dizer a ela que eu já sabia, até mesmo antes de entrar no trem para Niskayuna, que havia pouca chance de a irmã dela e eu voltarmos. Sei que a irmã dela é teimosa demais e provavelmente nunca vai me perdoar por não apoiá-la quando a boate estava para ser inaugurada. Sei que a irmã dela vê impedimentos que não existem, como o fato de ter passado por traumas físicos. Eu gostaria que a irmã dela soubesse o quanto a admiro, o quanto me arrependo por não ter ficado ao lado dela, o quanto eu ainda poderia amá-la se, algum dia, quando estiver se sentindo bem de novo, ela me permitir. Pode dizer que, quando se trata da irmã dela, não tenho muitos instintos de autopreservação nem dignidade. Ela pode se casar com outros dez homens, e isso não ia mudar o que sinto.

– Você não devia esperar por mim, Win. Não posso fazer isso agora. Queria poder, mas não posso. Sinto muito.

Eu não esperava que ele sorrisse para mim, mas foi o que fez. Sorriu e secou uma lágrima do meu rosto.

– Achei que você poderia dizer isso. Então o negócio é o seguinte, e é muito simples. Eu vou te amar para sempre. E, em troca, você pode decidir se quer esse amor em algum momento da sua vida. Mas saiba que não existe nenhuma outra garota para mim além de você. Não sua irmã. Nem mais ninguém. Meu destino é ser o garoto que ama Anya Balanchine. Tomei a decisão errada uma vez e acho que paguei por isso. – Win segurou meu queixo. – E a parte boa de eu não ser seu namorado nem seu marido é que você não pode me dizer o que fazer – disse ele. – Então vou esperar, porque prefiro esperar por você a perder tempo com alguém que não seja você. E vou me concentrar no longo prazo. Como dizem no beisebol, perder o primeiro jogo e até mesmo o segundo não é motivo para desistir do campeonato todo. Quando você estiver pronta, se algum dia se sentir pronta, me dê um sinal.

Olhei para os pêssegos morrendo no chão do pomar. Observei o sol se pondo. Vi o rio fluir por nós. Ouvi a respiração suave de Win e senti meu coração batendo, batendo. O mundo parou, e tentei me ver no futuro. No futuro, eu era forte, podia correr de novo e estava sozinha.

– Qual é o sinal? – perguntei baixinho. – Para o caso de eu um dia estar preparada. Você sabe que não sou boa com essas coisas. O que devo dizer?

– Vou facilitar. Tudo que você precisa é me pedir para te levar para casa.

Como o planejamento de sua campanha para prefeito o deixou preso à cidade, o sr. Delacroix apareceu poucas vezes durante aquele verão. Ele voltou um dia antes de Natty e eu irmos embora para ajudar a mãe de Win a fechar a casa. Eu tinha ido buscar uma sacola de maçãs para levar à cidade e estava voltando para a casa quando o vi no gramado, vindo na minha direção.

– Você está terrivelmente robusta – disse ele. – Estou feliz comigo mesmo por ter te mandado para cá.

– Você está sempre feliz consigo mesmo – comentei.

Fomos nos sentar no deque. Ele pegou o tabuleiro de xadrez e arrumou as peças sobre a mesa.

– Percebi que Win foi embora – falou ele.

– Foi.

– Meu plano foi um fracasso total, então?

Não respondi.

– Bem, a culpa não é minha. Nunca tinha tentado brincar de cupido antes.

– Você é um homem estranho. Você quebra as coisas só para poder consertar tudo anos depois.

– Eu amo meu filho – disse o sr. Delacroix. – Imaginei que ele ainda não tivesse te esquecido e tentei tramar um encontro. Achei que seu coração poderia estar aberto a um reencontro e que esse reencontro pudesse te trazer um pouquinho de alegria. Você passou por maus bocados nos últimos anos, e fiquei feliz por imaginar que você poderia ficar bem por um tempo. E, como não sou um homem perfeito, não me incomodei com a ideia de talvez me redimir um pouquinho.

Movi minha torre.

– Não sei como você achou que isso poderia funcionar. Ninguém gosta quando o próprio pai quer arrumar uma namorada para você. Mesmo eu sendo ingênua o suficiente para acreditar em suas mentiras, Win sabia o que você estava aprontando desde o início.

Ele posicionou o rei longe da minha rainha.

Eu estava prestes a mover minha rainha para perto, mas parei.

– Sinceramente, *alguns dias em agosto*? Você devia ter me apresentado o plano. Se fossem negócios, eu teria te demitido. Não gosto que armem para mim.

– Anotado. Sou bom em estratégias, mas é mais fácil lidar com peões e políticos do que com o coração humano, infelizmente. Percebo o que você está fazendo. Está ganhando tempo. Faça seu movimento, Anya.

Deixei a rainha onde estava e usei o peão para bloquear o outro bispo dele.

– Foi um belo plano – reconheci –, mas acho que hoje sou muito diferente de quem era no ensino médio.

– Não sei não – retrucou ele.

Decidi mudar de assunto.

– Quando eu voltar para a cidade, estou pensando em produzir uma linha de barras de cacau do Quarto Escuro. Um produto que as pessoas possam levar para casa em vez de comer na boate. Cacau para pessoas imobilizadas como eu. Eu diria que ainda dá para ganhar dinheiro com barras de chocolate.

– É uma ideia interessante. – Ele avançou a rainha e depois olhou para mim. – Anya, preciso dizer uma coisa. Imagino que você já saiba o que é. Estar em campanha para prefeito significa que terei que me afastar do Quarto Escuro. Posso ajudá-la a contratar outro advogado...

– Não, tudo bem – falei com frieza. – Vou procurar outro assim que voltar à cidade.

– Posso fazer umas indicações...

– Sou capaz de arrumar um advogado, sr. Delacroix. Encontrei você, não foi? Conheci advogados a vida toda. O tipo de vida que eu levei me tornou especialista nisso.

– Anya, está com raiva de mim? Você devia saber que esse dia ia chegar.

A verdade é que eu tinha me apegado muito ao sr. Delacroix. Ia sentir falta dele, mas era muito difícil dizer isso. Trabalhei com afinco para nunca precisar de ninguém a vida toda.

– Nós vamos nos ver – disse ele. – Eu até esperava que você se envolvesse na campanha.

– Por que você ia querer alguém como eu envolvido? – perguntei. Sim, eu estava fazendo birra.

– Escute, pare de ser boba, Anya. Se houver qualquer coisa que você precise, vou lhe dar, supondo que eu tenha capacidade para isso. Entende o que quero dizer?

– Boa sorte, colega – retruquei. E me levantei e saí. Mas eu não era muito rápida, e ele poderia ter me alcançado se quisesse.

Eu estava quase no quarto, que em breve eu deixaria no verão, no passado. Quando coloquei a mão na maçaneta, eu me perguntei o que havia de errado em mim por não conseguir dizer a ele: *Obrigada e boa sorte com a campanha.*

Senti a mão dele no meu ombro.

– Não vá por esse caminho – disse o sr. Delacroix. – Sei exatamente o que você está pensando. Eu a conheço muito bem. Sei exatamente que pensamentos passam por trás dessa sua visão opaca. Você foi abandonada muitas vezes. Você acha que, se nosso relacionamento profissional terminar, nós dois não faremos mais parte da vida um do outro. Mas faremos. Você é minha amiga. É tão querida para mim como se tivesse meu sangue e, por mais improvável que isso seja, eu te amo como se fosse minha filha. Então, boa sorte, *colega*, se é para ser assim – falou ele. E me abraçou com força. – E, por favor, fique bem.

No dia seguinte, Natty e eu fomos para a estação de trem.

– Ainda estou com tanta vergonha – disse ela. Eu tinha repassado a mensagem de Win, deixando de fora as partes em que ele disse que ainda me amava.

– Não fique – falei. – Tenho certeza de que ele entende.

– Você o ama? – perguntou minha irmã depois de um tempo. – Eu sei que você disse que não, mas você ama?

– Não sei.

– Bem, não dormi ontem à noite. Quanto mais pensava no assunto, mais percebia que o que eu achava que era amor dele por mim era, na verdade, amor por você. E meu rosto ficou quente, e comecei a suar e fiquei tão horrorizada que queria sair do meu corpo. Comecei a pensar no dia em que disse a ele como estava preocupada por você não estar comendo... você ainda está esquelética, aliás... mas que era difícil lidar com você, porque você é durona e não pede ajuda nem admite quando sente dor e está acostumada a ser forte e a cuidar de todo mundo. E ele disse que podia tentar fazer você comer alguma coisa se eu quisesse. Eu falei que ficaria grata se ele tentasse, mas que eu duvidava que ele tivesse sorte. Voltei para o quarto e vi vocês dois no deque. Vi ele tirar as folhas do morango, se ajoelhar e estender a mão para você. E observei você. Vi você pegar o morango dele. E ele pareceu tão doce naquele momento. Como eu poderia não amá-lo? Ele era tão bom com minha pobre irmã, com quem ele não estava mais há três anos. E achei que ele estava fazendo isso por mim, mas agora eu entendo: era por você. – Ela balançou a cabeça. – Sou uma pessoa inteligente, mas fui muito boba – concluiu ela.

– Natty – falei.

– Você diz que não o ama mais, mas talvez esteja mentindo para si mesma. Aquele garoto, nosso Win, tirou as folhinhas para você. Se isso não é amor, eu sinceramente não sei o que é. Tive um vislumbre do meu futuro esta manhã, Annie. Quer saber o que eu vi?

– Não sei... – As visões de Natty muitas vezes envolviam minha morte prematura.

– Talvez fosse Dia de Ação de Graças – disse ela. – Win estava lá, e você também, e nós três estávamos dando boas risadas sobre o fato de que, num certo verão, Natty, a gênia, se deixou apaixonar por Win apesar de ser óbvio para todo mundo que ele ainda amava Anya. *Era. Tão. Óbvio.* E eu nem me sinto mais envergonhada, porque é o futuro e eu estou linda.

– Eu te amo mais do que a qualquer pessoa no mundo – falei para ela.

– Acha que eu não sei disso? – perguntou ela.

Eles anunciaram o trem para Boston.

– Tenha um bom semestre – falei.

– Me ligue todo dia, Argônio – retrucou Natty.

XXIV. penso sobre o amor no trem de volta a Nova York

Não é necessário nada além de uma gotinha de coragem para beijar uma menina bonita num baile do ensino médio. Não é necessário nada para dizer que você ama uma pessoa quando ela é perfeita e seus erros podem ser perdoados numa confissão de dez minutos.

Amor era um garoto se ajoelhar num joelho só, não para pedir sua mão em casamento, mas para implorar a uma garota machucada para comer um morango: *Por favor, Annie, coma só esse.*

Amor era o modo como ele havia tirado as folhas daquele morango, o modo como estendeu a palma da mão para mim e baixou a cabeça. Amor era a humildade desses gestos.

O amor chegou três anos depois de ir embora e me parecia tão palpável quanto aquele morango em sua mão.

Minha irmã era a romântica; eu não acreditava nesse tipo de amor.

Às vezes, esse mundo velho não se importa muito com aquilo em que você acredita.

(OBS.: *Eu sabia disso, mas ainda não estava preparada para voltar para casa com ele.*)

XXV. volto ao trabalho; sou surpreendida pelo meu irmão; me torno madrinha de novo!

O começo de setembro era sempre uma época lamentável em Nova York – o verão acabou, mas o clima ainda não engrenou. Mesmo assim, eu estava feliz por voltar à minha vida e por estar na cidade, apesar de navegar por ela num passo mais cauteloso do que antes.

Enfim, fui cortar o cabelo. Parecia uma boa ideia ter franja, e foi o que fiz. Provavelmente era um erro, considerando o formato do meu rosto e a textura do meu cabelo, apesar de não ser um erro pior do que me casar com Yuji Ono em 2086 ou me divertir com o filho do promotor público em 2082. Não chorei em nenhum desses casos. *(OBS.: Isso, querido leitor, é o que chamamos de perspectiva.)*

Scarlet e Felix tinham se mudado para um lugar só deles no centro da cidade. Ela largou o emprego na boate e vivia de ser atriz de teatro. Estava interpretando Julieta em *Romeu e Julieta*. Cheguei a Nova York a tempo de assistir ao último espetáculo da temporada.

Depois disso, encontrei com ela no camarim, que tinha uma estrela na porta. Aquela estrela me encheu de algo que só consigo descrever como alegria. Scarlet caiu no choro ao me ver.

– Ai, meu Deus, me desculpe por não ter ido ao Japão nem à fazenda, mas, com Felix e a peça, eu não podia sair da cidade.

– Tudo bem. Me desculpe por ser uma madrinha tão negligente. Além disso, eu não estava querendo companhia. Você estava maravilhosa, mudando de assunto. Eu não gostava de Julieta quando lemos a peça na escola, mas você me fez gostar dela por algum motivo. Sua interpretação foi tão determinada e centrada.

Scarlet riu, apesar de eu não achar que tinha dito alguma coisa engraçada. Ela tirou a peruca, que era longa, preta e cacheada.

– Por um segundo, quase poderíamos ser confundidas como irmãs – comentei.

– Penso nisso todas as noites. Vamos jantar – disse ela. – E aí você pode passar a noite na minha casa e ver Felix de manhã.

– Duvido que ele ainda se lembre de mim. Faz tanto tempo.

– Ah, não sei. Você manda presentes, então é provável que ele se lembre.

No jantar, pedimos comida demais e conversamos sobre tudo. Eu não a via fazia tanto tempo e sentia mais saudade do que achei que fosse possível.

– É como se a gente nunca tivesse se separado – disse ela.

– Pois é.

– Sabe o que você disse antes sobre a minha interpretação de Julieta ser "determinada e centrada"? Tenho um segredo.

– Ah, é?

– No dia do teste, eu estava pensando em você e desejando poder ir visitá-la no Japão – disse Scarlet. – E aí comecei a me lembrar de você no ensino médio. Eu sabia que as outras garotas iam fazer uma Julieta romântica e sonhadora, mas pensei: não seria legal interpretá-la como se fosse a Anya? Então, imaginei que Julieta odiava ter um destino ruim. Imaginei que ela ia preferir não ter conhecido Romeu, que era completamente inconveniente gostar de alguém cujos pais não se davam bem com os dela. E imaginei que Julieta desejava amar Páris, porque ele era o garoto que não causaria problemas.

– Achei mesmo que tinha gostado de sua Julieta por algum motivo – falei.

– O diretor achou meu foco singular, então acho que se pode dizer que minha decisão de interpretar você funcionou bem. As críticas também têm sido boas. Não que isso importe. Mas é melhor do que ter críticas ruins.

– Parabéns – falei. – Sério. E estou lisonjeada por ter tido uma pequena participação nisso.

– A única coisa difícil é o final, porque sei que você jamais enfiaria uma adaga no próprio peito, por mais que a trama seja sombria.

– Provavelmente não. – No peito de outra pessoa, talvez.

– Vamos pedir uma sobremesa? Não quero ir para casa ainda. A verdade sobre Romeu e Julieta – comentou Scarlet – é que eles não têm perspectiva. É isso que eu acho. Ela é tão jovem, e ele não é muito mais velho. E o que eles não sabem é que a vida dá voltas se você der um tempinho. Os pais de todo mundo se acalmam. E, quando isso acontecesse, eles saberiam se estavam mesmo apaixonados ou não.

Meu rosto esquentou. De repente, achei que não estávamos mais falando da peça.

– Com quem você anda conversando?

– *Com quem* você acha? Pensou que eu poderia interpretar Julieta sem fazer algumas perguntas a Romeu antes? – perguntou Scarlet.

– Não estamos juntos ainda, Scarlet.

– Mas vão ficar – disse ela. – Eu sei. Sempre soube.

A expansão da boate tinha continuado sem mim. Houve decisões que eu poderia não ter aprovado (locais com os quais não concordava, contratações que eu poderia não ter feito), mas quase fiquei desapontada ao perceber o diminuto efeito que minha ausência provocou. Theo disse que o fato de o negócio ter funcionado com tanta tranquilidade sem mim era prova da boa infraestrutura que eu tinha construído. Como esse sentimento certamente indica, ele não estava mais com raiva de mim. Ele estava namorando – Lucy, a mixologista. Os dois pareciam felizes, mas o que eu sabia sobre felicidade? Acho que o que eu queria dizer é que ele aparentava estar encantado por aquela mulher e também ter esquecido que um dia me amou.

Mouse teve poucas notícias dos russos. Talvez matar Fats tenha sido uma declaração suficiente ou talvez houvesse sido por respeito à minha incapacitação, ou então eles tinham outros problemas para resolver, ou a ideia de assumir duas famílias do crime de uma vez fosse demais para eles (como Yuji esperava). Fizemos planos para começar a produzir e distribuir nossa linha de barras de cacau.

Viajei pelo país para verificar o progresso das outras filiais. A última parada foi em São Francisco para ver Leo e Noriko. Eu não via meu irmão desde que fui ferida e até perdi a inauguração da boate de São Francisco no último mês de outubro. Nos primeiros onze meses de funcionamento, a receita era boa, e estávamos pensando em abrir uma segunda filial na cidade. Sob qualquer ponto de vista, Leo, Noriko e Simon Green formavam uma boa equipe.

Leo me puxou para si.

– Noriko mal pode esperar para te ver, e eu mal posso esperar para você ver a boate – disse ele.

Fomos de barca até uma ilha na costa de São Francisco. A barca me lembrou um pouco da viagem até o Liberty, mas tentei afastar essas associações da minha mente e curtir a brisa no rosto. Essa era a nova Anya Zen.

Saímos da barca e subimos alguns degraus que levavam até a ilha rochosa.

– Esse lugar era o quê, mesmo? – perguntei a Leo.

– Era uma prisão – respondeu ele. – Depois virou atração turística. E agora é uma boate. A vida é engraçada, não é?

Dentro do prédio, Noriko e Simon estavam esperando.

– Anya – disse Noriko –, estamos muito felizes de ver que você está bem de novo.

Eu não estava cem por cento. Ainda usava uma bengala e sentia que me movimentava num ritmo congelado. Mas não sentia mais tantas dores, e não era como se eu precisasse andar pelo mundo de maiô.

Simon apertou minha mão.

– Vamos fazer um tour com ela – disse ele.

Alcatraz de fato era o lugar mais esquisito para sediar uma boate. Havia mesas privativas nos quartinhos que costumavam ser celas de prisão. Cortinas prateadas foram penduradas sobre as barras, e as celas foram pintadas de um branco bem claro. O bar principal e a pista de dança ficavam no antigo refeitório. Eles penduraram candelabros cromados e com cristais no teto, e tudo era tão cintilante e reluzente que era fácil esquecer que você estava num antigo presídio. Fiquei mais do que impressionada com o que eles fizeram. Para ser sincera, eu não tinha grandes esperanças quando mandei Leo e Noriko para São Francisco. Eu havia tomado essa decisão não pela lógica, mas por amor e lealdade. Achei que, depois de um ano, mais ou menos, eu talvez tivesse que contratar alguém diferente para administrar a boate ou tirá-la do buraco. Mas meu irmão e sua esposa me surpreenderam. Abracei Leo.

– Leo, está maravilhoso! Parabéns!

Ele fez um sinal para Simon e Noriko, que estavam sorrindo como malucos.

– Gostou mesmo?

– Gostei. Achei esquisito quando soube que você queria fazer a boate numa prisão, mas decidi esperar para ver o que ia acontecer... e também estava meio incapacitada, mas isso não vinha ao caso... e o que aconteceu é brilhante. Vocês transformaram a prisão, um local sombrio, em algo divertido e alegre, e estou muito orgulhosa de vocês todos. Sei que fico falando isso toda hora. E não quero parar.

– Simon achou que era uma boa metáfora para o que você tinha feito com a primeira boate. Pegar uma coisa ilegal e transformar em algo legal – comentou Noriko.

– Das sombras, fez-se a luz – falou Simon, envergonhado. – Não é isso que dizem por aí?

Leo e eu fomos almoçar sozinhos num restaurante chinês no continente.

– Andei pensando muito em você no último ano – falei para meu irmão.

– Que bom – disse ele.

– Desde que fui ferida – expliquei –, eu queria te pedir desculpas.

– Desculpas? – perguntou Leo. – Pelo quê?

– Quando você estava se recuperando do acidente, não sei se fui paciente como deveria. Eu não sabia como era ficar tão seriamente ferido ou quanto tempo demorava para voltar ao normal.

– Annie – disse Leo –, nunca me peça desculpas. Você é a melhor irmã do mundo. Você fez *tudo* por mim.

– Eu tentei, mas...

– Não, você fez *tudo*. Você me protegeu da Família. Me tirou do país. Foi para a prisão por mim. Confiou em mim para este emprego. E isso sem contar as pequenas coisas que você fazia por mim todo dia. Está vendo minha vida, Annie? Eu administro uma boate onde sou importante, e as pessoas me ouvem! Tenho uma esposa linda e inteligente que vai ter um bebê! Tenho amigos e amor e tudo que uma pessoa poderia querer. Tenho duas irmãs ótimas, que conquistaram tantas coisas. Sou a pessoa mais sortuda do planeta, Annie. E tenho a irmãzinha mais fantástica que alguém pode ter. – Ele agarrou minha cabeça com as mãos e beijou minha testa. – Por favor, nunca duvide disso.

– Leo – perguntei –, você disse que Noriko está grávida?
Ele colocou a mão sobre a boca.
– A gente ainda não está contando para ninguém. São só seis semanas.
– Vou ficar calada.
– Droga – disse Leo. – Ela queria contar. Noriko vai pedir para você ser a madrinha.
– Eu?
– Quem seria uma madrinha melhor do que você?

Simon Green me levou até o aeroporto.
– Sei que nosso relacionamento nem sempre foi ótimo, provavelmente por minha culpa – falei antes de nos separarmos. – Mas eu gostei muito do que você fez aqui. Me avise se houver algo que eu possa fazer por você.
– Bem, estarei em Nova York em outubro – contou Simon. – Meu aniversário. Talvez a gente possa se encontrar.
– Eu ia gostar – respondi. Percebi que estava falando sério.
– Tenho me perguntado – falou ele – o que vai acontecer com o emprego do sr. Delacroix?
– Você está interessado nele?
– Adoro São Francisco, mas Nova York é meu lar, Anya. Mesmo com as coisas terríveis que me aconteceram lá, nenhum outro lugar jamais será meu lar.
– Penso do mesmo jeito – comentei. Eu ainda não tinha decidido o que fazer com o emprego do sr. Delacroix, mas prometi a Simon Green que ia me lembrar dele.

XXVI. descubro onde os adultos ficam; defendo minha honra mais uma vez antes do fim

Em outubro, o clima tinha esfriado em Nova York, e o Japão estava começando a parecer um sonho. Não tive notícias de Win, mas não sei muito bem se esperava ter. Ele disse que ia aguardar eu entrar em contato e estava mantendo sua palavra. Também não falei muito com seu pai, apesar de tê-lo visto várias vezes. Seu rosto estava impresso nas laterais dos ônibus mais uma vez.

Da minha mesa no Quarto Escuro, eu ouvia aquilo que considerava a sinfonia da minha boate: liquidificadores batendo, sapatos dançando e, ocasionalmente, copos quebrando ou casais brigando. Eu estava pensando em como amava essa música mais do que qualquer outra quando uma sirene começou a tocar.

Fui depressa para o corredor. Pelo megafone, uma voz com jeito oficial anunciou:

– Aqui é o Departamento de Polícia da Cidade de Nova York. Por ordem do Departamento de Saúde e pelas leis do estado de Nova York, o Quarto Escuro será fechado até segunda ordem. Por favor, dirijam-se de maneira organizada à saída mais próxima. Se você tiver chocolate à mão, por favor, jogue nas latas de lixo perto da porta. Quem estiver com sinais de intoxicação por chocolate deve estar preparado para apresentar a receita na saída. Agradecemos pela cooperação.

Para ter uma ideia melhor do que estava acontecendo, fui até o salão principal da boate. As pessoas estavam se acumulando em todas as direções, e o fluxo da multidão era contrário ao local onde eu queria estar. Com a visão periférica, vi um policial verificando a receita de uma mulher e outro algemando um homem. Uma mulher tropeçou no vestido e teria sido pisoteada se Jones não a tivesse ajudado a se levantar.

Encontrei Theo no depósito. Ele estava gesticulando como um louco para um policial que usava um carrinho de mão para carregar um saco de cacau para fora.

– Você não pode roubar isso – disse Theo. – É propriedade do Quarto Escuro.

– É uma prova – declarou o policial.

– Prova do quê? – contrapôs Theo.

– Theo! – gritei. – Fique calmo! Deixe que levem. Podemos comprar mais cacau depois de resolvermos isso. Não posso permitir que você seja preso.

Ele fez que sim com a cabeça.

– Devemos ligar para o sr. Delacroix? – perguntou ele.

Eu ainda não tinha contratado outro advogado, mas não achei que devíamos ligar para o sr. Delacroix.

– Não – respondi. – Ele não trabalha mais para nós. Vamos ficar bem. Vou lá fora para ver se consigo respostas de quem estiver no comando.

Jones estava de guarda na porta da frente.

– Anya, não sei por quê, mas os policiais bloquearam a porta pelo lado de fora. As pessoas estão em pânico. Você vai ter que dar a volta. – Empurrei a porta, mas ela não cedeu. Ouvi uma batida ritmada do outro lado. Eu tinha aconselhado Theo a ficar calmo, mas eu mesma não estava mais tão calma.

Abri caminho pela multidão e saí pelas portas laterais. Corri – ou devo dizer que fiz o que seria correr para mim, mais parecido com pular/mancar – até a entrada da frente. A polícia estava obstruindo os degraus, e os repórteres também tinham começado a chegar. Foram erguidas barricadas. Várias tábuas estavam sendo pregadas na porta da frente.

Pulei desajeitada por cima de uma barricada. Um policial tentou me impedir, mas fui mais rápida. Quando me aproximei o suficiente, vi outro policial colando um cartaz que dizia: FECHADO ATÉ SEGUNDA ORDEM.

– O que está acontecendo? – Exigi saber do homem que estava martelando pregos na minha porta para fechá-la.

– Quem é você?

– Anya Balanchine. Este lugar é meu. Por que está sendo fechado?

– Ordens. – Ele apontou para o cartaz. – Se eu fosse você, me afastaria, senhorita.

Eu não estava pensando; estava sentindo. Meu coração estava batendo daquele jeito confiante e familiar que me dizia que eu estava prestes a fazer alguma coisa idiota. Fui na direção do policial e tentei agarrar o martelo da mão dele. Só para constar, nunca é uma boa ideia tentar agarrar o martelo de alguém. O martelo me atingiu no ombro. Doeu muito, mas fiquei feliz por não ser na cabeça, e, além do mais, eu tinha ficado muito boa em aguentar a dor. Cambaleei alguns passos para trás e, ali, fui imediatamente presa ao chão por vários policiais.

– Você tem o direito de ficar calada... – Você sabe o resto.

Theo, que tinha me seguido até o lado de fora, foi esperto e não tentou se enfiar entre mim e os policiais. Vi que ele pegou o celular.

– Ligue para Simon Green! – gritei. Eu tinha planejado jantar com ele na noite seguinte e sabia que ele já estava na cidade.

Quando você é menor de idade e é presa, eles te colocam numa cela isolada. Mas agora eu era uma adulta de vinte e um anos, o que significava que eu tinha sido elevada à cela coletiva dos adultos. Fiquei quieta e tentei avaliar se meu ombro estava quebrado. Concluí que não estava, apesar de não saber bem se era possível quebrar o ombro.

Eu estava lá fazia uma hora, mais ou menos, quando fui chamada à área de visitas.

– Isso foi uma idiotice. – O sr. Delacroix me encarou do outro lado do vidro.

– Pedi a Theo que ligasse para Simon Green – comentei. – Falei para ele não te incomodar. Você não trabalha mais para mim.

– Felizmente, Theo não tinha o número de Simon, por isso me ligou. Você está sangrando. Deixe eu ver seu ombro.

Eu estava. Ele balançou a cabeça, mas não falou nada. Pegou o celular e tirou uma foto.

– Eles querem deixar você aqui até amanhã, e talvez não seja má ideia.

Não respondi.

– Mas, para sua sorte, ainda conheço algumas pessoas. Acordei um juiz, e ainda hoje à noite vai haver uma audiência para estabelecer a fiança, para a qual eles provavelmente vão definir um valor exorbitante. Você vai pagar feliz e depois vai para casa. – Seu olhar era firme, e eu me senti com dezesseis anos de novo. – Você sempre tem que piorar as coisas, não é? Pareceu uma boa ideia atacar um policial, foi?

– Eles estavam fechando a boate! E eu não ataquei ninguém. Só tentei agarrar o martelo do policial. O que aconteceu hoje à noite?

– Alguém passou informações aos policiais de que havia pessoas sem receita no Quarto Escuro. Eles começaram a verificar as receitas de todo mundo e, quando algumas pessoas se irritaram, eles se tornaram truculentos. Os policiais começaram a confiscar o cacau, dizendo que a boate estava vendendo chocolate ilegalmente, o que, pelo que sabemos, não é verdade.

– Qual é a conclusão? – perguntei.

– A conclusão é que o Quarto Escuro está fechado até a cidade decidir o que fazer.

Tive receio de que o fechamento poderia afetar nossas outras filiais.

– Quando é a audiência do Departamento de Saúde?

– Amanhã.

– Por que eles se interessaram de repente pelo Quarto Escuro? Por que agora? Estamos abertos há mais de três anos.

– Pensei nisso – disse o sr. Delacroix. – E a resposta só pode ser política. É ano de eleições, como você bem sabe. E acho que esse é um plano para fazer parecer que eu estava envolvido em negociações ilegais. Minha campanha se apoia na ideia de que as leis ruins devem ser eliminadas, que devemos mudar a lei e trazer novos negócios para a cidade. O Quarto Escuro é uma realização para mim. Se for fechado, isso desaparece.

– Você está errado, sr. Delacroix. Suas realizações vão além do Quarto Escuro. Talvez seja melhor romper por completo os laços comigo e com a boate. Dizer que você só esteve envolvido nos contratos e coisas assim. Não é muito distante da verdade.

– É, esse seria um caminho – disse ele.

– Escute, vou levar Simon Green comigo amanhã. Ele é meu meio-irmão, e eu confio nele. Foi tolice minha adiar a contratação de alguém para seu lugar. Você não pode assumir este caso agora. Faltam menos de dois meses para as eleições. Não vou deixar você assumir este caso.

– Você não vai me *deixar*?

– Quero que você seja prefeito. E, por sinal, estou feliz em vê-lo. – Eu me encostei no vidro de um modo casual. Não sei por quê, mas era mais fácil falar abertamente com um painel de vidro de quinze centímetros de espessura entre nós. – Sinto muito pelo jeito como nos separamos. Estava querendo lhe dizer isso há semanas. Só não sabia como.

– Então você pensou em atacar um policial? Existem maneiras mais fáceis de entrar em contato comigo. Use o telefone. Se estiver se sentindo nostálgica, mande uma mensagem pelo tablet.

– Várias vezes pedi perdão para seu rosto impresso na lateral dos ônibus.

– Bem, nem sempre recebo essas mensagens.

– Além disso, sou grata a você. Você não me deve nada, sr. Delacroix. Estamos quites, e não espero que estrague sua campanha tentando me ajudar.

O sr. Delacroix pensou no que eu falei.

– Tudo bem, Anya. Não vale a pena discutir. Mas me deixe contratar um advogado para você. Não é que eu duvide de sua capacidade para isso, mas você não vai ter muito tempo antes da audiência de amanhã, e Simon Green é muito... desculpe pela piada sem graça... *verde* para esse tipo de responsabilidade.

– Simon não é tão ruim.

– Daqui a poucos anos, vai ser perfeito. E estou feliz por você ter feito as pazes com ele, mas ele não conhece os meandros da administração desta cidade. Você precisa de alguém que conheça.

Dormi muito pouco naquela noite, mas, de manhã, recebi uma mensagem do sr. Delacroix dizendo que o novo advogado me encontraria no Departamento de Saúde, onde aconteceria a audiência.

Quando cheguei, o sr. Delacroix estava me esperando.

– Onde está o novo advogado? – perguntei.

– Eu sou o novo advogado – respondeu ele. – Não consegui encontrar ninguém em tão pouco tempo.

– Sr. Delacroix, você não pode fazer isso.

– Posso. E, sério, eu tenho que fazer isso. Olha, cometi erros. Isso não é segredo. Mas não é possível fazer uma campanha tentando se afastar das próprias realizações. Não de uma realização bem-sucedida, pelo menos. Tenho orgulho do Quarto Escuro. Vou defendê-lo mesmo que me custe a campanha. Sim, é o que sinto a respeito desta situação. Mas, escute, você tem que me contratar de novo, senão não posso defendê-la.

– Não vou fazer isso – falei. – Prefiro me defender sozinha.

– Não seja uma mártir. Me contrate. Sou seu amigo. Quero ajudar e tenho capacidade para isso.

– Não preciso de ninguém para me salvar, se é o que você acha que está fazendo.

– Contratar alguém para defender você não é a mesma coisa que ser salva. Achei que tivéssemos esclarecido isso anos atrás. É apenas bom senso. Só podemos fazer as tarefas que nos cabem nesta vida. O que está acontecendo aqui é importante e vai determinar o que vai acontecer em São Francisco com Leo, e no Japão, em Chicago, em Seattle, na Filadélfia e em todas as outras filiais. Temos que entrar em trinta segundos.

Não gosto de ser forçada a nada. E não sabia muito bem se ele estava certo.

– Quinze segundos. Mais um último motivo. Tenho certeza de que eu sou a causa dessa situação. Você quer que minha esposa me odeie? Meu filho? De que vale ser prefeito se sua família te odeia? Posso deixar o amor da vida do meu filho se defender sozinha?

– Isso não é verdade, e nem tenho certeza se é...

– Cinco segundos. O que me diz?

A audiência era aberta ao público, e, quando entrei, a multidão que estava reunida me espantou. Metade da cidade parecia interessada naquele pequeno procedimento. Todos os assentos do mezanino e do balcão estavam ocupados, e havia gente em pé nas portas. Mouse e as pessoas da Família estavam lá, assim como Theo, Simon e a maioria dos funcionários das boates de Manhattan e do Brooklyn. Bem no fundo do mezanino, vi Win e Natty. Eu nem tinha lhes contado sobre a audiência, mas de alguma forma eles chegaram, e rápido. Havia alguns membros da imprensa, mas a maior parte da multidão consistia no que pareciam ser pessoas comuns – melhor dizendo, o tipo de pessoa que frequentava minha boate.

– Esta é uma audiência para discutir a boate na Quinta Avenida com a Rua Quarenta e Dois, no distrito de Manhattan, Nova York. O objetivo da audiência de hoje é basicamente reunir fatos, e todos que quiserem falar terão uma chance. No fim, vamos determinar se o Quarto Escuro deve ter permissão para continuar aberto. Este não é um procedimento criminal, embora, na verdade, um procedimento criminal possa ser aberto dependendo do que for revelado neste fórum.

O chefe do comitê leu as acusações contra o Quarto Escuro e sua dona, eu: em essência, que eu estava servindo chocolate ilegalmente, que alguns clientes da boate estavam obtendo chocolate sem receita e que cacau, na verdade, era chocolate.

– Ao chamar o chocolate de "cacau", a srta. Balanchine, que é filha de um chefe do crime organizado já falecido e que ainda mantém conexões com essa família e outras conhecidas famílias criminosas internacionais, introduziu algo que é um pouco mais do que um termo artístico para disfarçar suas negociações ilegais. Apesar de a cidade ter preferido não ver isso durante algum tempo, está cada vez mais claro que o Quarto Escuro é uma fachada para atividades ilegais.

Um coro de vaias veio da galeria.

O sr. Delacroix falou primeiro. Ele apresentou nossa justificativa jurídica para o negócio (não servíamos chocolate na boate, e cacau sob prescrição médica não era ilegal) e assegurou que não estávamos violando nenhuma lei ou regulamentação da cidade.

– Particularmente – disse o sr. Delacroix –, acho que o momento desse questionamento é suspeito. Por que agora, depois que a boate está aberta há três anos, às vésperas de uma eleição para prefeito? Esse procedimento todo é ofensivo. O Quarto Escuro é motivo de orgulho para esta cidade. Criou centenas de empregos e trouxe inúmeros turistas. Toda a região de Midtown ao redor da boate está revigorada. Esta jovem, com quem trabalhei nos últimos quatro anos, também é motivo de orgulho para esta cidade e não deve ser sujeita à perseguição por causa de seu pai.

Achei que o sr. Delacroix estava sendo meio pomposo, mas era o jeito dele.

Nesse ponto, a audiência foi aberta para o público expressar ideias e opiniões. Theo foi até o microfone primeiro. Ele contou sobre os benefícios do cacau e do modo ético como o cacau era cultivado. O dr. Param, que ainda trabalhava na boate, enumerou as precauções que ele e os outros médicos tomavam e depois começou a tagarelar sobre a estupidez da lei de Rimbaud. Mouse falou das tentativas dos Balanchine de fazer as operações da Família tornarem-se legais e de como eu tinha encabeçado esse processo. Lucy falou dos critérios que implementamos para manter as receitas o mais saudáveis possível. Natty explicou sobre como foi difícil para mim quando éramos novas e que eu sempre tive o sonho de legalizar o chocolate.

Scarlet, que estava ficando conhecida como atriz, falou que eu era madrinha de seu filho e a pessoa mais fiel que ela conhecia. Win ressaltou os sacrifícios que eu tinha feito pela minha família e disse o quanto a boate era importante para mim. E essas eram apenas as pessoas que eu conhecia! Velhinhas destacaram a transformação dos arredores da boate. Estudantes de ensino médio disseram que gostavam de ter um lugar seguro para frequentar. Isso durou horas. Surpreendentemente, nenhuma pessoa falou contra a boate nem contra mim.

– Mas a conexão com o crime organizado não pode ser negada – ressaltou um dos membros do comitê. – Olhe de quem estamos falando. Ela foi acusada de envenenamento. Quando era adolescente, foi mandada para o Liberty várias vezes. Afinal, ela é filha de seu pai. Percebo que a srta. Balanchine não falou uma única palavra durante este procedimento. Talvez tenha receio de que, se falar, pode impugnar a si mesma.

O sr. Delacroix sussurrou para mim:

– Você não precisa morder a isca. As coisas estão indo bem. Tudo que precisava ser dito já foi.

Tenho certeza de que era um bom conselho.

Eu me levantei e fui até o palanque.

– Sim, é verdade. Meu pai era Leonyd Balanchine. Ele era mafioso e era um homem bom. Um belo dia, foi dormir e, quando acordou, os negócios de sua família tinham se tornado ilegais. Ele passou a vida inteira tentando descobrir como fazer seu negócio de chocolate funcionar conforme a lei, mas nunca conseguiu. Ele morreu tentando. Quando me tornei adulta, assumi a causa. Não tive escolha. Sr. Presidente, o senhor diz que a diferença entre o cacau e o chocolate é pouco mais do que um "termo artístico". E acho que isso é verdade. O fato é que eu não teria aprendido sobre o cacau se não fosse por quem meu pai era, então aí está a conexão com o chocolate. Por mais que eu tenha tentado na vida, não consigo escapar. Mas o que sei, o que sei no fundo da alma, é que a boate é boa para Nova York. Nós que trabalhamos lá não queremos nada além do melhor para o público. Não somos motivados pelo dinheiro nem pelo desejo de enganar o sistema. Somos cidadãos que querem que a cidade seja saudável e segura, que querem leis razoáveis que protejam as pessoas. Sou filha da *mafiya*. Sou filha do meu pai. Sou filha de Nova York.

Eu estava prestes a sentar, mas decidi que tinha mais coisas a falar:

– O senhor fechou a boate porque achou que havia pessoas lá dentro sem receita. Bem, não sei se isso é verdade, mas o que eu sei é que *não deveria haver a obrigação* de ter uma receita. A cidade ou este comitê poderia conceder uma licença de cacau a todos os estabelecimentos que quiserem servir cacau, e isso devia ser o fim da história. Querem menos crimes? Façam com que haja menos criminosos.

E aí eu realmente tinha terminado.

O comitê votou e decidiu permitir que o Quarto Escuro continuasse aberto: sete sim, dois não e duas abstenções. Não haveria um caso criminal contra mim.

Apertei a mão do sr. Delacroix.

– Você ignorou meu conselho – disse ele.

– Ignorei alguns. Mas obrigada mesmo assim por estar aqui para dá-los.

– Bem, não vou cometer o erro de ignorar o seu. Se eu conseguir ser prefeito, vou cuidar de corrigir as leis de Rimbaud na cidade.

– Você faria isso por mim?

– Eu faria isso porque é a coisa certa a fazer. Agora vá comemorar. Sua irmã e meu filho estão esperando.

– Você não vai conosco?

– Gostaria de poder, mas a campanha me chama.

Apertei a mão dele de novo. E ele envolveu a minha com as suas mãos.

– Isso pode parecer condescendente, mas você sabe que passei a pensar em você como minha filha. E é nesse contexto que eu quero dizer que fiquei muito orgulhoso de você hoje. – Ele se empertigou. – Vá se divertir, está bem? Estou torcendo muito por um final feliz quando se trata daquele meu garoto fiel e você.

– Que sentimental.

– Eu estou certamente mais preocupado com o resultado desse romancezinho de escola do que jamais achei que estaria. Mas me preocupo com os personagens, e me perdoe por querer que tudo dê certo para a corajosa heroína. – Ele se inclinou e beijou o topo da minha cabeça.

Fomos jantar num restaurante novo perto da Penn Station.

– Eu não esperava ver vocês dois na audiência – falei para Natty e Win.

– Meu pai me ligou – disse Win. – Contou que ia representá-la e que você poderia precisar de apoio. Perguntei o que podia fazer para ajudar, e ele disse que eu devia pegar um trem para Nova York e reunir o máximo de pessoas que conseguisse para dizer palavras agradáveis sobre a boate e você.

– Deve ter sido difícil.

– Não foi. Quase todo mundo para quem liguei estava disposto a vir. Theo me ajudou. Meu pai achou que a audiência se tornaria um referendo sobre o que as pessoas pensam de você.

– Do meu caráter.

– Sim, do seu caráter. Que, se a cidade acreditasse que você é boa, eles acreditariam que a boate é boa.

– E você largou tudo para fazer isso?

– Larguei. Você deve me desprezar agora.

– Win, estou mais velha. Aceito ajuda quando é oferecida e até agradeço. – Eu não tinha aprendido essa lição seis horas antes?

Eu me inclinei por sobre a mesa e, como estava muito animada, dei um beijo no rosto dele. Fazia quanto tempo que eu não beijava aquele garoto?

Eu devia dizer *aquele homem*.

Só no rosto, como amiga, mas mesmo assim.

Natty começou a tagarelar sobre um projeto a respeito da extração de água a partir do lixo. Ela estava trabalhando nisso havia anos. Provavelmente ia salvar todo mundo, mas eu não estava prestando a menor atenção.

Win sorriu para mim, um pouco melancólico.

Sorri para ele. *Não interprete isso.*

Ele inclinou a cabeça para mim, e eu achei que podia ler sua mente. *A gente vai fazer isso?*

Balancei a cabeça e dei de ombros levemente. *Ainda não sei.*

Ele colocou as mãos sobre a mesa, com as palmas para cima. *Me machuca. Vá em frente, minha garota. Tenho a pele mais grossa e a mais fina imaginável quando se trata de você. Sou metade rinoceronte e metade filhote de passarinho.*

Entrelacei as mãos sobre a perna. *Estou velha, Win. Sou viúva. Estou derrubada. E com um pouco de medo de tentar isso de novo. A última vez foi desastrosa. Você não gosta de ser apenas meu amigo? Você não gosta de podermos ficar sentados aqui civilizadamente, sorrindo um para o outro e jantando? Você está tão ansioso assim para enfrentar outra rodada de dor? Estar comigo nunca fez ninguém feliz. Não por muito tempo, pelo menos. Acho que estou bem sozinha. E por que as pessoas precisam formar casais, afinal?*

Ele deu de ombros. *Eu queria que existisse outra pessoa para mim. Eu sinceramente queria. Mas você pode me machucar, porque eu amo você. Eu te amo. Então vou ficar sentado aqui. Talvez para sempre. Parecendo um idiota. E tudo bem. Já estou em paz com isso. Você pode me amar ou não. Eu te amo de qualquer maneira. Porque sou o único garoto que não consegue esquecer a garota que conheceu na escola. Sou esse garoto burro e esperançoso. Eu tentei, minha menina. E como tentei. Não acha que eu preferiria estar no meu dormitório agora, lendo? Mas tenho que estar aqui com você, a melhor e a pior garota do mundo. A única garota no mundo, pelo que sei.*

Mais um sorriso melancólico de Win.

Mas talvez esse diálogo só tenha acontecido na minha cabeça.

Ninguém estava falando, então virei-me para Natty.

– E você! Você devia estar na faculdade.

– Eu tinha que dizer a eles que você é uma boa irmã.

Virei-me para Win.

– Você ligou para ela?

– Annie, eu tenho permissão para ligar para as pessoas de quem gosto.

– Mesmo assim... vocês dois deviam estar na faculdade.

– Vamos voltar ainda hoje – disse Win.

Andei com eles até a estação de trem, que ficava a uma distância aceitável para mim.

– Ei, Win – falei enquanto Natty estava comprando chiclete. – Algum dia eu posso te fazer um favor?

– Tipo o quê?

– Quero dizer, você me ajudou um milhão de vezes. Parece muito unilateral. Eu gostaria de fazer uma boa ação por você.

– Escute, Annie. Eu tive sorte na vida. Você não teve sorte, mas eu tive. A vida funciona para mim.

– Provavelmente eu sou a coisa menos sortuda que já aconteceu com você.

– Provavelmente sim. – Ele tirou o chapéu. Depois se inclinou e sussurrou no meu ouvido: – Vejo você quando puder, está bem?

– Win – chamei –, existem outras garotas, sabe. Garotas menos complicadas que eu.

– Pelo que eu sei, você é a única garota no mundo, Annie, e acho que você já sabe disso.

XXVII. uma última experiência com tecnologias antigas; descubro o que é um emoticon e não gosto

anyaschka66: *Ei, Win, as pessoas não ficam com os garotos que conhecem na escola.*
win-win: *Sim, eu cheguei em casa em segurança. Obrigado por perguntar. O trem não estava muito cheio.*
win-win: *Algumas pessoas ficam, sim, Annie. Ou isso não seria um clichê tão duradouro.*
anyaschka66: *Não sou uma pessoa de finais felizes.*
win-win: *Claro que é.*
win-win: ☺
anyaschka66: *O que é isso?*
win-win: *Sua avó não te ensinou sobre emoticons?*
anyaschka66: *É assustador. Parece que está olhando para mim.*
win-win: ☺
anyaschka66: *Eca, o que ele está fazendo, agora?*
win-win: *Está piscando.* ☺

anyaschka66: *Horrível. Queria que ele não piscasse.*
win-win: ☻
anyaschka66: *Quando alguém me olha de um jeito errado, eu tento pegar meu facão. Sou muito complicada, Win.*
win-win: *Eu sei, mas você também é firme.*
anyaschka66: *Boa noite, Win. Te vejo no Dia de Ação de Graças.*
win-win: ☻

XXVIII. vejo uma tulipa em janeiro; subo no altar; como meu bolo

Como a vida é curiosa – e longa se você tiver sorte – e cheia de reviravoltas, acabei indo parar na prefeitura, numa tarde muito fria de janeiro, para uma reunião durante o almoço com o recém-empossado prefeito da cidade de Nova York. Quando cheguei, fui avisada por sua assistente que meu antigo inimigo não tinha mais do que meia hora para o almoço.

– O prefeito é um homem muito ocupado – disse ela, como se eu já não soubesse disso.

No almoço, o prefeito e eu conversamos sobre meus negócios por um tempo e seus planos para fazer emendas às leis de Rimbaud. Falamos brevemente do filho dele, embora eu não me importasse em obter um relatório mais detalhado sobre esse assunto. Mais ou menos cinco minutos depois do fim do almoço, meu velho colega me olhou com uma expressão solene.

– Anya – disse o agora prefeito, mas sempre sr. Delacroix para mim –, não chamei você aqui apenas para conversar. Tenho um pedido a fazer.

Fiquei preocupada. Recebi alguns pedidos bem desagradáveis daquele homem na minha vida. O que ele poderia exigir de mim, agora que era muito mais poderoso do que antes?

Ele me olhou com firmeza; eu nem pisquei.

– Vou me casar, e gostaria que você fosse minha madrinha.

– Parabéns! – Estendi a mão por sobre a mesa para apertar a dele. – Mas com quem? – O sr. Delacroix sempre foi reservado em relação a sua vida pessoal, e eu nem sabia com quem ele estava namorando.

– A srta. Rothschild. A antiga sra. Delacroix.

– Você vai se casar de novo com a mãe de Win?

– Vou. O que você acha?

– Acho... Para ser sincera, não consigo pensar em nada mais chocante! O que provocou essa reviravolta?

– No último verão, durante minha tentativa frustrada de reunir você e Win, consegui reunir a mim e Jane. Se eu não tivesse mandado você para aquela fazenda, me obrigando a ir até lá, duvido muito que estaria contando essa história. Jane me acha menos assustador e egoísta do que eu era. Ela acha que pode ter sido influência sua, mas falei que isso era um absurdo. E, de minha parte, eu a amo. Nunca deixei de amá-la. Amei essa mulher por toda a vida, desde que eu tinha quinze anos.

– E, mesmo sabendo quem você é, ela ainda quer se casar de novo?

– Não sei muito bem se eu deveria me sentir ofendido por essa pergunta. Mas, sim, ela quer. Por mais estranho que pareça. Ela me perdoa e me ama. Apesar de eu ser horrível. Talvez ela ache que a vida é melhor ao lado de alguém. Anya, você está chorando.

– Não estou.

– Está, sim. – Ele estendeu a mão por sobre a mesa e secou meus olhos com a manga da camisa social.

– Estou muito feliz por vocês – falei.

E como poderia não ficar feliz ao ter provas de que o amor pode florescer do nada, depois de ser considerado estéril? Joguei os braços ao redor do sr. Delacroix e o beijei nas duas bochechas. Ele sorriu como um menino, o que me lembrou de Win.

– O que Win acha disso? – perguntei.

– Ele revirou os olhos um bocado. Falou que nós, e especialmente a mãe dele, éramos malucos. Mas é claro que vai entrar na igreja com Jane. O casamento é em março. Vai ser uma cerimônia reservada, mas você ainda não disse se vai aceitar.

– Claro que sim. Estou honrada com o convite. Eu sou mesmo a melhor amiga que você tem?

– É, praticamente. Foi uma vida solitária. E Jane e eu somos gratos a você. De um jeito estranho, ela acha que você pertence a nós, apesar de eu ter dito que Anya Balanchine não pertence a ninguém além de si mesma. De qualquer maneira, não conseguimos pensar em ninguém que desejássemos mais que estivesse ao nosso lado, exceto nossa própria filha se ela estivesse viva. – Ele me puxou para perto, e tentei não chorar de novo.

(OBS.: Quanto deste livro – não, da minha vida – *passei "tentando não chorar"? Quanto esforço desperdiçado!)*

A assistente entrou no escritório. A meia hora tinha acabado. Ele apertou minha mão, e eu voltei para a rua. O ar de janeiro era frio e luminoso, e parecia que as cores da cidade estavam mais vivas do que antes.

Na sarjeta, uma improvável tulipa amarela abria caminho através da lama, do lixo e do gelo. Peço perdão pelo clichê, mas devo contar o que vi. A tulipa *estava lá* – não cabe a mim especular por que ou como esses milagres acontecem.

O casamento foi em março, mas parecia maio. Os pais de Win não eram jovens e já tinham feito isso antes, então não foi um casamento grandioso – apenas um juiz de paz no Quarto Escuro, em Manhattan. Além de Win e mim, as únicas outras pessoas eram alguns de seus colegas, incluindo Theo, que tinha levado Lucy. Os boatos diziam que eles estavam noivos, mas Theo e eu não discutíamos esses assuntos. Natty queria ir, mas não conseguiu sair da faculdade.

Usei um vestido cor-de-rosa que a srta. Rothschild tinha escolhido para mim. Apesar de eu não concordar, ela achava que rosa era minha cor, pois combinava com meu cabelo preto. Win usou seu terno cinza de sempre, que eu tinha visto várias vezes – mas ainda não estava cansada dele.

Usei saltos, mas baixos, pela primeira vez desde que fui ferida. Eu ainda mancava claramente, mas me senti feminina, forte e até um pouco sensual. No último ano, não achava que fosse me sentir bonita de novo.

Os pais de Win fizeram seus juramentos. Dei uma olhada para Win em pé ao meu lado, a quem eu não via desde o Natal. Ele me deu um sorriso forçado, depois se inclinou e sussurrou no meu ouvido:

– Você está linda, Annie.

O casamento terminou às três horas. Como presente, Theo tinha providenciado um bolo para a ocasião: de chocolate. Pouco tempo antes, o sr. Delacroix tinha aprovado emendas às leis de Rimbaud na cidade de Nova York, de modo a permitir que o cacau fosse servido por quem tivesse licença, então fazia sentido ter bolo de chocolate no casamento. Também não era mais necessário ter receita nas boates de Nova York. Em vez disso, tínhamos uma certificação na parede que dizia que produtos de todo tipo permitidos pela cidade e fabricados com cacau poderiam ser servidos nas instalações.

Estava tão quente lá fora que eu quis ir andando até em casa, apesar de ser uma caminhada meio longa para mim. Theo cortou duas fatias de bolo para viagem e depois pedi a Win que me levasse.

– Se você não tiver mais nada para fazer, quero dizer. Eu provavelmente vou levar uma eternidade.

Ele me olhou por muito tempo.

– Tem certeza de que está boa o suficiente para andar até em casa? – perguntou ele. – É um longo caminho.

– Tenho certeza – respondi. – Estou mais forte do que estava no outono, Win. Acho que enfim estou pronta. – Dei o braço a ele. – Posso fazer isso?

– Pode – respondeu ele depois de uma pausa.

– Vamos para o leste – sugeri. – Eu queria passar pela Trinity.

– É meio fora do caminho – disse ele.

– Acho que estou meio sentimental.

– Tudo bem, Annie – concordou ele. – Deixe eu carregar o bolo. – Ele pegou a caixa da minha mão, e nós fomos em direção ao centro da cidade.

* * *

– Algum plano para a primavera? – perguntou ele enquanto passávamos pelo Central Park.

– Vou para a Rússia com Mouse. Estamos discutindo com os Balanchiadze sobre a fabricação de uma linha de barras de cacau.

– Você não tem receio de trabalhar com eles? – perguntou Win.

– Não – respondi. – Não mais. Eles estão no meu ramo, quer eu queira ou não. Acho que a melhor opção é tentar trazê-los para o lado bom.

– Isso parece otimista para você.

– Eu agora sou otimista, Win. Por que não deveria ser? Tenho vinte e um anos e posso ter passado por momentos difíceis e tomado algumas decisões meio duvidosas, mas consegui permanecer viva e quase tudo funcionou para mim, não foi? Pense no seu pai. Pense nos seus pais. Quem imaginava que eles se casariam de novo? Não consigo deixar de me sentir esperançosa hoje.

– Acho que minha mãe é maluca – disse Win. – Não lembro se já falei isso.

– Sei que eles são seus pais. Mas você não acha nem um pouco romântico? Eles foram namoradinhos de escola.

Ele me olhou com firmeza.

– O que aconteceu com Anya Balanchine? Não foi ela que me disse que ninguém fica com o namorado da escola?

– Seus pais provaram que estou errada. Fui humilhada mais uma vez.

– Nem sei com quem estou andando neste momento. – Ele estava sorrindo para mim, e havia linhas perto de seus olhos. Eu gostava do rosto dele quando ficava enrugado desse jeito.

– Como você consegue não ficar feliz quando é quase primavera, e o ar está cheirando a flores e podemos passar pelo parque sem sermos assaltados?

Ele colocou a mão na minha testa.

– Febre da primavera – disse ele. – Tenho certeza. – Ele riu para mim. – Eu devia levá-la para casa.

– Não, não vamos para casa. Vamos ficar na rua o dia todo. Vamos encontrar um banco no parque e comer o bolo lá. Você não precisa estar em lugar algum, precisa?

– Não – respondeu ele. – Voltando ao que estávamos falando, vai ser meio perigoso para você na Rússia, não?

– Talvez – falei. – Mas acho que ninguém me quer morta neste momento.

– Bem, isso é um alívio. – Ele revirou os olhos. – Eu prefiro você viva. Talvez isso seja muito ousado para você.

– Um escândalo. Aquele garoto bonito deve gostar mesmo de mim, já que não quer que eu morra! Na verdade, estou empolgada de ir à Rússia – comentei. – Tenho quase certeza de que vou sobreviver e, além do mais, nunca estive lá. As pessoas acham que sou russa, mas, para ser sincera, não sei nada de lá. – De repente, parei. – Win, olha aquilo! – Estávamos bem no meio do Central Park. – Tem água no lago!

– Quem diria – disse Win.

– Seu pai também está por trás disso? – Um dos discursos desafiadores do sr. Delacroix foi sobre como as pessoas de uma cidade precisavam de mais do que o essencial. O motivo para ele achar que o Quarto Escuro tinha melhorado tanto Midtown era porque a boate lembrou aos cidadãos que a vida podia ser mais do que apenas sobreviver. E foi assim que o sr. Delacroix prometeu plantar flores nos canteiros centrais e reabrir museus e, sim, encher os lagos artificiais de água. Ele disse que, mesmo que o custo parecesse exorbitante, valia a pena – uma cidade com esperança é uma cidade com menos crimes, e decisões políticas tomadas apenas com base no custo costumavam ser tacanhas. Foi um belo discurso. Mas os políticos – incluindo meu querido colega – eram conhecidos por fazer declarações grandiosas quando estavam em campanha. Eu não sabia se o sr. Delacroix ia encher os lagos quando fosse eleito. Mas hoje, milagre dos milagres, eu estava olhando para um lago! Cinco anos atrás, eu me lembro de ter passado por um buraco sujo enquanto Natty quase era assaltada.

– Pode ser – respondeu Win. – Annie, o que acha de eu ir para a Rússia com você?

– Você não estaria tentando me proteger, não é? Porque eu sou forte, sabe.

– Não, sei disso. Sempre quis conhecer a Rússia. Talvez você não saiba, mas eu meio que tenho uma queda por garotas russas.

Pensei em beijá-lo, mas não fiz isso. Eu não estava com medo. Não mais. Sabia com absoluta confiança que ia beijá-lo de novo. Sabia que podia até beijá-lo pelo resto da vida, mas não se deve tentar o destino com declarações excêntricas. Porém, naquele momento, a promessa daquele primeiro beijo ficou no ar como a promessa da primavera num dia agradável de março. O que eu não sabia quando tinha dezesseis anos era que prazeres exóticos podem ser encontrados na espera, na expectativa. Como era bom olhar para o chão sem plantas e saber que, um dia desses, uma flor poderia surgir. Como era bom estar ao ar livre, ser jovem e saber que, ah, sim, haveria um beijo. Como era bom saber com certeza que esse beijo futuro seria bom, porque eu já tinha beijado Win. Eu sabia qual era a sensação daquela boca, daqueles lábios, daquela língua. Aquele beijo futuro era como um segredo delicioso que nós dois já conhecíamos. O dia tinha sido repleto de felicidade. Por que não guardar um pedaço de alegria para amanhã?

– Quer comer o bolo agora? – perguntou ele. Estávamos andando fazia pelo menos uma hora, e eu estava com fome. Sentamos num banco perto do lago. Estava quase na hora do pôr do sol, e o céu estava esperando a noite. Win tirou o bolo da caixa e me deu um pedaço.

Dei uma mordida. Talvez a ironia da minha vida fosse que eu nunca havia gostado do sabor do chocolate. Sim, eu tinha criado um negócio a partir dele e sabia reconhecer um chocolate de boa qualidade, como o Balanchine Special Dark. Eu conseguia até gostar de uma bebida de cacau se fosse feita com atenção ou de um prato de *mole* de frango na Granja. Mas chocolate nunca foi meu sabor preferido – eu preferia limão ou canela. Quando comia chocolate, eu tinha a tendência de me fixar nos tons amargos, excluindo os outros sabores, e nunca achava que estava experimentando o que outras pessoas pareciam descrever quando o comiam. Mas, naquela noite quase de primavera, conforme o chocolate se dissolvia depressa na minha língua e aquele homem muito, muito bom estava sentado ao meu lado, comecei a perceber o encanto. Quando me rendi a ele, só senti a doçura.

AGRADECIMENTOS

Como leitora, não gosto muito dos agradecimentos. Como escritora, devo reconhecer que eles são necessários. Agradeço a Ash Nukui pelos conselhos sobre todas as coisas relacionadas ao Japão, e a Cari Barsher Hernandez, Stephanie Feldman Gutt e Marie-Ann Geißler pela ajuda com as traduções de alemão e espanhol. É claro que os erros e as liberdades devem ser considerados meus.

Este é um livro sobre amizade, não apenas sobre o amor ou o chocolate, e, por isso, preciso agradecer a minha editora de longa data, Janine O'Malley. A srta. O'Malley salvou Scarlet de um destino incerto e Anya várias vezes de si mesma e das garras de um cavalheiro infame cujo nome não será revelado. Como os leitores perceberam, o título original do livro era *Na era da morte e do chocolate* – a transformação de "morte" em "amor" pode ser atribuída, em parte, à srta. O'Malley. Essa alquimia não teria sido alcançada sem o apoio adicional da minha revisora fervorosa, Chandra Wohleber; Doug Stewart, que é o melhor agente de todos os tempos; Hans Canosa, que teve que aturar muitos discursos meus sobre feminismo e o teste de Bechdel; e, é claro, à paciência e à boa vontade do meu editor.

Agradeço especialmente a Jean Feiwel, Simon Boughton, Joy Peskin, Elizabeth Fithian, Jon Yaged, Lauren Burniac, Katie Fee, Alicia Hudnett, Véronique Sweet, Alison Verost, Kate Lied, Lucy del Priore e Polly Nolan. Por uma série de motivos. Também agradeço a Madeleine Clark, Stuart Gelwarg, Rich Green, Carolyn Mackler, Jenn Northington, Shirley Stewart e Richard e AeRan Zevin.

Por fim, agradeço aos leitores que aceitaram minha heroína de pavio curto, religiosa, ambiciosa, comedida e à moda antiga. Como sempre me fazem essa pergunta, quero dizer que nunca vi a série como uma distopia. Além de um ou dois substantivos, o mundo de Anya é muito parecido com o nosso, e sua batalha não é contra as forças de uma sociedade fictícia apavorante e desumanizadora, mas contra si mesma. Como você supera seu passado e seus erros? Como você encontra a luz, quando tantas coisas no mundo parecem sombrias, e a doçura, quando tantas coisas parecem amargas? Faço essas perguntas a mim mesma. Não tenho as respostas, mas aqui vai uma observação: quer você seja real ou fictício, o mundo é tão sombrio quanto você decide vê-lo.

Impresso na Gráfica JPA Ltda., Rio de Janeiro – RJ